U0596072

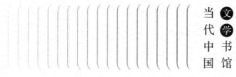

当代中国 文学书馆

时光的花瓣

薛海燕 著

中国文联出版社

图书在版编目（CIP）数据

时光的花瓣 / 薛海燕著 . -- 北京：中国文联出版社，2018.9（2023.3重印）

ISBN 978 - 7 - 5190 - 3885 - 4

Ⅰ.①时… Ⅱ.①薛… Ⅲ.①散文集—中国—当代 Ⅳ.①I267

中国版本图书馆 CIP 数据核字（2018）第 213510 号

著　　者　薛海燕
责任编辑　刘　旭
责任校对　茹爱秀
装帧设计　中联华文

出版发行　中国文联出版社有限公司
地　　址　北京市朝阳区农展馆南里 10 号　　邮编　100125
电　　话　010 - 85923025（发行部）　　85923091（总编室）
经　　销　全国新华书店等
印　　刷　三河市华东印刷有限公司

开　　本　880 毫米×1230 毫米　　1/32
印　　张　10
字　　数　256 千字
版　　次　2023 年 3 月第 1 版第 2 次印刷
定　　价　75.00 元

版权所有　　侵权必究

如有印装质量问题，请与本社发行部联系调换

我的文学梦

我要唱的歌，直到今天还没有唱出，

每天我总在乐器上调理弦索，

时间还没有到来，歌词也未曾填好，只有愿望的痛苦在我心中，

花蕊还未开放，只有风从旁叹息走过，

我没有看见他的脸，也没有听见过他的声音，

我只听他轻蹑的足音，从我房前路上走过，

悠长的一天消磨在为他在地上铺设座位，

但是灯火还未点上，我不能请他进来，

我生活在和他相会的希望中，但这相会的日子还没有来到。

　　这是泰戈尔的一首诗，我非常喜欢。从这首诗中，我读出了一种虔诚和向往，恰似自己对文学的膜拜和情愫。文学于我，如一座高高的圣殿。我在每个晨昏遥望它，却总难见它在云雾缭绕中的真容。

　　从小就喜爱读书。幼年时，喜欢听母亲讲连环画，"东郭先生和

狼""农夫和蛇"让我初识善与恶；能认字了，更加热爱读书，常捧着父亲从单位图书馆借来的童话看得入迷，那一个个唯美的故事，为我后来的创作插上了翅膀。父亲借回的书常被我先睹为快，大部头的《西游记》和《艳阳天》就是上小学时读的。

我对文学的热爱源于"困而学之"。为了写好作文，我开始有意识地积累好词好句，时日多了，写作文时偶尔也能蹦出一两个"金句"来。每逢这时，老师就用红笔在这句话的下面划上波浪线。感谢我的小学语文老师，那些美丽的波浪线像海浪，将我热爱文学的小舟推向海洋的深处。后来，写作文再也不愁了；再后来，我的作文成了班上的范文；最后，我的作文在学校获奖了。

繁忙的工作之余，我仍然喜欢读书，读书让我获得精神的升华、心灵的启迪。"书中自有千钟粟，书中自有黄金屋"，这话固然有些狭隘，但阅读的确是心灵的享受。读一本好书，如品香茗，如享饕餮大餐；书籍像老师、像挚友，隔着岁月的长河，娓娓向我们讲述那些曾经的沧桑与美好、精彩与感动。古今中外那一部部伟大的文学作品像一朵朵璀璨的花朵，无论岁月如何流转，依然盛开在时光无涯的荒漠中。

文学，是人类的一种审美性精神活动，与我们赖以生存的世界具有密不可分的联系。无论是古希腊的"临摹说"，还是我国古代的"观物取象说"，都说明文学作品与我们生存的客观世界具有密切的联系。但文学不是简单的临摹，它是透过现象看本质，去揭示具有普遍性和更深层次的意蕴。从这个意义上说，文学既是感性的，也是理性的；既是情感的，也是认识的。

写作之路，注定是孤独的，是一个人在暗夜中的摸索。什么时候有街灯亮起？什么时候前方能出现村庄的灯火？不确定，也不知道。只清楚灵感来时，胸中像积压着一团厚厚的棉絮，不吐不快，只好从那团棉絮上抽出一缕缕银丝，再一根根地用指尖在键盘上缠绕，最终织成一件件粗糙的布帛，就像这本书中所展示的那样。

这些年，我走过不少地方，足迹几乎遍布祖国的大江南北，北至内蒙古大草原，南至云南普者黑，东至山东长岛，西至新疆喀纳斯。旅游，其实是向内心深处的出发。在路上，我遇见了无数美丽的风景，也遇到了无数感动，一如寻常生活中那些让人感人肺腑、催人泪下的瞬间。这一切让我产生灵感的火花，那些过往的经历瞬间在岁月的纤尘中被点亮，它们争先恐后地聚拢过来，于是，那些生命中的感动就变成了硬盘中一行行的文字，那过去的寸寸光阴就变成了片片时光的花瓣，缀在岁月的枝头。

每天，我仰望心中的圣殿，生活在与文学相会的希望中……

人活着，是为了什么的

潜意识中，总觉得人生在世，应该有这样或那样的意义。

上中学时，老师有一次破例让大家自拟题目写作文，我写了《人活着为了什么》这篇作文没有得到表扬，直到快下课，老师才提到我的作文，然后语重心长地说："你们小小年纪，居然敢写这么大的题目，我今年四十多岁了，让我写，我都不知道该怎么下笔！你们还是要写自己能把握的题材，毕竟，高考是凭分数录取的。"

师恩难忘。

子在川上曰："逝者如斯夫，不舍昼夜。"繁忙的工作之余，有时抬头，望见西天火红的落日，不由得心中怅然，想起清朝诗人张灿的短诗："书画琴棋诗酒花，当年件件不离他，而今七事都变更，柴米油盐酱醋茶。'每当这时，就有一丝惶恐与不安浮上心头，一如当年胡适先生曾被问及的："小山，你是见多识广的人，请你告诉我，人生在世，究竟是为什么的？"

生命是有意义的，人生并非大梦一场；人生在世，远非厚味与美服。诚然，生命本身只是一个生物学的事实，但就像胡适先生说的："生命本没有意义，你要能给它什么意义，它就有什么意义。与其终日冥想人生有何意义，不如试用此生做点有意义的事。"

写作，让我找到了人生的意义；文字，让时光得到了永生。

通过写作，美好的瞬间得到永存。我在阅读自己的文字时，仿佛回到了年轻的岁月，再次看到那个春天里满树的繁花；通过写作，记录一个个寻常瞬间的同时，内心也获得了启迪、得到了升华；通过写作，我享受到创造的快乐，尤其近几年陆续有作品发表，以及在征文比赛中获奖，让我意识到，文学不是孤立的，静止的，只有通过读者的阅读，作者的创造才能实现其价值，这也是我决定出版这本书的初衷。

本书分为四辑，"内心独白"和"岁月回眸"属于心灵感悟；"人间万象"是发生在我身边的一些故事；"那山那水"记录的是旅途中的见闻。

本人才疏学浅，书中错漏之处在所难免，恳请各位师友批评、指正。

最后，感谢我的父母为我倾尽的所有付出，感谢我的家人对我的全力支持，感谢在我的文学之路上一直给予我鼓励的恩师杜芳伦老师、曹怀新老师和吕高排老师。

薛海燕

2018 年 6 月 26 日于北京

目 录
Contents

第一辑

内心独白

世间有一种爱叫"放飞"[1]

又是一年高考季,远在江南的侄子考上了北国吉林的一所大学;而身居北京的外甥则被南方的一所大学录取。

转眼已到开学季,收到妹妹的一条微信:"他(外甥)走了,我送他到地铁口,他没有回头,估计是怕看见我哭……"

我安慰她:"孩子长大了,要展翅飞翔了,这是好事啊,放飞吧!"

嘴上这么说,我的眼泪也险些掉落下来,六年前在广州的一幕又浮现在眼前。那时,儿子考上了位于广州的一所大学,我们送他去报到。为了让孩子熟悉环境,我们提前一周到达广州,参观了白云山公园,领略了秀美的南国风光,又去了香港、澳门,游览了香港海洋公园,欣赏了美丽的维多利亚夜景。一周时间弹指一挥间,及至回到广州,我才猛然意识到第二天就是学校报到的日子了,我们就此将和儿子分别。儿子将独自在这个城市度过四年的大学生涯,而我们将回到故乡继续工作和生活。

想到来粤的三张机票回程时变成两张,想到就要把儿子独自留在这个陌生的城市,我的泪水如决堤的洪水,瞬间从眼里涌出来,那感觉,就像生离死别。十八年来,儿子从未和我分开过,内心深处,儿子就

---

[1] 本文在 2015 年 12 月由北京市总工会、中共北京市委宣传部、首都精神文明建设委员会办公室、北京市文化局、北京市人民政府国有资产监督管理委员会、北京市工商业联合会、北京市文学艺术界联合会联合举办的第十届首都职工文化艺术节《身边》文学作品征集活动中,获得优秀奖。

是我的骨中之骨、肉中之肉，我怎可以把他一个人，或者说，将我自己身体的一部分，毅然决然地放逐在这样一个陌生城市？

那天，我泪雨滂沱，攒了半辈子的泪水好像都在这天开闸了。儿子看我这样，也有些黯然，想他能读懂我的不舍；他父亲看我这样，决定第二天由他带孩子去报到。那天上午，我独自留在宾馆，任泪水肆意……到了晚上，在广州的哥嫂请我们吃晚饭，席间发现我的眼睛肿得厉害。

回到北京，我每天都魂不守舍的，总想去儿子的房间看看，可房间现在是空的，我只好又转出来，茫茫然不知道该做什么好。十八年来，儿子一直是我生活的焦点，可现在，这个焦点没了，我也变得不知所措。家里百十多平米的房间，我却找不到一个可以落座的地方。

实在无法抑制对儿子的思念，我只好抽出书架上没看完的书，可是字里行间全都是儿子笑盈盈的脸。

打电话过去，儿子总说挺好，让我们放心，说他参加了学校的歌咏比赛，获得了亚军；说他们宿舍同学一起合伙买了一台全自动洗衣机，算是解决了洗衣服的问题；说学校伙食很好……听他自信的声音，我提着的心总算稍稍放下来。

好不容易盼到寒假，总算见到了朝思暮想的儿子。想象中又黑又瘦（孩子离开妈妈肯定吃不好、喝不好、睡不好嘛）的儿子，居然变得帅气了。他白白净净的，双眼明亮有神，浑身上下散发着青春的朝气，眉梢眼角带着笑意。性格内向的儿子竟然变成了一个阳光大男孩！我这才意识到，原来，孩子离开妈妈照样可以生活得好好的；原来，不是孩子离不开妈妈，是妈妈离不开孩子啊！

六年之后回头看，我不后悔当初把儿子送到广州读大学，他接触了跟北京完全不同的文化和理念，除了以优异成绩完成大学学业外，还学会了粤语，学了打理自己的生活，包括洗衣服、收拾物品，学会了跟人沟通。最重要的是，高中时内向的儿子仿佛变了一个人，变得热情，阳光，自信，脸上总是带着微微的笑意。我想，是南国的阳光照进了儿子的心里。

　　谨以此文献给高考季后即将空巢的大学生家长，请记得世间有一种爱，叫"放飞"……

2015 年 11 月刊载于《雷锋》杂志

2016 年 1 月刊载于《人生》杂志

时光的花瓣

春日清晨的昆明湖畔，绿柳依依，波光粼粼，温暖的阳光给湖水镀上了一层金光。微风似乎赐予湖水以无尽的能量，水波不停地涌动，从此岸涌向彼岸，仿佛时光之手不断把一个个现在推向未来。那翻涌的水波记录着时光的韵律，像美丽的花瓣，也像温暖的感动。

望着远处的佛香阁，我的思绪回到从前的某一刻……

二十多年前，我新婚不久，在一个周日上午，我与丈夫一起来到颐和园，来到昆明湖畔。像世间所有的年轻女子一样，我直发齐肩，也算是明眸皓齿。至今记得我那天穿了一件领口有刺绣的白衬衣，领口处别了一枚红领结，回想起来，那枚红领结在我的人生长河中，像一朵美丽的花瓣，记载了我的青春岁月和幸福时光。

如今，我的青春早已一去不复返，连同幸福与悲伤、快乐与苦闷、眼泪与欢笑，连同阳光下挥汗如雨的日子，连同星光下的徘徊，全都消失得无影无踪。那枚领结，也早已褪尽颜色，淹没在时光的海洋中。

依湖畔的小路缓缓前行，游人如织，前面一对中年爱侣正并肩行走，妻子忽然停下脚步，细心地为丈夫捋了捋背在肩上的相机背带，温柔地嘱咐着："要这样，否则对颈椎不好……"然后，两人继续并肩前行。

一位穿着彩色衣裙的小妹妹正站在湖边拍照。她的皮肤光洁，白皙中透着粉红，身姿挺拔，犹如碧树初长成，一双大眼睛又黑又亮，阳光照在她青春勃发的脸上，晃得她不由眯起双眼。岁月尚未在她脸上留下印痕，时光尚未让她的腰身变得佝偻，年轻的生命多像一朵初开的花瓣。世间还有什么比青春更美丽呢？世间又有什么比青春更短暂呢？唐代杜秋娘诗云："劝君莫惜金缕衣，劝君惜取少年时。花开堪折直须折，莫待无花空折枝。"青春固然美丽，也短暂易逝，就像美丽的花瓣，转瞬间芳华不再，一定要珍惜青春时光啊！

两位上了年纪的婆婆坐在湖边的椅子上，吃着自带的黄瓜，一边絮絮说着陈年往事。那些过往岁月中的心酸和泪水，那些在雪中艰难跋涉的日子，那些在困境中扶老携幼的岁月，都随着眼前的水波流走了。虽然，时光带走了一切，她们生命中青春的花瓣早已凋零，但此刻秋阳正暖，徐徐吹来的风像嘱托，更像安慰。

生命如花。一寸寸光阴就像一片片花瓣，组成了我们有限的人生。我家院子里的月季花，不断有花蕾长出来，不断有花朵绽放，也不断有花朵慢慢凋谢，直至枯萎。如此循环往复，多像"代代无穷已"的人生，那些凋零的花瓣就像过去的时光，在历史的长河中消失得无影无踪。

生命如花。我想起了前辈们曾给我的温暖叮咛和嘱咐，想起了他们高大的身影，常忍不住落泪。虽然，他们早已故去，像花瓣复归泥土，但他们留给我的精神宝藏永远在岁月的长河中熠熠生辉。

我的爷爷，山东人，长相酷似电视剧《篱笆、女人和狗》中公公的扮演者田成仁。我和弟弟幼年时，他每天都会煮好鸡蛋，剥去皮，放在装了酱油的盘子里，看着我们吃下去。小学一年级时，第一次期末考试，我的语文和算数考了双百。那天放学后，我正蹲在院门口看蚂蚁搬家，爷爷站在门口跟街坊有一搭没一搭地聊天，忽然他的一句话飘来："我孙女学习好着呢！考试每门都是一百！"语气中颇有一种自豪。直到那一刻，我才明白，原来考一百分是一件如此正确而光荣的事。是爷爷的鼓励为我的学习生涯指明了方向。

高中时住校，每月只能回家一次。那时，爷爷已经瘫痪在床。一次回家，我去爷爷的房间看他，拿出买给他的面包。在 20 世纪 80 年代初的京郊，面包尚属稀罕物。我在学校看到金黄松软的面包时，就想起了爷爷，于是用攒下来的助学金给他买了两个。爷爷说："要好好学习啊！"听到这句话，我的泪水像决堤的洪水，夺眶而出。吃过午饭，我要回学校了，跟爷爷打了招呼，就向院门口走去。快出院门时，冥冥之中仿佛有一种力量让我回过头来。我的目光像被磁铁吸引着，转向爷爷的房间。我看见他强撑着坐起来，正缓慢而艰难地跟我挥手。我的眼泪瞬间又"哗"地一下流下来。那一次，竟是我最后一次见到爷爷。

我父亲不善言谈，从小到大没有动过我一个指头，没对我说过一句责备的话。小学三年级时，我跟班里的几个女生玩得特别好，经常一起跳皮筋，上下学都是一起走。有个小姐妹特别喜欢说一些家长里短的事儿，像个爱唠叨家长里短的中年妇人，我觉得好玩，在家里也模仿她的样子说话。这时，我看到了父亲的眼神。他只是看了我一眼，我立刻就明白了一切，止住话头。从那以后，我再没有像那样说话了，直到现在。父亲的眼神里，有一种威严，有一种凛然，那是一个父亲独具禀赋的眼神。这眼神让我远离凡俗，远离污浊，远离丑恶，让我的精神坐标有了正确的方向。他对我的警示成为我记忆中的宝藏。

如今，最令我快慰的事就是看着曾经抱在怀里的小娃娃长成了英俊青年。儿子如今是单位里的骨干，看他忙忙碌碌地加班，看他风风火火地出差，看他藏在眼神中的自信，看他挂在嘴角的微笑……我明白，他的身上有我爷爷当年对我的鼓励，有我父亲当年对我的警示。

历史的长河奔涌向前；人生世世代代的精神薪火永远相传。

"春湖落日水拖蓝，天影楼台上下涵，十里青山行画里，双飞白鸟似江南。"在这个春日的昆明湖畔，那些过去的时光渐行渐远，但岁月中的所有感动，却永远刻骨铭心。那些留存在记忆中的片断，那些温暖的回忆，如眼前波澜不惊的湖水，如一片片美丽的花瓣，有一天，当我们蘸着泪水走近它们，会发现它们依然清晰、美好而鲜活。

刊载于《卢沟月》杂志 2018 年第 8 期

谈幸福

什么是幸福？这是个仁者见仁、智者见智的问题，似乎没有标准答案。

幸福就像一位戴着面纱的神秘女郎，总在远方向我们招手，可是，当我们千里迢迢，长途跋涉，终于要靠近她时，她又轻轻一跳，离我们远去了。就像《诗经·蒹葭》中写的："蒹葭苍苍，白露为霜。所谓伊人，在水一方。溯洄从之，道阻且长，溯游从之，宛在水中央。"诗中的惆怅与思慕之情跃然纸上，但思慕的对象到底是谁？有一说是思念贤才，有一说是招求隐士，还有一说是想念朋友或佳人，那种上下求之而皆不可得的缥缈与凄美，用来形容人们对于幸福的渴盼，倒有异曲同工之妙。

幸福，是美好的祝愿，是真诚的祝福。在婚礼上，人们会祝愿新人"幸福永远，百年好合"；在岁末辞旧迎新时，人们会互相祝愿"新年幸福"；现如今，"幸福"一词已被定为"中国梦"的基本内涵，那就是：国家富强、民族振兴、人民幸福。可见，幸福不是可有可无的，它很重要。

幸福仅仅来源于对物质的不断占有吗？非也。

当今社会已经过度物质化、商品化，人们的内心过度停留在对物欲的孜孜追求中，可能获得了梦寐以求的生活，但内心的幸福感却并未得到增强。在去年的网购节中，据说某网的营业额已达千亿以上。网络的发达给人们购物带来了空前便利，鼠标一点，就有快递员送货上门，但这种物质上的满足感到底能维持多久？对物质的不断追求，让人的内心处于一种不断追逐的状态，对物质的占有，造成对物质的敏感度越来越降低，距离幸福越来越遥远。

什么是幸福？《现代汉语词典》中"幸福"的释义是使人心情舒畅的境遇和生活。

但我对这个解释却充满了疑惑。如果幸福仅仅指的是物质生活的富足，或是对金钱的拥有，那么，富足到什么程度就能带给人幸福感呢？就算真的达到这个程度，心中会不会又有新的渴望生成？倘若没有达到优越的物质生活水准，人们是不是就与幸福绝缘了呢？

幸福是一种心理感受，与人生境遇其实并无必然联系。什么样的境遇能使人幸福？什么样的境遇使人痛苦？两者并非像刻度尺一样存在着某种对应关系。有人认为住大房子是幸福，那么，住三百平米的房子真的能使人幸福吗？其实未必，住房面积大，但家庭不和睦，根本谈不上幸福；住六十平米的小房子，就肯定不幸福吗？也不尽然，住小房子但夫妻恩爱，照样浪漫满屋。

幸福是一种主观感受，离不开物质基础，但不仅仅取决于物质因素。可以说，在解决温饱问题之后，物质因素对于幸福的影响程度会越来越小。试看，在二十世纪九十年代初期，刚刚富裕起来的款爷们比赛烧人民币，看谁烧得多，这种畸形心理反映了其内心的空虚。究其原因，是因为让他们获得幸福的支撑点变了，成沓的钞票再也不能让他们获得以往的幸福感，甚至可以说，随着钞票的增多，他们越来越难以获得幸福感。所以，幸福并非取决于外在的物质，一如当年的款爷们虽然拥有了大把金钱，却与幸福渐行渐远。

我国古代，幸福是"洞房花烛夜""金榜题名时""他乡遇故知"，更多的是属于精神层面的享受；此外，"平安是福""平淡是福""吃亏是福"，同样属于精神层面的内涵。

叔本华指出："身外之物对幸福的影响太微弱。"我们的身体对于食物、水的需求是有限的，那只是维持生命的必要条件，很难说，一个每天吃鲍鱼海参的人就绝对幸福，一个每天吃馒头稀饭的人就绝对不幸福，或者说，一个开着宝马车的人就绝对幸福，而一个以自行车为代步工具的人就绝对不幸福。那么，幸福与不幸福之间，到底有没有分界线呢？或者说，是不是存在某个刻度，越过了这个刻度，就是幸福的，不及这个刻度，就只能与痛苦为伍？很明显，这个刻度并不存在。

幸福是一个人的需求获得满足时而产生的喜悦，我个人比较认可这个答案。

在云南普者黑旅游时，住在当地一家客栈里，店主家有个五六岁的小姑娘，父母忙生意，顾不上照顾她，她常独自在摩托车上玩耍。她的衣服不太合身，有些肥大，明显是姐姐穿过的旧衣，脸上有没有洗干净的污渍，拖着鼻涕，当我们的镜头对准她时，小姑娘竟然没有害羞，大大方方地摆出"剪刀手"让我们拍照。为了感谢她的配合，我们给了她一把糖果。当小姑娘看到糖果时，瞬间闪现出惊奇和惊喜的神色，犹如见到了价值连城的宝贝。那一刻，她是幸福的。

一把糖果就能让人获得幸福感，可见，幸福其实很简单。

但是，还是在普者黑的那个客栈，如果每天都有游客递给小姑娘一把糖果，那么她见到糖果时还会有惊喜感吗？或者说，还会产生幸福感吗？再试想，小姑娘原本生活在城市，她只是随父母在普者黑暂住，当她见到糖果时，还会有惊喜感吗？答案无疑是否定的。

可见，幸福其实很复杂，需要借助差异化而存在。

在物质困乏的年代，人们见面打招呼时会相互询问："吃了吗，您呐？"可见，在当时吃饱饭是一件大事，能吃饱就是幸福。从前让人们满足的物质享受在今天已令人不屑一顾。比如二十世纪八十年代初，人们的理想生活是席梦思的床、雪白的墙、油炸馒头蘸白糖，现如今，还有人会在意这些曾经的美好吗？人们津津乐道的物质需求在未来也许会让人不足挂齿。幸福总是相较而存在的，世上没有绝对的、永恒的幸福，只有相对存在的幸福。

根据马斯洛的需求层次理论，人的内在需求自下而上分为几个层次：生理需求（主要包括呼吸、水、食物、睡眠等）、安全需求（人身安全、健康保障、道德保障、家庭安全）、社交需求（友情、爱情）、尊重需求（自我尊重、被他人尊重）和自我实现需求。其中生理需求和安全需求属于物质需求，社交需求、尊重需求和自我实现需求是精神需求，精神需求中自我实现需求是最高层次的需求。

　　可见，对物质的需求只占人类全部需求的一小部分，而人的大部分需求，来自对于精神方面的需求。

　　健康是每个人都渴望的，是人生幸福大厦最重要的基石，如此，人生的财富、地位、家庭才有意义。

　　家庭是社会的细胞，拥有完整的家庭是人类幸福感最重要的来源，来自伴侣的鼓励和支持也是人生奋斗的最重要的精神支柱，所以，工作之余，一定要多陪伴家人，对子女和伴侣多付出爱与关怀，奉养双亲，教导子女。家庭和谐了，社会才能和谐；家庭稳定了，社会才能稳定。

　　人生不能没有梦想，尤其在人年少时。人生苦短，为自己树立一个奋斗的目标，并矢志不渝地为之付出努力和汗水，就能在不断求索中获得快乐和幸福，到了白发皓首之年，回首往事，才能不后悔虚度人生。

　　因此，要想追求幸福，需要去繁就简，主动选择简朴的物质生活，注重精神修为，保持童心，享受工作，为理想和事业矢志不渝地奋斗，拥有幸福的家庭，知足常乐。如此，定能收获精神层面的富足，从而收获幸福。

　　此外，真正的幸福来自对他人的付出和奉献，让他人因自己的存在而感到快乐和满足，这才是一个人人生价值的体现，是幸福长久的源泉。一个人幸福与否，最根本的取决于其内心富足的程度。内心越富足，他对外在的需求和依赖就越少，这样的人或许是孤独的，但即使在孤独中，他照样能享受到欢喜和满足。所以，提高精神修为，同样能让人获得幸福。其实，人类关于物质方面的欲望越小，可能在精神方面获得的幸福感越强烈。就像颜回，"一箪食，一瓢饮，在陋巷，人不堪其忧，回也不改其乐。"虽然居住在陋巷，生活清苦，却能做到安贫乐道、乐在其中。

幸福是一种心态，需要的是一颗平和的心，懂得感恩的心，对世事豁达的心，宠辱不惊的心。

如今，我已过知天命之年。在我眼中，幸福就是国家的富强、社会的稳定、家庭的和谐；幸福就是少年立志，并穷尽毕生精力为梦想矢志不渝。

在我眼中，幸福就是人生路上点点滴滴的感动：体会到我们生活在和平国度的安宁与满足就是幸福；一家人团团圆圆地在一起吃饭就是幸福；享受美丽风景的一刻就是幸福；得知自己写的文章获得发表时就是幸福；看到年近八十的母亲脸上的欢笑就是幸福；看到花园里孩子们奔跑的身影就是幸福；感受到祖国的天更蓝、水更清就是幸福……

其实，我们的身边从不缺少幸福，缺少的是一双发现幸福的眼睛。

其实，幸福就在我们身边，从未远离。

2017 年 11 月

"女士优先"过时了吗

Lady First，女士优先，是国际社会公认的礼仪原则。

关于"女士优先"的做法，有人认为这是对女性的礼遇和尊重，有人则认为是对女性的轻蔑和藐视。"弱者！你的名字是女人！"莎士比亚如是说。今天，妇女的地位早已今非昔比，但以我个人观点，"女士优先"并未过时，虽然它看起来有些流于形式，但反映的是一种为对方着想的态度，应成为待人接物的准则。

几年前，我陪同几位外国朋友到国家会议中心参观。短暂的接触中，对方的友善、开朗、热情、乐观的人生态度，和一丝不苟、严肃认真的工作作风给我留下了非常深刻的印象，同样让人印象深刻的，还有他们的绅士风度。每逢出入门时，几位身材魁梧的彪形大汉总是毕恭毕敬地立在门边，一定要等我这个唯一的女性先行出入。

观展结束，我们一行人等电梯。电梯门"刷"的一下在我们面前打开，里面空无一人。几位老外均垂手而立，直到我一步跨进电梯，他们才相继进入。那一刻，我真切感受到一种温暖。他们中包括身高将近一米九的亨特，当他面带微笑立在门边时，肢体语言一览无遗：Lady First！

女士优先，不仅仅是一种形式，还反映出深存于人们内心的善良，是一种善解人意的态度，一种为他人着想的立场，一种牺牲一己利益成全他人的善行，是人与人之间的礼仪、关照和爱心。

其实，我国古代圣贤早就提出了类似的论点。孟子云："老吾老以及人之老，幼吾幼以及人之幼。"就是让人们从尊重自己的长辈，推广到尊敬别人的长辈，从爱护自己的小孩，推广到爱护别人的小孩；

如家喻户晓的蒙学读本《三字经》开篇第一句就是："人之初，性本善。"强调人刚生下来，本性都是善良的；再如《弟子规》规定子弟所应遵循的礼仪规范和言行准则，其核心就是"孝悌仁爱信"，内涵远远超过"女士优先"，充分体现中国是一个礼治教化源远流长的国家，体现了中华传统文化的博大精深。

经过四十年的改革开放，中国经济取得了举世瞩目的发展，一跃成为世界第二大经济体，在尽享物质文明丰硕成果的同时，我们的精神文明发展的步伐却明显有些滞后。人们更多的是关心如何获得丰厚的收入，如何获取豪车豪宅，却忘了初衷，忘了那份本真的善良，人与人之间变得日益冷漠、隔膜。其实，我们都是社会的一分子，如果人人都献出一点爱，社会一定能变成温暖的人间。

前几天，在小区门口遇到的一幕让人如鲠在喉：

两个小伙子立在门口，因没有门禁，他们只好等待。这时，一位老奶奶拖着沉重的购物车步履蹒跚地走来。她颤巍巍地掏出磁卡，门应声开了，两个小伙子一前一后闪身进入小区。因为刷卡位置与门口尚有一些距离，等老奶奶放好磁卡，拉起购物车，门已经自动关上，她只得吃力地再次摸索磁卡。人老了，行动迟缓，如果那两个小伙子能帮她扶一下门呢？该是多么温馨的场景。

Lady First 体现的是深存于内心的善良，和为对方着想的态度，其本质是一份爱心，应体现在工作与社会生活的各个方面。在职场，分工越来越细，做好本职工作的同时，能否想到下一个环节？能否从单位全局出发，多为同事着想，多做一点点，以便每个环节的工作都能顺利贯通起来？

在公交车上，看到老人或儿童，能不能别等售票员提醒，主动为他们让个座？在地铁里，看到大腹便便的孕妇，能不能马上起身，请她们就座？联想毒奶粉事件，以及新近发生的假疫苗事件，无不是道德缺失的严重表现，甚至沦丧了人伦底线。面对自己的同胞，面对年幼的孩童，这些企业经营者的眼中唯有利益，把最起码的商业道德和做人底线统统抛到脑后，是可忍，孰不可忍！如果，他们心中立着"善言"和"善行"两块基石，相信悲剧一定可以予以避免。

让我们像爱护眼睛一样爱护这份与生俱来的善良，像守护宝藏一样珍惜这份纯真的秉性。女士优先，没有过时，深存于人们内心深处的善良永远不会过时，这其实是雷锋精神的代名词，理应被弘扬光大！

2018 年 7 月

防护网

迁入新家半年多，乔迁的喜悦之余，总有一件事让我惴惴不安：到底要不要在阳台外面安装防护网？这想法像夏夜习习凉风中的那只蚊子，不时在我耳边嗡嗡叫着。

眼看着楼上楼下的芳邻都将严密的铁网架到自家窗户上，有的是一根根铁棍组成的坚强堡垒，像无数个忠实的武士守在窗前；有的是一个个菱形的金属方格，看起来像一个巨大而严密的蜘蛛网。我却迟迟下不了决心。我担心安装了防护网的房子看起来会不会像一所监狱？周末，当我看书看得双眼酸涩想到阳台上透口气的时候，外人看我会不会像一个服刑的犯人？我还担心，当我透过防护栏望向窗外的时候，窗前那一小块可怜的绿地会不会被一根根铁棍分割得支离破碎，以至于我将看不到一棵完整的柳树；我将无法观察蓝天中一朵云的变幻；南飞的雁群、吹着美丽哨音的白鸽，在我的视线中还是不是完整的阵形？更让我担心的是，万一遇到地震、火灾、洪水，所有生的希望都寄托于这扇窗前，而那一根根铁棍，此时能不能理解主人的心情，自断其身以便让人逃生？

听说现在的护栏做得越来越人性化了，每一组防护栏都可以安装一个可以开启的小门，平时用锁锁上，紧急关头打开就可以逃生。我仍是担心，真遇到紧急情况，我们能准确又不失时机地找到那把救命的钥匙吗？万一钥匙被遗失了呢？

报上经常有耸人听闻的报道：某小区发生入室抢劫案，云云。这真让人神经紧张。我担心家中无人的时候，会不会有人借助楼下的防护网翻窗入户？担心深更半夜全家熟睡之际，会不会有人蹑手蹑脚悄然潜入室内？

唉，那只蚊子的嗡嗡声是越来越厉害了……

2005 年 7 月 11 日刊载于《劳动午报》

炊烟的味道

中国是农业大国，先民们依靠脚下的土地繁衍生息，日出而作，日落而息。人们祈祷风调雨顺，盼望有个好收成。在古代的祭祀活动中，有很多是关于火的。太古时代，人们称火神为"祝融"后来，这种对火的崇拜与灶神融为一体。

而炊烟，则是火的衍生物，指做饭时燃烧柴草从烟囱里冒出的烟雾。宁静的乡村生活中，一缕炊烟袅袅升起，代表着生活的富足和社会的稳定。炊烟也因此成为古代文人墨客争相赞颂的对象：

"暖暖远人村，依依墟里烟。"陶渊明的笔下，炊烟成为乡村生活安静与恬淡的象征；

"田舍炊烟常蔽野。"宋代诗人洪适描写了家家户户的炊烟连成一片，几乎遮蔽天地的情景。

可见，炊烟早已融入中华民族生生不息的血脉中，它从远古时代升起，一直伴随着中华民族前行的脚步，袅袅娜娜，从未飘散，寄予着人们对家的向往，对生活富足的渴盼。它萦绕在世世代代先民的脑海中，萦绕在思乡游子的心中。

而今，炊烟的味道早已成了遥远而模糊的记忆，成了一缕淡淡的乡愁。或许有一刻，在街头，在巷尾，在田边，在江畔，有一缕炊烟*丝丝缕缕*地萦绕在眼前，瞬间惊醒梦中人，牵出思念，引人追忆，把灵魂呛出了泪水。

去年初冬时节，我去都江堰。浑圆的落日挂在天边，南国温暖的风自由自在地吹着，远山变成淡蓝色的曲线。忽然，一阵风吹来，裹挟着一股炊烟的味道。那个瞬间，我仿佛被什么击中。这味道那样熟稔，又那样陌生，那样遥远，又那样模糊，让我沉醉，也让我惊醒，令我仿佛跌入一个梦中。我急切地用目光搜寻，但眼前既无农田，也不见屋舍，这炊烟到底来自何处？是来自冥冥之中的记忆吗？

炊烟的味道，是童年的味道。

我出生于二十世纪六十年代中期，童年在乡村度过。记忆中，家家户户的灶间都有一口大铁锅，每到吃饭时，烟囱里就飘出袅袅炊烟。阵阵晚风中，常常响起母亲唤儿归的长音。在那个"瓜菜半年粮"的年代，烟囱里飘出的炊烟是贫瘠生活中最深切、最真实的慰藉，是触手可摸的温暖，支撑起了一个个贫寒而单薄的日子。

在灶间氤氲的水雾中，是母亲日复一日操劳的背影。巧手的她总像变戏法似的将那些难以下咽的玉米面和豆面变出各种花样，贴饼子、窝窝头、金银卷、豆面团子、玉米面粥。在我最初的记忆中，炊烟的味道是温暖而亲切的，有炊烟升起的地方就有母亲的身影；有炊烟升起的地方，就有香喷喷的饭菜香。

炊烟的味道，是浓烈而辛辣的。

听母亲说，早年家里经常没柴烧，有时到了饭点，父亲就去野外砍回一捆青蒿。夏天的青蒿通体青翠碧绿，哪里点得着啊！父亲只好往青蒿上浇些煤油。煤油的烟雾混合着青蒿辛辣的味道，一定把母亲呛出了眼泪，也把关于炊烟的味道深深烙在了我童年的记忆中。

炊烟的味道，常常伴随着温暖的饭菜香。

小时候，我常看母亲烧灶，看她用火柴把白白净净的苞米皮引燃，再将曾经亭亭玉立的秫秸秆放入灶膛里。灶膛里跳起通红的火焰，舔着乌黑的锅底，变成一团烈焰。锅里的水开了，饭熟了，炊烟升起来了。慢慢地，灶膛里的火焰变得微弱了，变成灰黑的灰烬。那些苞米皮和秫秸秆耗尽了最后的剩余价值，从这个世界消失了。虽然，它们最终变成一缕炊烟，却始终萦绕在人们的脑海中，永远不会消散。我忽然想到，那时在灶边烧火煮饭的母亲是多么年轻啊！

童年时最快乐的事情就是冬日里，母亲做完饭，有时会将几个红薯丢进灶膛，过上个把小时扒出来，炭火的余温已经把它们烤熟了。烤熟的红薯外焦里嫩，香喷喷的。夏天，她则在灶膛埋进几个苞米棒子，烤熟的玉米表皮有些发黑，带着焦煳味，但香味却格外沁人心脾。

二十世纪八十年代初，改革开放的大潮让农村发生了天翻地覆的变化。我家翻盖了住房，有了电视机、液化气、电磁炉、电饭煲和电冰箱，做饭再也不用烟熏火烤了。打开煤气，就能烹出可口的饭菜；插上电源，过上半小时，就能吃上香喷喷的白米饭。当年的灶间装修后变成宽敞明亮的客厅，厨房则被迁到厢房里。灶台拆了，那口大柴锅被放置在院子一隅，经受风吹、日晒、雨淋；那被烧得炭黑的锅体记录着过往那些心酸的日子，记录着那些日日与炊烟相伴的日子。

八十年代末，我刚参加工作不久，被单位派往深圳出差。当时，深圳尚未开通机场，我们坐飞机到白云机场，然后转乘大巴车。这是我第一次到南方，车窗外是刚刚收割过的稻田，路旁种植着高大的芭蕉树。南国温暖的风轻轻地拂动发丝。薄暮中，夕阳染红了半个天空，天色一寸一寸地暗了下来。突然，一股浓烈的炊烟味道从车窗外飘进来，夹杂着稻草被炙烤后的清香，那样熟稔，那样亲切，仿佛多年不见的挚友突然出现在眼前；也像《诗经》中描述的那位佳人，于茫茫白雾中，伫立水的中央……那一刻，我有些恍惚，车窗外的景物忽然变得有些梦幻，那耕牛、稻田、芭蕉树、弯腰耕作的农人，好像无数次出现在我的视野中，又好像我曾在这片土地上扶犁耕作，在芭蕉树下摇扇纳凉，在薄暮中拾柴、烧火、准备晚炊……

那一缕炊烟的味道超越时空，唤醒了我童年的记忆……

而今，炊烟的味道，是淡淡的乡愁。

就像此刻，当我一个人远在异乡，这炊烟的味道让我忍不住回眸，也让我险些落泪。那些已经远去的童年时光啊，已经遥不可及。我再也无法回到从前，那些经历过的所有苦与痛、欢乐与悲伤，都成了模糊的记忆。在某个不经意的瞬间，一缕炊烟萦绕鼻尖，让人仿佛沉入梦中，又仿佛从梦中醒来。

2018 年 5 月

深深的一片海

　　儿子上幼儿园了。我送他到教室门口,他的小手紧紧攥着我的掌心,紧张地不肯松开。我知道,他胆子小,怕极了教室里那些奇形怪状的恐龙玩具,仿佛它们会像电视中演的那样,张开大口咆哮着把人吞掉。老师见状,拍拍手,对小朋友说:"××小朋友来了,请大家先把玩具收起来吧!"儿子这才怯怯地跟着老师走进教室。

　　为了培养儿子的胆量,我们给他报了跆拳道班。

　　别说,他还真有些运动天赋。课堂上的一招一式,他都做得特别标准到位。我看到老师不时给其他小朋友纠正动作,而他是那个让老师最省心的学员。但是,麻烦来了。上了小学,儿子还是喜欢"拳打脚踢"。一天,他不小心把一个三年级的同学给打了,家长来告状,老师也通报给了我。鉴于这次惹祸的经历,儿子的跆拳道训练只好作罢。

　　学拳不成,我们又给他报了美术班。一到周末,我们就陪他去公园写生。他的画,线条非常细致,常常得到老师的表扬;后来参加国画考级,拿了三级证书。

　　儿子的胆子慢慢大起来,年底班级的新春联欢会上,一曲《猴哥》赢得了热烈掌声。期末考评时,班主任门老师的评语有一句是:"你那一声'猴哥',震惊了全班……"

　　小学三年级,儿子成为校管乐队的成员之一,学的是长号。那时的他,个子还没有长号高,光是把乐器举起来都很吃力,更不要说吹奏了。但他跟着军乐团的老师学得很认真,练得也很刻苦,后来拿到中央音乐学院的六级证书;上初中后担任学校管乐队的首席长号,经常到国图音乐厅、中山音乐堂进行演出。

四年级时，他喜欢上了围棋。我们带他到少年宫的培训班去学。当时班里下棋下得最好的是一个四岁的小朋友，坐在椅子上腿还够不着地呢！在老师的引导下，儿子学棋一年后参加了海淀棋院的段位赛。有二十多人参赛，只有三人最终拿到了段位证书，其中就包括儿子。记得当年只有十岁的儿子问他的对手——一位二十多岁的小伙子："你是在哪里学的棋呀？"人家回答："我自己学的。"儿子说："哦，那你是自学成才呀！"把人家逗得哈哈直笑。

小升初时，他参加了海淀一所初中的特长生考试。按照惯例，每个同学都会被要求吹奏一首曲子，儿子选的曲目是《草原之歌》我听到他只吹了一两个曲段，就戛然而止。我当时想，可能监考老师认为他吹得不够好吧！谁知，刚回到家，学校的电话就来了，通知他参加次周的复试。复试时，儿子完整地吹完了一首曲子，毫无悬念地被该校录取。

上初中前，儿子所有的衣服和鞋子都是我做主买的，基本是我们买什么他就穿什么，从不挑剔。上初中后，他开始喜欢周杰伦、王力宏，常常在家里哼唱"双节棍"什么的，开始喜欢看 NBA，打篮球。中考前的学习非常紧张，学校规定不准学生中午打球，可他总忍不住跟几个要好的同学一起打，经常被老师批评。中考时，考场离家只有两三公里，我跟儿子说开车送他去，他却坚拒，说自己骑车去就行。看拗不过他，我只好说，那我骑车陪你一起去考场。谁知儿子把头摇得像拨浪鼓："不用不用！我三分钟就能把你落下三百米！"十五岁的他，已经长成了一个小伙子。难怪老话说：小伙子不吃十年闲饭！有时我去超市购物，买的东西多了就打电话让他下楼帮忙提东西。沉重的购物袋，儿子只用小手指就能轻松拎起来，还不忘表演给我看，惹得一旁的邻居都笑了。儿子中考发挥得非常好，全年级两百五十多个学生，他由刚进校时的中等排名跃居全年级第四。

高中生活紧张而繁忙，儿子每天放学后都扎在书堆里，做各种试卷。他写字台上的各种书籍和考卷堆起来足有五六十公分高。尤其高二时，他的体重下降了十几斤，好在天道酬勤，最终考上了理想的大学。

收到高考录取通知书后，为了跟儿子保持联系，我给他注册了一个网易邮箱。谁知人家早有了自己的邮箱，是在 Yah。上注册的。我给他发了很多励志邮件，都是自以为非常富于哲理的文章，想着儿子该有一两句感悟回复给我吧！可是没有，那些邮件石沉大海。于是，我要求加儿子的 QQ。儿子说："妈，你加我的 MSN 吧！"我有些惊喜，他们大二起网络就开通了。之前，我曾羡慕很多母亲可以跟自己的孩子 MSN，想到自己也可以跟儿子即时通信了，心里还真有些激动。可加了以后才发现，那是个永远脱机的地址，儿子的头像从来就没亮过。

大一暑假结束，儿子要返校，我跟他父亲一起送他上火车。距离开车还有半小时，我们帮他把行李放好，坐在对面的铺位上，一来想嘱咐他一些事情，二来也想跟他再多待一会儿。谁知我们刚坐下来，儿子就说："你们回吧！"

……

儿子大二暑假时，我们带他出去吃饭，是一家很有特色的饭店，我却丝毫看不出他的兴奋。在车里，他不听我特意选好的 CD，而是戴上自己的耳机，听那些我们不了解的曲目。他的眼睛总是看着车窗外，看着远方。

儿子的世界像一片深深的海，那里跟我们的一样，波涛汹涌，只是，他的世界跟我们渐行渐远了。

龙应台在《目送》中写道："我慢慢地，慢慢地了解到，所谓父女母子一场，只不过意味着，你和他的缘分就是今生今世不断地在目送他的背影渐行渐远。你站立在小路的这一端，看着他逐渐消失在小路转弯的地方，而且，他用背影默默告诉你：不必追。"

2011 年 9 月

村庄空了

从京城出发，驱车近两千公里，穿过河北、河南、湖北、湖南，越过巍巍群山，穿过茫茫雨雾，终于，车子拐进熟悉的村口，来到这个位于赣南的小山村。

熟悉的景物出现在视野中：云雾缭绕的大山，隐藏在竹林中的屋舍，深褐色的木篱笆，金黄色的油菜花，弯腰劳作的村人，低头觅食的芦花鸡……一切都是那么亲切，那么熟稔，仿佛一切都从未远离。

是啊，三十年了，虽然不能常回故里，但是家乡的一切总在梦中徘徊。

顺着村口再往前，只消十分钟，就能到达那间老屋。爱人生于斯长于斯的那间老屋，有着黑色的屋瓦，静静地立在山脚下，默默地等待游子归来。

可是，这个春天，当我们来到村口，举目四望，内心却感到一种从未有过的寂寞、空落、空洞。村子里的山峰、河流、屋舍、田野都在，但村子却空了，空荡荡的村庄仿佛失去了灵魂，满是落寞和萧索。

我知道，这一切是因为慈祥的婆婆已经不在了。她老人家走了快一年了。

从前回老家，每到村口，心情就变得雀跃起来，因为马上就要到家了，马上就能看到年迈的婆婆了，只有踏进了家门，我们才算真正回到家中。国人普遍具有家国情怀。家，不仅仅是一所房子，还是生活在房子里日夜惦念的亲人。俗话说，娘在哪里，家就在哪里；有娘在，家就在。家，是安放心灵的地方。每每看到婆婆慈祥的笑脸，我们的心就"咣当"一声落了地，旅途中所有的舟车劳顿一下子飞到九霄云外。看到年近九十的婆婆安好，我们的心就结结实实地回到肚子里。心安处，就是家啊！心安处，才是家啊！

像所有的江南女子那样，婆婆个头不高，清瘦。她没有文化，不会讲普通话，却知书达理，待人亲切和蔼。每次我回去，都会细密地嘱咐洗手、洗脸要用热或温水。有时，她还亲自帮我打好洗脸水。尽管语言不同，我们却能在一起聊天。我能听懂她讲的家乡土话，她也能听懂我讲的普通话，只是，她不会讲普通话，而我，也终没能学会客家话。她会絮絮地跟我讲村子里的变化，说村子里要修大路了……要种植一些经济作物……说今年的蔬菜价格又涨了……说村子某某家的脐橙收入了好几万元……婆婆最开心的事就是看着她亲手带大的孙子转眼长成一米八的大小伙子，总说将来一定要找个同样标致的女孩儿做媳妇。

儿子七个月时，婆婆从老家来京城帮着带孩子。那时她已年逾六旬，由于不会讲普通话，从不敢坐电梯，尽管电梯里有值班人员。那时我们住九楼，婆婆每天抱着七八个月大的孙子，上下楼都走楼梯。我们住的房子小，婆婆住的那间勉强能放下一张单人床。离开了熟悉的村邻，婆婆在京城的两年一定很寂寞吧！白天，我们上班后，婆婆一人带着孙子，想找个说话的人都难，即使有人说话，也没人能听懂她的方言。不过，有时我下班，常能看到她跟另外一位湖南婆婆在聊天。侧耳细听，原来她们各讲各的方言，却聊得不亦乐乎。

爱人出生的小山村四面环山，山上种着青青的毛竹，山顶终年云雾缭绕，上百座房屋依山而建，中间形成的凹地就是农田和老乡的菜田。村子的中间，一条小河蜿蜒流过。多少年来，村妇们在河里洗衣、聊天，河水从远方蹦着跳着奔流而来，像个淘气的孩子。早春时节，山上的脐橙树开出奶白色的小花，路旁的桂花吐露出细密的花蕊，河边的桃花像小姑娘的明眸，油菜能长到一人多高。到了饭点，主妇们走进菜园子，随手掰下两片白菜叶子，就能炒出一盘活色生香的时蔬。

赣州是全国著名的革命老区，也是全国较大的集中连片特困地区之一。2012 年，国务院正式出台《关于支持赣南等原中央苏区振兴发展的若干意见》在党的富农政策的支持下，村里修了水泥路，亮起了路灯，村民们种起了脐橙。脐橙是赣南特产，皮薄，甜度适中，无渣，入口即化。每到十一月份，赣南脐橙就上市了，在全国各大中小城市都能看到黄澄澄的果实。原来落后的小山村，家家户户都盖起了两层小楼，楼下是客厅，楼上是卧室，挂着洁白的窗纱。村子里还接通了网络，不少村民买了电脑，一条网线将这个小山村跟世界紧紧相连。

记得二十世纪八十年代末我第一次回婆家，那时交通尚不发达，我们坐火车到韶关，然后朋友开车接我们。早上五点多从韶关出发，一路上都是山路，很窄，仅容一辆车通行，路旁没有设防护栏，另一侧就是悬崖峭壁，让人胆战心惊的。我们整整走了一天，才摸黑进了家门。

第一次回去，我这个土生土长的北方人感到很不适应，因为生活习惯悬殊。首先是气候的寒冷项方没有暖气，屋子内外温度相同，正值冬季，湿冷像针一样绵密，从四周刺进人的骨髓和肌肤，任人把自己裹成粽子也无济于事。最恐怖的是晚上睡觉，躺到床上，简直就像躺到冰层上。吃饭更加愁人，由于气候潮湿，这里的菜以辣为主，每道菜都要放很多红辣椒，借以驱寒。放辣椒是做菜的最后一道工序，菜肴被端上桌之前，一定要披挂整齐，上面码上厚厚的一层辣椒，看起来红红火火的，才算合格。可怜从不食辣的我看着那一盘盘惊心动魄的红却下不去筷子。后来，嫂子每次做菜，就提前把菜盛出来一些，再放辣椒。这里民风淳朴，上街时每路过一户人家，都会被邀请进门"吃茶"进门前，主人还要点燃一挂鞭炮，以示隆重欢迎。正逢春节，家家户户都酿造了米酒，杀了鸡鸭，蒸好了板鸭、腊肉、腊肠；茶几上则摆着米果、南瓜子、烫皮子。喝一碗家乡的米酒，品一杯热腾腾的云雾茶，游子的心便醉了。日子就在酒香和茶香中散发出芬芳，浓得化不开。

婆婆家的门前有个小广场，旁边就是那条通往村外的小路。由于鲜有汽车通过，娃娃们就在小路和广场上蹦啊跳啊喊啊叫啊。日暮时分，家家户户的烟囱里冒起炊烟，一群鸭子从田里走出来，排着队摇摇晃晃地朝家走。晚风中传来主妇唤儿归家的长音，此时，天高、云淡、风清，远山的轮廓变得模糊起来，空气中充满了炊烟的味道。久居城市的我，深深被这份原生态的美所感动。虽然，这不是我的家乡，但几十年过去，我几乎把这里当成了自己的第二故乡。

去年回去时，年近九十的婆婆看起来依然健康、硬朗，说话依然高嗓门，走路依然像一阵风。我从北京给她买了一件大红的丝绵棉衣，轻而暖，她很喜欢，第二天一早就穿上了，却不敢当外衣穿，非要在外面罩上一件土布蓝褂子，说这么老了，穿大红的衣服会被人笑话。但土布褂子挡不住婆婆那颗爱美的心，每次有人来看她，她都笑盈盈地掀起褂子，给人家看里面的红棉衣，笑容里满是欣喜和满足。

我还给她买了一双紫红色的软底皮鞋，婆婆笑得眼睛都眯缝起来了。她养育了七个儿女，年轻时没吃没穿，更舍不得穿鞋，去田里插秧，去山上砍柴，经常打赤脚。现在生活条件好了，我总想，该让老人享享福了。婆婆很喜欢这双皮鞋，每次出门做客，她都穿上这双皮鞋。穿着皮鞋的婆婆走路似乎更快了。她腿脚好，加上常年坚持体力劳动，虽然年岁大了，走起路来依然脚下生风，比我走得还快。

每次回去，婆婆都会拉着我到小广场的凉亭下坐会儿。她的方言我听不太真切，但能听懂大概的意思。我俩各说各话，倒也其乐融融。

那天早饭后，我拎起相机，想去拍村前大山上的云雾。拍了一会儿，又去拍清晨凝结在豌豆苗上的露珠，还有篱笆后面那片郁郁葱葱的绿意。这时，我一扭脸，看到婆婆坐在凉亭下，正笑眯眯地看着我。我走过去，跟婆婆聊起天。她那时精神矍铄，饮食、睡眠都很正常，没想到一个多月后，老人家竟然撒手人寰。每每想起来，我都感到懊悔，当时为什么没有好好帮婆婆拍几张照片呢？

这次回来，我们是给婆婆扫墓的。不到一年时间，亲人竟然阴阳永隔，想来实在让人痛心。车子缓缓开进熟悉的小山村，我却无论如何也找不到往日的熟稔和亲切，倍觉空旷、落寞。村民们依然日出而作，日落而息，就像婆婆生前一样。可是，少了慈爱的婆婆，少了老人健康而硬朗的身影，少了老人那温暖而慈祥的笑容，这往日的小山村在我眼中突然变得空旷起来。如今，老屋还在，我们却突然变成无家可归的孩子。

阳春四月，红艳艳的山茶花正吐蕊怒放，火红的花瓣像一团燃烧的火；月桂树的枝头挂满了晶莹而细碎的花瓣，散发出阵阵浓香；黄灿灿的油菜花正兀自盛开，点缀着江南大地。可少了婆婆的村庄，只剩下无边无际的寂寞，游荡在每一缕空气中；只剩下无边无际的萧索，徜徉在小河哗啦啦的流水中；只剩下无边无际的荒凉，弥漫在大青山顶上的云雾中。

敬爱的婆婆啊，又一个春天来了。脐橙树上又开满了洁白的花瓣，您能看到吗？油菜花又酿出了金黄的花蕊，蜜蜂忙着采蜜，您看到了吗？您挚爱的孙儿们正在老屋前的小广场上奔跑跳跃，您看到了吗？我们从千里之外的京城回来看您，您看到了吗？

青山肃立，流水不语，它们也在思念一位善良的老人，用一生心血将七个儿女抚养成人的老人，那是如今长眠在高高山坡上的慈爱的婆婆，依旧用慈爱的目光注视着生前的村庄。

2016 年 4 月

永远的宝贝

儿子一岁时，我趁单位午休，骑辆自行车，去长安商场给他买婴儿鞋。

二十世纪九十年代初，商场采用封闭式售货模式，大约七八米长的椭圆形玻璃柜台里，陈列着一双双式样精美的童鞋。我看见一位鬓发斑白的奶奶带着七八岁大的孙子也在柜台旁流连。奶奶烫着一头优雅的卷发，小孙子长得很壮实。老人细细端详柜台里的鞋子，低头慈爱地问孙子："宝贝，你喜欢哪双？"我当时有些瞠目：怎么？都这么大的孩子了，还被唤作"宝贝"？我以为，"宝贝"只适合称呼一岁以下的婴儿。

儿子正在学步，虽然走得踉踉跄跄，但速度飞快。他走（跑）起来常让奶奶追不上，摇摇晃晃的样子让人忍俊不禁。还没出生时，我们给他起了个英文名字叫"Baby"，后来就自然地称呼他"宝贝"。相信，很多孩子小时候都曾被唤作"宝贝"。

Baby翻译成中文就是婴儿、婴孩、宝贝的意思。婴儿期指的是从出生到一岁这个年龄段。

后来我才明白，"宝贝"其实是泛指，常用于长辈称呼晚辈，这个词语凝聚着长辈一份深深的爱意。对于长辈而言，晚辈永远是他们心中的宝贝，不论是一岁还是三岁，不论是三岁还是三十岁，他们永远是襁褓中的婴孩！就像儿子，如今已是一名在校大学生，但内心深处，他似乎永远是我怀中的那个小娃娃。在与儿子相隔两千公里的京城，我常默默想象，南国的天空下儿子的模样。他吃得可好？睡得可香甜？同时，内心涌起一句深深的呼唤：宝贝，愿你一切安好！愿你每天都开心快乐！学有所成！

　　我才明白，对于长辈而言，子女永远是他们的宝贝，无论他们身居何处，年龄几何；不论他们贫富贵贱，不论他们学富五车，抑或目不识丁，他们都是父母心头永远的牵挂。古往今来，那份血浓于水的爱是中华民族生生不息的血脉，是我们这个民族血管中奔流着的热血。它，亘古不变。

　　"慈母手中线，游子身上衣，临行密密缝，意恐迟迟归。"孟郊的《游子吟》写出了慈母之恩的难以报答。游子准备远行，想必他已成年了吧！但母亲的心依然放不下，儿子要多久才能回家？如果回来得晚，他的衣服会不会破损？因而，儿子临行前，母亲一针一线细细地缝，密密地缝，将自己的满腹柔情和一腔爱意全都缝进衣服里。母亲的爱，比三春的阳光更加温暖和煦啊！

　　《孟母三迁》出自《三字经》，家喻户晓："昔孟母，择邻处；子不学，断机杼。"他们刚开始住在墓地旁，孟子就和小朋友一起玩办丧事的游戏，孟母看到了，皱起眉头，准备搬家。他们搬到集市旁，孟子又和小朋友一起模仿商人做生意，孟母又皱起眉头，准备搬家。这次，他们搬到学校附近，孟子变得懂礼貌、喜欢读书，孟母这才满意地点点头。一次，孟子逃学回家，孟母生气地质问儿子："为什么还没放学就回来了呢？"边说边生气地把织布机上的梭子拆断了，"梭子断了，布就不能织了，学习也一样，日积月累才能积少成多，才能成功。"后来，孟子果然发奋读书，成为一代圣贤。

　　我很喜欢这个故事，爱孩子是本能，但理智地爱孩子，却是一种能力。一份理智的爱对于孩子的成长，显得更为弥足珍贵。一代文豪高尔基说："爱孩子，这是母鸡也会的事；可是，要善于教育他们，这就是国家的一桩大事了，这需要有才能和渊博的生活知识。"

　　出于理性的爱固然可贵，但出自感性的爱同样是血浓于水的亲情，它们都是爱的奉献，都是人间的真情。

前几年流传的武汉妈妈的故事感动了无数人。陈玉蓉是一位普通的农村妇女，得知正上大学的儿子失去了肝脏代谢功能濒临死亡后，为给儿子提供符合要求的供体，她每天坚持长跑十公里，最终消除了脂肪肝，成功跟儿子进行了配型手术。她说，减肥是痛苦的，但想到躺在病床上的儿子，就又有了坚持的动力。

我听过的最惊悚的故事，是男孩的妈妈和女友有矛盾，女友说："结婚可以，把你妈的心脏给我。"男孩真的跑去杀了母亲，捧着母亲的心脏向女友跑去。忽然，他脚下绊了一下，摔倒在地。这时，他听到一个声音："摔疼了吗？孩子，以后走路小心点……"这固然是奇谈，但这就是一颗爱孩子的慈母的心啊！

"老母一百岁，常念八十儿。"百岁老母仍会怜念八十岁的儿子，因为，他是她的宝贝，永远都是。

耳边常常回旋着阎维文演唱的那首《母亲》：

你入学的新书包，有人给你拿，
你雨中的花折伞，有人给你打，
你爱吃的那三鲜馅，有人给你包，
你委屈的泪花，有人给你擦。
啊，这个人就是娘，
啊，这个人就是妈。

悠扬的旋律、朴实的语言，饱含着无限真情，每次聆听，都让人动容。"

现在，我自己早已年逾不惑，每次回父母家，妈妈总会提前准备好我们爱吃的饭菜，红烧肉、炒豆腐、拌凉粉，都是我的最爱。吃饭时，妈妈亲自炒菜，吃饭时还要亲自把菜夹到我碗里，看着我把它们吃下去，这才安心。临走，还要张罗给我们带这带那，几块煮好的酱肉、几把青菜、一兜水果，好像我离开她会衣食无着一样。

我终于明白：我，同样是妈妈的宝贝。虽然从小到大，她从未这样称呼过我。

张爱玲说："天下父母对孩子的那片心，说起来简直可笑。"可是，我敬重这无私的奉献，敬重这与生俱来深沉的爱，正是这存于天地之间的挚爱，抚养一代代人茁壮成长。这是人间的大爱。

2010 年 11 月

一个素食者的独白

掐指算来，自打 2010 年开始，我吃素已经快八年了。每每饭桌上跟人提及，总会招来一片惊奇的目光，大家看我的眼神简直像在看外星人，目光中有迷惑，有不解，紧接着就会发问："为什么？"

对于不太熟悉的人，我一般莞尔一笑："吃素，更健康。"

其实，我食素的真正缘由，却是因为父亲的离世。

父亲是在睡梦中走的。前一天晚上还在观看电视球赛的父亲，却没能看到第二天的朝阳。去世当天的中午，家里为前来送别的亲人准备了午餐，看着桌子上那些鸡鸭鱼肉，我忍不住悲伤地想，这些肉，跟父亲身上的肉，难道有什么区别吗？如果我吃下这些肉，是不是就等于吃下父亲身上的肉？

心中一念起，我竟从此与肉食绝缘了。

不吃，也不馋；不吃，是不想吃；不吃，因为素食更舒服。

听说我吃素，最惊慌的是母亲。她坚定地认为这是偏食，一定会造成营养不良。于是，每次回家，她都用热切的眼神望着我，跟我描述桌上的鱼啊肉啊味道如何鲜美；见我无动于衷，又用近乎祈求的口气说："要不，你少吃一点？"见我头摇得像拨浪鼓，只得使出最后一招，用近乎命令的口气说："就吃一块！"话音没落，夹起一块排骨就要往我碗里放。我捧着碗躲闪，母亲只得叹口气，仍不甘心。一次我回去看她，她面带喜色地跟我说："我做了你爱吃的包子，是荠菜馅的，素的。"我信了母亲的话，吃下几个包子，只觉味道有些怪异。饭毕，母亲问我："好吃吗？""好吃！"我答。母亲竟像个小孩子一样笑了，忍不住得意地告诉我，其实馅里放了一点肉末……

食素以后，自然减少了外出就餐的次数，但有时也难免参加应酬。有一次跟久未谋面的朋友们聚会，听说我吃素，大家就有些诚惶诚恐，特意帮我点了好几道素菜，其中一道是饭店里的特色菜，特意嘱咐服务员别放肉，服务员也满口答应。谁知等菜端上桌，赫然看到深棕色的肉片横卧盘中。看来，服务员是个新人，一个劲地跟我们道歉："对不起，对不起，我去问问领班啊！"她很快回来了，淡定地跟我们说："我们领班说了，这肉片是送的……"

　　目前，国内的素食者比例还微乎其微，很多人对素食不了解，包括饭店的服务员。有时在外用餐时问服务员："有素菜吗？""有的，有的。"服务员笑容可掬，"肉炒菜花、肉炒青椒、肉烧茄子……都是素的……"对此，我只感到词穷……

　　记得在江苏盐城，我跟朋友在店里用早餐，点了生煎包，问服务员，"有素馅的吗？"服务员肯定地说："算菜馅的是素馅。"平心而论，包子做得的确精致，让人看了食欲大开，谁知一口咬下去，感觉味道不太对，再一看，馅里明明掺杂着乳白色的肉末，于是，问服务员……这次，人家的回答更加干脆："算菜就是素馅啊！只放了一点点肉末嘛！"

　　的确，荤素搭配是国人几千年沿袭下来的饮食观念。去饭店吃饭时，翻开菜谱，几乎全是红肥绿瘦，只在角落里，写着几道不起眼的豆腐或时蔬菜名。很多地方的菜肴都以肉食见长，比如婺源的荷包红鲤鱼、新疆的大盘鸡、西安的羊肉泡馍，更不要说广东的龙虎大会、烧乳猪，草原上的烤全羊，每道名菜都是肉食啊！真是无肉不成席，无肉不成菜，难怪人们对素食不了解。

　　我的记忆中，曾有过几次令人恐怖的食肉经历。

　　一次是陪外宾去工厂。大概是厂家想给外宾留下深刻印象，午餐有一道菜是松鼠鳜鱼。只见鱼身裹着金黄色的面糊，被炸得松脆，可鱼头还在不时扭动。就是说，鱼还是活的！鱼头每动一下，众人就调侃一次，我却总不敢伸筷子。

还有一次是去广东出差，同事请吃粤菜，其中一道菜是醉虾。就是活虾用酒灌醉后，直接生食，据说味道鲜美，但要伴白酒以杀菌。看着那盘红彤彤的虾卷曲着身体卧在精致的瓷盘中，还在梦中就失去了生命，真让人惋惜。我对这道菜自然是退避三舍。

然而，素食将近半年，我真的越来越喜欢素食的真味。印象中，我吃的最美味的一道素菜是寺庙的斋饭。初冬的北京已有些寒意，在法源寺，时近中午，大家排队领饭，主食是馒头，菜是炖菜，里面有南瓜、土豆、豆腐、粉条、大白菜。本以为会难以下咽，谁知，这顿饭让我参透了南瓜的甘甜、土豆的醇厚、豆腐的清香、粉条的顺滑、大白菜的清爽，让我知晓了蔬菜的味道原来可以如此美妙。从这以后，我慢慢品出了素菜的真味，发现大地母亲赐给我们的原来都是宝贝，那些谷类、豆类、蔬菜、水果，每种都有独特的鲜香醇美，那味道至真，至纯，至美，令人唇齿留香，甘之若饴。此外，豆类还有养生的功效，如红豆补心、绿豆祛火、黄豆益气、黑豆补肾。

据说，创世之初，宇宙间一片黑暗，上帝创造了光，于是有了白天和黑夜，此为第一天；第二天，上帝又创造了天穹，于是有了天空和陆地，有了海洋；到了第三天，上帝说："地上要长出不同种类的青草、结籽的蔬菜和结果实的果树！"后来，上帝又创造了日月星辰、飞禽走兽；到了第六天，上帝按照自己的形象造人，让人去管理世间的一切生物，包括水里的鱼、空中的鸟，和陆地上的动物，说："我将一切结籽的菜蔬和带核的果子都赐予你们做食物；而将地上的青草赐予地上的走兽、爬虫、空中的飞鸟为食物。"可见，上帝的初衷是让人类以蔬果为食的。

其实，在我国传统文化中，素食作为一种饮食习惯源远流长。战国、秦汉时期，蔬菜的品种有五种，即《素问》中的"五菜"：葵、藿、葱、薤、韭。显然，蔬菜是先民饮食中不可缺少的部分。从古至今，口头流传下来的俗语很多与蔬菜有关，如"种瓜得瓜、种豆得豆""萝卜白菜，各有所爱""白菜豆腐保平安"……说明人们对蔬菜的重视和认同；"一畦春韭熟，十里稻花香""夜雨剪春韭，新炊间黄粱""无数春笋满林生，柴门密掩断人行"……从一个侧面反映出蔬菜与饮食的密切关系。在古代，"饥馑"一词代表的是蔬菜歉收。可见，蔬菜在人们饮食中占有非常重要的地位。

经济落后的年代，家家户户的餐桌上难见荤腥，只有逢年过节，才能打打牙祭。人们平时以素食为主，瓜菜半年粮，是说瓜（倭瓜、西葫芦）和菜（白菜和蔓菁）要顶半年的口粮。虽然条件艰苦，但那时的人们鲜有罹患富贵病的。如今，物质条件得到了极大改善，天天都像过年，餐餐大鱼大肉，"三高"却成了无形的瘟疫，威胁着人们的健康。

素食将近八年，我的状态良好，并非人们想象中因为食素而面容枯槁。一次去外地旅游，到了饭点，走进一家小店，要了一碗面，嘱咐老板别放肉。老板看着我像看一个外星人："咦，你不吃肉？看着还怪好的哩！"是的，虽然不吃肉，我感觉自己面色红润、精力充沛、身体强健，虽年逾五十，但没有"三高"的烦恼，骨密度值超过正常人数倍。

在过去七年多的时间里，我不曾吞过一块肉、一口鱼、一只虾，甚至一勺动物油，感觉自己的身体变得越来越清洁，脚步也越来越轻盈，浑身上下仿佛充满能量，内心总洋溢着快乐和满足。其实，从食物的能量频率来说，肉食的能量频率比较慢，倾向于向下沉，而素食的能量频率比较快，更倾向于向上升，这就是素食的魅力之所在。

如今，每次回家，母亲总会推过来几盘素菜，特意叮嘱："这几个菜是素的……"

2018 年 5 月

观看《樱桃》有感

这部电视剧由王振宏导演，讲述智障母亲樱桃和瘸腿丈夫葛望抚养弃婴红红，并帮助红红寻找生父的故事。全剧基调不乏诙谐幽默，也有一些情节催人泪下，发人深省。

很喜欢宋小宝饰演的望哥，淳朴、善良、憨厚，虽然腿有残疾，但有责任心，勇于担当。可以说，他把农村男人的特质表现得淋漓尽致。沈春阳饰演的樱桃对于她本人来说，是一个很大的飞跃，不同于二人转舞台的表演，也不同于《乡村爱情》中的老板娘。这次她饰演的樱桃是一个智障女人，用自己全部的爱来呵护捡来的孩子——红红。即使红红百般轻视她，嫌弃她，甚至将她丢弃在荒郊野外，她都一概不计较，只要看到女儿，她的脸上就泛起傻呵呵的幸福的笑容。

我想说的是红红。不知道为什么，我在红红的身上看到了自己的影子，看到许多年前的自己……

红红长大了，出落成了一个标致的女孩。她亭亭玉立、品学兼优，可她却说，自己宁愿不长大——不长大就不知道自己的妈妈原来是个傻子，不长大就不知道原来自己的家是如此贫穷。

我上初中时，农村还很穷，每天早上起来，梳头要到东屋唯一的镜子前，而东屋那时既是招待客人的地方，也是父母的卧室。我照镜子时，母亲已早早起来，父亲还在床上，看到我进来，他会趴在床上，用手支着下巴，头偏向我，很专注地看我。为人母后，我才理解父母对自己孩子的那份深情。可在当年，父亲的目光让处于青春期的我感到异常烦躁——干吗总看我呀？我总是快快梳好头发，然后跺跺脚，头也不回地走出东屋。

高中毕业后，我上了一所外贸中专学校，毕业后进入京城一家大型国有外贸企业工作，员工有千余人。刚参加工作时，父亲执意要去我公司，说想见见公司领导什么的。我明白他的意思是想跟领导打个招呼，让人家多关照刚刚工作的女儿，可虚荣心让我对父亲的意图心存芥蒂。我一直没有答应他。那段时间，父亲有些郁郁寡欢。

　　长大了，才知道父母是没法选择的，再丑陋的父亲、再贫穷的母亲，都会给儿女浓得化不开的爱，都会用自己的心血去抚育儿女长大；长大了，才知道父母原来不像自己小时候感觉的那样像山一样高、像树一样伟岸，其实他们也有自己的弱点，需要做儿女的去包容，需要做儿女的付出更多的真诚和爱，来抚慰他们。可是，年少时，在父亲面前，我自己太像红红。现在想来，"后悔"两个字无法形容我的痛惜之情。父亲虽然不英俊，但是他教会我做人的道理，是我的数学启蒙老师（他上学时，数学成绩始终是全班第一），而且只有他，在我困境时真心为我分忧，在我顺境时为我骄傲开心。他其实是世界上最好的父亲！上高中时，父亲送来的西红柿是我这辈子吃过的最美味的西红柿，遗憾的是，我一直没有告诉父亲；遗憾的是，我再也没有机会告诉父亲了。

　　人都有虚荣心，红红有，我也有，可能比她更甚。其实，外表的东西真有那么重要吗？培根说："美犹如盛夏的水果，是容易腐烂而难保持的。"可见，一个人真正应该追求的是内在的丰富和心灵的纯美，这才是持久的，可以伴人的一生的。

　　每个人都年轻过，都有过青春的逆反。这时，千万要保持警醒，剧中的红红固然可以原谅，因为她还是个孩子，只怕尘埃落定，自己都无法原谅当年的自己。

　　这部电视剧给我的印象很深，于嬉笑怒骂中不经意道出了世态的炎凉，道出了一份人间大爱。

2012 年 2 月

人近五十

时光从沙漏中不停游走，走过稚嫩的童年，走过花季的青春，走过洒满浓荫的中年，倏忽之间，我的人生已经来到五十岁的门槛前。

上周末跟同事一起去参加公共英语三级考试，厚厚的一沓卷子发下来，我有些诧异，怎么考题的字体看起来像一堆黑蚂蚁呢？平时熟悉的 A、B、C、D 忽然变得难以分辨，任凭我努力瞪大双眼，依然无济于事，蚂蚁们仿佛在跟我捉迷藏。这么多年来，我最骄傲的就是 1.5 的视力啊！

出了考场，我直奔眼镜店。听我说明情况，那位温州老板转身从柜台里取出一副小巧玲珑的眼镜来，说："戴上试试？"我一时有些惶惑，活了大半辈子，还从未跟眼镜打过交道。我迟疑着将那副眼镜架到鼻梁上，举目向前，顿觉一片晕眩。这时，老板的声音飘来："看这里！"我接过他递过来的一张报纸，不由得转惊为喜，那些黑色的蚂蚁此刻竟然变得格外清晰——太神奇了！我如获至宝，立刻买下这副眼镜。

成绩下来，我考了不错的分数，顺利通过了考试，但鼻梁上却从此多了一副老花镜，看书、看报、看电脑，再也离不开它。它就像我的眼睛，有时找不到它，经常急得团团转。

忽然发现，满街都是美女了。她们的皮肤白皙细嫩，眼神清澈明亮，身材玲珑有致，绝无多余的赘肉，长裙、短裤在她们身上都显得恰到好处。她们的头发或随意散在肩上，或在脑后挽个发髻，都显得清新可人。走在街上，她们就是这个城市最美丽的风景。

三十年前，我刚刚走上工作岗位。在那个物资匮乏的年代，我像所有爱美的女子一样，也喜欢美丽的服饰。一回，我坐公交车上班，扶着栏杆望着窗外，想着心事，没注意到对面一位中年人竟然一直目不转睛地盯着我。后来，我听到身后两个中学生模样的调皮鬼悄声说："长啥样啊！看那老头眼睛都直了。"我猛抬头，才发现那人正直勾勾地盯着我，是因为我的样子让他想起了什么人吗？

丈夫不知什么时候两鬓泛起了霜花，若不是靠了染发膏，他很可能已经满头白发。年轻时瘦削的他，现在也耸起了将军肚。

能不老吗？

转眼间，我们的儿子都已经二十出头了。看着自己的血脉凝成的这个亲爱的小人儿，是一件多么令人快慰的事儿！他的好、他的调皮，都深深牵动着我们的心。他的眼角眉梢有着与丈夫当年一样的英武，一颦一笑都让人沉醉不已。儿子小时候很缠人，我当时希望他快快长大。而做父亲的总是各种忙，儿子总抱怨爸爸没有时间陪他一起玩飞机、坦克。如今，儿子长大了，父亲老了。老了的父亲忽然开始格外疼爱儿子，说自己省吃俭用也要送儿子出国留学；老了的父亲开始唠叨，孩子的衣服是不是得体，有没有充分利用大学时光好好学习，将来要从事何种工作，住何等房子，开何种车子……男人老了，真是一件可怕的事儿。

上了年纪的我已不再避讳年龄的话题，偶然遇到街上的毛头小伙子喊着"阿姨"来问路，也不会嗔怪对方。谁不会老呢？我不再买高跟鞋，喜欢平跟舒适的鞋子；不再买紧身的衣服，宽松的服装让我感觉更放松；不再吃肉食，谷物的清香让我感觉更享受；不再喜欢逛商场，那些短小的服饰每每让我愁肠百结。

我喜欢把家里整理得窗明几净，一杯茶、一本书、一张琴、一盆花，就是岁月静好。

我喜欢看书，阅读的感觉真好。阅读就是跟伟人对话，书中自有颜如玉，书中自有黄金屋。

因为热爱摄影的缘故，我爱上了旅游，只是不再喜欢热门景点，也不会对着美景噼里啪啦没完没了地拍照。我喜欢静静地看着那山、那水、那草地、那蓝天、那白云、那屋顶、那树、那花，体味光阴一秒一秒慢慢流逝的感觉。

太极拳打了快三年，套路已经很熟了，可以体会内气流动的感觉。我像一个行者，走了很远的路，依稀看到隐藏在云雾中的太极大门。可惜，每当我刚走到那扇大门前，便飘来一团浓雾，它又钻进云里雾里了。但我相信，唯有坚持，拳打万遍，其义自见。

我的生命即将进入知天命之年，内心变得从未有过的轻盈。此时，韶华不再，内心却云淡风轻，得与失、宠与辱，忽然变得不那么重要了。生命是一次单程旅行，得失宠辱本是同一件事情的两面，就像月圆月缺、白天与黑夜，彼此对立，又相互成全，根本谈不上什么好与不好。"天地与我共生，而万物与我为一。"庄子如是说。是啊，生而为人，一切顺境与逆境都是上天的恩赐。人们都祈求永远平安、幸福、快乐，岂不知，苦难才是人生最宝贵的财富。生而为人，接受一切，享受生命河流缓缓流淌的感觉，这感觉其实很美妙。

也许，我们终不能像陶渊明那样鞠躬田垄，悠然见南山；终不能像梭罗那样，在瓦尔登湖畔观赏云卷云舒；终不能像列子一样，御风而行，泠然善也，但我们可以在心中搭起一方晴空，享受心灵的自由与超脱。其实，人的很多烦恼都是自己寻来的。你看大山烦恼过吗？大海烦恼过吗？树木与河流烦恼过吗？山自巍然屹立，海自奔腾不息，河自默默流淌，树自春华秋实，一切都是大自然最好的安排。生命也是，贫与富，贵与贱，乐天知命，知足常乐。

五十岁，承上启下；五十岁，继往开来。

唯留叹息：时间太瘦，指缝太宽。

2013 年 5 月

如果，如果……

初秋某个周六的中午，在前往怀柔红螺寺的途中，我们路过一家饭店，停下车，准备用餐。

时近八月底，天气却依然炎热。饭店门前的空场上，摆放着一张张圆桌，桌上撑起一把把墨绿色的遮阳伞，很多人都在店堂外用餐。

我们也选了一张圆桌。等菜上桌时，我抬头望天。天很蓝，大朵的白云正在空中游动，空气中夹杂着泥土的清香。忽然，一声清脆的女声滑入我的耳际，那原本是世间最最寻常的两个字，此刻却犹如晴天的一声霹雳，又如雨天的一声惊雷，炸响在我的耳边—爸！

猛回头，我发现邻桌不知何时坐了一家人，年轻的小两口带着宝贝儿子，和他们鬓发斑白的父母。父亲六十多岁，宽脸，浓眉，一双眼睛炯炯有神，上身穿淡绿色上衣。他此刻坐在椅子上翻看着手中的报纸。

我有多久没有称呼过父亲了？现在，纵使我千呼万唤，再也没人应我了。今生今世，"爸爸"这两个字对我来说，已永久地失去了使用权。

此刻，我是多么羡慕眼前的女子，她是多么幸运的人，还可以跟父亲说话、聊天，享受天伦之乐。

眼前的一家人，让我无法遏止地想起了自己的父亲。老人家走了快一个月了，如果上苍怜我，让父亲还能回家一次；如果，还能给我一次机会，哪怕仅仅一次，能让我陪他老人家外出看风景，那该多好啊！

我要开车带父亲去北戴河。父亲这辈子还没见过大海，我要让他坐在副驾驶的位置上，帮他系好安全带，为他讲解沿途的风景。

父亲抽了一辈子的烟，我要为他买一条上好的香烟，让他解除旅途中的劳顿。

我要提前预订海边的宾馆，让父亲在清晨一推窗就能见到翻滚的海浪，听到海涛的轰鸣。

在西天被晚霞染红的薄暮时分，或迎着清晨喷薄而出的红日，我要陪父亲去海边散步，跟他一起欣赏海滨的美景：天边翻滚的海浪，空中翱翔的海鸥，洁白细软的沙滩，古旧沧桑的渔船……

每天，我要为父亲点他最爱吃的饭菜，细软可口又易于消化；我要为父亲点他最爱喝的啤酒，为他不停夹菜，把他面前的餐盘堆得像小山一样；我要向父亲敬酒，感谢他的养育之恩，感谢他这么多年来对我和我们小家的所有的付出，还要祝他身体健康，福如东海，寿比南山；饭毕，我要为父亲递上一张餐巾纸；离席之际，我要搀扶他从椅子上站起来。

我要拉着父亲的手，一起缓缓沿着海岸线行走。我要给父亲拍照，留下他在蓝天下碧海边的身影，还要跟他合影，让碧海青天一起见证，我们这一世的父女情缘。

我会不停地跟父亲讲话，问他参加工作是在哪一年？当时多大岁数？他独自开车去山西，开了多长时间？北京到山西那么远，六十年代的路况又那么差，晚上在哪里住宿？在山西待了多长时间？山西的饭菜可吃得惯？我要以无限崇拜的语气跟父亲说话，把他当作一个国王。

在送父亲回家的路上，我会问他："爸爸，这次旅游您满意吗？"整个旅途中，我要不停地叫："爸爸！""爸爸！""爸爸！"……

回过神来的时候，我才发现对面的一家人不知什么时候已经走了，留下一张空空的桌子。

午后的阳光，懒懒地照过来。

一朵朵白云悠然地在空中浮动，它们，看过多少世间的悲欢离合？

2010 年 8 月

心动时刻

八月不可触

厨房的纱窗外，趴着一只蝉，静静地，不动，也不语，仿佛在看着我。我没去惊动它。我想，那是不是走了六年的父亲，来看我了？它默默地看我烧水、泡茶，也看我洗菜、煮饭，不动，也不语，多像不善言谈的父亲投来默默关切的目光。

父亲走在八月，一个有蝉鸣的日子。他老人家没有任何征兆地，匆匆去了另一个世界。前一天还和老友下棋的他，却没能看到第二天的朝阳。

六年前的今天，正准备上班的我接到母亲的电话，犹如晴空中响起了一记炸雷。从此，我头顶上的天空一片一片地塌了，那些碎片如匕首直插心脏。我至今无力将它们抽去，六年了，每每想起父亲，我的心仍在滴血。

父亲啊，那个八月天，天空很蓝，蓝得如此空旷而寂寞。菜园里您亲手栽下的白菜兀自郁郁葱葱。它们默默立着，有谁会像您一样尽心地侍弄它们？谁来收割它们？蝉鸣依然在耳边回响，您却从这个世界消失了，连同您的笑容、您的声音、您的身影，还有，您对子女的那份像大山一样深沉的爱。

父亲啊，其实您从未离开，一直与我们同在。一件寻常的事物都能让我想起您；在我梦中，您的音容笑貌依然鲜活；在我心中，您永远是我亲切、慈祥、宠我、爱我的好父亲。其实，我们从未分离，是吗？就像眼前这只蝉，我们隔着一层薄薄的纱窗对视，正像我和您隔着一个世界，却依然能真切感受到彼此的存在。

六年了，又是八月，窗外蝉声不绝。

八月不可触，蝉声天上哀。

父亲，您在天上还好吗？

蜘蛛

晨起，雨。

习惯性地走到露台，赫然看到一张巨大的蜘蛛网从露台的顶端垂落下来。蜘蛛小小的身体蜷缩在网中央。一阵风吹来，蛛网开始剧烈地颤动起来，蜘蛛舞动指爪，努力维持着平衡。我真担心，会不会有更猛烈的风将蜘蛛和它辛苦一夜编成的网毁之殆尽？

蜘蛛，在人们熟睡的时候，悄然用自己的唾液织就一张网，将自己困在中央，自以为得到安全和保障。可是，也许一阵猛烈的风吹来，它就会跌落到滚滚红尘中。多像人们用名誉、地位、金钱为自己结成一张网，本以为有了这一切就能高枕无忧，当命运的飓风袭来，人不过是网中的一只小小的蜘蛛。

我站在露台上，小心翼翼，生怕撞到蜘蛛和它的网。可能，我的出现惊到了对方，几分钟后，当我抬头向上看时，蜘蛛竟然收起网，那网转眼间已变成原来的三分之一大。它此时正紧张忙碌着，飞快回笼着自己曾吐出的一根根银线，眨眼工夫，就将网线悉数收回，将自己变成屋顶上一个小小的黑点。

万物皆有灵。

2010 年 8 月

独爱西红柿

西红柿是讨人喜欢的蔬果，单是那红彤彤的颜色就使人心生欢喜，酸酸甜甜的味道陶醉了我整个童年。

西红柿产在夏季，七八月份果实成熟。自然成熟的西红柿尾部大都有着深深的裂纹，虽然表皮可能有些青绿，但里面的瓤全都红透了，籽粒饱满，味道甜中泛酸。

小时候，我在农村长大，入夏，西红柿就是最好的水果。记得那时去姥姥家，慈祥的姥姥总是把我抱到炕沿，坐好，然后，像变戏法一样摸出一个红彤彤的西红柿来。姥姥把西红柿的一角切开，撒上白糖，递给我。抹了白糖的西红柿，吃起来像蜜一样甜，有一种梦幻的味道。我用双手捧着这神奇的美味佳肴，迟迟舍不得吃。这是我对西红柿最初的印象。

母亲有个小菜园，每年都会种一些西红柿。春天挂果，到了夏天，长大的西红柿一串串挂在竹架上，远看像一串串红灯笼，煞是喜人。到了收获季节，西红柿的顶部先变红，尾部慢慢出现一些裂纹，最后才变成通体红艳。这时的西红柿就熟透了，掰开后，是粉红色的沙瓤，里面一颗颗籽粒非常饱满，咬一口，汁水横流，酸中泛甜，不像现在被催红的柿子，外表看着光鲜亮丽，内瓤还是青绿色，籽粒全部瑟缩着，没有水分，更不要提那不伦不类的味道了。

一年暑假，妹妹带孩子回娘家小住，正值西红柿成熟的时节。母亲摘下一个大西红柿，洗干净后，递给坐在地上玩耍的小外甥。他那时才一岁，还不会走路。外甥坐在蒲团上，两只小手捧着西红柿，放在嘴边慢慢吸吮，边吸边在地上转圈。我们大人则坐在一旁聊天儿，不知聊了多久，低头一看，小外甥手里的西红柿只剩一个小尾巴了。令人惊奇的是，他的衣服始终干干净净的。只有几个月大的小人儿，竟没让一滴汁水淌到衣服上。

每次吃西红柿，总会让我想到一个人。

高中时住校，生活条件仍然艰苦，每月伙食费不到十元，这还是从父亲几十元的工资中挤出来的。作为一名穷学生，水果无疑是奢侈品。一天，我正在教室里看书，有同学说"你爸来了"我起身来到教室外，看到父亲满头大汗，手里拎着一袋西红柿，旁边停放着那辆老式永久自行车。看到我，父亲高兴道："这是家里的西红柿，你妈让捎给你。"原来，父亲从家里骑着自行车绕了一个大弯，只为了给我送西红柿。

父亲走后，我把西红柿分给同学吃，大家都说好吃。那是真正自然成熟的西红柿，红红的果实里有春风夏雨的味道，有清风雨露的味道，有夏夜星空的味道，还有来自父母之爱的味道。那是大自然在夏天的杰作啊！可我竟然忘了给父亲端上一杯水，让他歇歇脚再走。那是一个多热的三伏天啊！父亲只简单嘱咐了几句，就冒着烈日蹬车走了，还要赶往二十里以外的单位上班。

而今，当年给我送西红柿的人已经永远离开了，我再也没有机会跟他道谢，问一问他：当年骑车时，累吗？渴吗？

2011 年 6 月

母亲与丝瓜苗

春天来了，我在小院里种下了几株丝瓜苗。谁知，没过几天，它们全都变得蔫头耷脑的，叶子也黄了。是秧苗质量不好？我又重新买回几株，更加殷勤地灌溉，期盼它们能趁着初夏的阳光雨露，苗壮成长起来。谁知，新买回的几株秧苗也很快委顿下来。

刚好母亲从乡下来家中小住。我跟她说了丝瓜苗的事，母亲没说什么，径直来到院子里，看了看那几株丝瓜秧，直接把秧苗从土里拎出来。我看到秧苗根部光秃秃的，连一丝根须都没有。母亲用铲子将地表的土翻起来，一直往下挖，挖了约有十公分深的时候，我看到土里竟然布满了砖石瓦砾。母亲说："难怪啊，秧苗扎不下根，怎么活啊！"

我捡出那些碎砖头瓦片，准备第二天再去买些秧苗。

来自乡下的母亲透亮的嗓音中掺杂着阳光的味道，脸颊上有风吹过的印痕。她说自己喜欢风，喜欢夏天在葡萄架下坐着，摇一把蒲扇，喝茶，吹风。她总说楼房里缺氧，自己离不开风。母亲天性开朗，喜欢与老街坊聊天，话家常，那些过往岁月中的点点滴滴，总让人回味无穷。

春天来了，母亲亲自翻地，点种，搭架；到了夏天，小菜园里就焕发出勃勃生机，架上挂满了翠绿的黄瓜、长长的豇豆、弯弯的丝瓜、硕大的南瓜、串串像红灯笼似的西红柿，和穿着神秘紫衣的圆溜溜的茄子，还有韭菜啊、生菜啊、小白菜啊、莴笋啊、小葱啊、香菜什么的。母亲的菜园里应有尽有，真不知她是怎么把这块巴掌大的地方规划得如此井井有条的。其实，她一个人吃不了多少菜，收获季节，她就把菜分送给亲戚、邻居。我每次回去，拎回家的菜足够吃上半个月。她说："这菜吃着放心哩，既没有化肥，也没有农药。"

母亲最大的爱好是唱评剧。小时候，冬天农闲时，常有剧团下乡演出，母亲就带着我大晚上去看戏。人家在台上唱，她就在下面唱，常常让我感到难为情，总提醒她别唱了，可她竟能从戏的开头唱到结尾。农村生活是艰辛的，但评剧就像母亲心中一朵美丽的花，陪伴她从青年走到老年。也许是戏迷的缘故，母亲身体一向硬朗，年近八十，却耳不聋，眼不花，能轻松穿针引线，毫不费力地看清药瓶上的小字。她积极参加演唱团的活动，有时去邻村参加演出，有时给敬老院的老人演唱评剧曲目。常常是一曲唱毕，台下爆发出热烈的掌声。母亲说，这是她最开心的时刻。她会唱的曲目不少，《刘伶醉酒》《秦香莲》《刘巧儿》《花为媒》《茶瓶记》《金沙江畔》等等，歌词记得尤其准确。母亲说，她看上几遍就记在心里了。可惜，我没有继承母亲的音乐天赋。

母亲念过书，上到小学四年级，年轻时曾担任生产队会计，后又担任大队会计。这是让她引以为傲的事。她能写会算，识文断字。

说起来，母亲还是我的第一任作文辅导老师。

小学一年级，老师第一次布置作文作业。我那时并不懂什么是作文，更不知道该如何去写，可我知道第二天得交作业。我趴在桌边，一筹莫展，愁肠百结，正好母亲看见了，指导我完成了我平生第一篇作文。从那以后，我茅塞顿开，再也没有因为写作文去烦劳母亲，后来竟慢慢喜欢上了写作文。

母亲难得来家中小住，我也总是想办法让母亲开心，可她总显得无精打采。我想，母亲肯定是不习惯城里的生活。来自乡下的母亲是不是像那几株丝瓜秧，在城市的土壤里扎不下根呢？城里的高楼大厦挡住了明亮的太阳，寸土寸金的土地上没有宽大的菜园，霓虹灯闪耀的都市没有田野上吹来的混着麦香的风，城里没有吹拉弹唱热闹非凡的老年演唱团。

哦，母亲生命的根，早已深深扎在乡村的沃土中了。

2016 年 3 月

拾荒老人

一个冬日清晨，天空灰蒙蒙的。我习惯性地来到窗前，往楼下望望，一位老人映入眼帘。他穿着厚厚的冬衣，戴着帽子，从垃圾桶旁捡起一个东西。那是一个黑色塑料片，类似 CD 的包装盒。他拿在手里，反复端详，又从地上捡起另外一片，好像跟手上的这个是一套。

收回视线，但刚刚看到的一幕却让我的心有些刺痛。人老了，是一件多么无奈的事。他们垂垂老矣，失去了劳动的能力，假如没有充裕的退休金，靠什么来维持生计？尤其这个高物价的年代，连一桶食用油都要百元以上。

在公园、街边、楼下的垃圾桶旁，我常会看到有人在翻找着什么。有的是无业人员，有的是退休老人，为的是能够找到别人不经意丢弃的一些矿泉水瓶子或可乐罐，然后卖给收废品的。我还知道，这样的瓶罐在收废品那里，每个只值三分钱，就算运气好，每天能捡到一百个，也只不过区区三元钱。我不知道在这个物价高涨的年代，三元钱能做什么，也许只够买上一斤青菜。可有了这三元钱，毕竟能吃上青菜啊！但谁又能保证他们每天都能捡到一百个瓶瓶罐罐！

我尚年轻，还没有很认真地去筹划自己的晚年，但是，我的父母今年已经七十岁了，特别是父亲，这两年明显呈现老态，说完话或笑的时候，舌头会停留在牙齿外面，就像小孩子一样。曾经像山一样挺拔的父亲，在我上高中时，会每月末骑上一小时自行车到学校来接我，再骑一个小时驮我回家。当年，我坐在自行车后架上的时候，真的不知道在炎热的夏季和北风凛冽的冬天，他是怎样咬着牙蹬完这两个小时车程的。

拾荒老人的出现再一次拉动了我的心弦。我暗下决心,春节回家时,一定为父母办一张存折,每个月把钱打到上面,让他们安度一个衣食无忧的晚年。

　　这是 2009 年的春节,我四十四岁,而我的老父亲七十一岁,母亲整整七十岁了。

2009 年 2 月

好好活着

看电影《唐山大地震》前，被告知一定得带上一沓纸巾。果然，从影片开始，我的眼泪就没停过，仿佛决堤的洪水不断涌来。

电影重现了三十五年前那场惊心动魄的灾难，我在片中看到了一种执着，或者说，一种忠贞。

地震让年轻的元妮失去了挚爱的丈夫，她含辛茹苦地将儿子拉扯大，却一直没有像婆婆希望的那样，再向前走一步。她自己也说了，不是没人喜欢啊，但她要是过得花红柳绿的，就更对不起死去的丈夫和女儿。在丈夫和女儿的祭日，元妮烧纸钱，不断念叨："咱家搬了，原来的地方建了大商场，你们回来要怎么走，怎么走……"；新家的墙上，一直端端正正悬挂着丈夫和女儿的遗像；当婆婆来接她和儿子回济南时，她坚持哪儿也不去……我明白，她的潜台词是，丈夫和女儿的灵魂在唐山，她要守着他们度岁月。纵然人已故去，但她固执地认为，人的灵魂是永生的。

很喜欢陈道明饰演的养父。妻子因病去世，多年后，养女方登回去看他，问他会不会寂寞；他一笑，用手一指墙上："我不寂寞，有你妈陪着我！"这难道不是对爱的坚贞？

姐弟俩在汶川救灾现场偶遇，一家人终于得以团聚。他们去墓地祭奠逝去的父亲，弟弟指着姐姐的墓碑说，"回头我让人给拆了。"姐姐却摇摇头说，不管将来自己死在哪里，还回来这里陪爸爸。

一场大地震让唐山这个城市毁于一旦，让多少人的生命转瞬即逝，但那份浓浓的亲情依然健在！房子不在了，可以重建；亲人逝去了，他们在活着的亲人心中却得到永生！唐山人用自己的双手很快又建起了一个新唐山！在他们内心深处，大地震夺走了他们挚爱的丈夫、可爱的孩子，但他们用自己的心灵默默守候亲人的灵魂，直到永远相聚的那一天……

我想起了三十四年前的七月，那年，我上小学五年级。

7月28日凌晨，我睡得正酣，孩童的梦总是格外深沉。忽听妈妈喊："地震了！"紧接着一片嘈杂，我迷迷糊糊地跟着大人来到院子里。那是我第一次经历地震。

余震还在不断发生。一天下午，我放学回家，刚进院门，忽然发现大地出现了倾斜，一端往上升，另一端向下沉，呈现将近四十五度角的倾斜。当时，院子里有一垛玉米秸，足有三四米高。我看着它慢慢倒下去，自己一下子失去平衡，趴在地上……

教室搬到操场上，黑板挂在树上。同学们每人带个马扎，坐在树下听老师讲课。感谢辛勤的园丁，学校并没有停课。

家里的院子搭起了防震棚。搭建材料是草绿色的苫布。那些天总下雨，没完没了地下，雨水像千条线万条线从天上落下来，沿着地震棚汇成了一条小溪。棚里也渗进雨水，潮湿阴冷。棚内空间很局促，到了晚上，全家人都挤在里面，好像地震随时就会来临一样。

后来才知道，唐山发生了八级大地震，损失惨重。市区建筑物多数基本倒塌，铁轨发生蛇形扭曲，地表产生大量裂缝，还有喷水冒沙、塌陷，造成超过二十四万人死亡，超过十六万人受伤。震感波及辽宁、山西、天津、河南、山东、内蒙古等十四个省市自治区。

从电影院出来，我感觉有些疲惫。一路上，大家都不太讲话，好像还沉浸在电影的情节中。看着专注开车的丈夫，从后视镜里看到坐在后座的儿子，我心中升起一个念头：活着真好！一家人团团圆圆地在一起，就是齐天洪福。

还记得电影中那句台词："没了，才知道什么是没了。"而今，我们健康地活着，幸福地活着，才知道，活着，真好；才知道，要好好活着。

2010年7月

飞行记

　　每次飞行前，我都有些惴惴不安。离开坚实的大地，悬于万米高空，总让我惊恐不已。

　　登机口前，隔着玻璃窗，我注视着那一架架停留在候机坪的飞机。它们属于不同的航空公司，外观看起来更像一只只巨大的铁鸟，有头，有两翼，有三只巨大的钢铁脚爪。在它们的腹部，将被塞满各式乘客。人们寄居在这铁鸟的腹部，跟着它度过空中的几个或几十个小时，然后到达各自不同的目的地。

　　天空下起雨，我的视线中出现了闪光的亮点。那亮点一点点扩大，慢慢出现了一架飞机的轮廓。我看到它在空中慢慢降低高度，准备着陆。那一刻，我的眼睛忽然湿润了。烟波千里，它从哪个遥远的城市腾云驾雾而来？而今，它终于再次找到自己的着陆点，回到大地母亲的怀抱。

　　雨渐渐大了，我的恐惧中又增添了一缕绝望。此时，正寄身于铁鸟腹中的我，不知还能不能安然落地。

　　赶上航空管制，我们的飞机无望地滞留在漫天雨雾中。舷窗外，雨水无声地流淌下来，汇集到机翼上，又默默流向地面。

　　不知过了多久，铁鸟终于有了动静，竟然开始向前移动，向着跑道的方向，慢慢地开始加速，再加速。一阵震耳欲聋的轰鸣声之后，它终于昂首飞向天空。起飞的瞬间的确让人揪心。它的速度好像还没提起来，机翼还有些歪斜，我真担心，它会瞬间失去平衡。然而奇迹般地，它竟然开始稳健爬升。雨后的天空到处是灰蒙蒙的雾气。我低头看看拿在手里的相机，想拍云朵的愿望怕是要落空了。

一小时后，我睁开眼睛，竟看到了舷窗外的蓝天，还有如棉絮般整齐的云层。一切是那样祥和，蓝蓝的天空，纤尘不染，白色的云朵，是空中的路面，远方的天际，有一条条长长的橘色晚霞。这真是一个奇异的世界，一个有别于尘世的世界。

其实，飞机比汽车更安全。它的航线是固定的，亦是该航线中唯一的行者，也不像火车，要面对错综复杂的轨道，这一点其实很让人欣慰。

两个半小时后，飞机进入福建上空。慢慢地，我看到大地上一排排璀璨的灯火和城市的轮廓。此刻，它们在我眼中是那样熟悉，那样亲切，那样神圣。虽然我只腾空了两个多小时，却恍如隔世。此刻，我是如此深爱这广袤大地，深爱这人间烟火。

飞机的降落同样让人揪心。降低高度后，它贴着湖面飞行了好长时间。我担心万一掉到湖里，我能准确找到那件藏在座椅下面的救生衣吗？然后，它又不断降低高度，可清晰地看到地面的楼宇。终于，"哐当"一声，起落架放下来了。我不禁在心中默念一声"谢天谢地"，此行平安。

我知道，这次飞行，对于飞机来说，只是一次寻常的经历。

2012 年 9 月

学会接受痛苦

人类的本能是趋乐避苦，但人生不如意事十有八九，所以，我们要学会接受痛苦。

我们常听到的祝福语是这样的：祝您快乐！祝您幸福！祝您吉祥如意！言外之意，希望对方不要不快乐，不要不幸福，不要不如意。然而，人生无法万事如意：年少时为学业所困；毕业后又找不到理想的工作；到了谈婚论嫁的年龄，又因房子、车子苦恼不已；人到中年，上有老，下有小，遭遇人生的剪刀差；好不容易孩子长大了，父母却双鬓如雪，垂垂老矣，更有甚者一夜之间遭遇丧亲之痛。自古以来，人生的小舟从未一帆风顺。当痛苦的风暴来临，人犹如处在漩涡中一棵无助的树，任凭痛苦的飓风肆意摧残，摇落枝叶，几乎将树连根拔起。这时，我们开始怀疑生命的意义，质疑前路是否还有阳光，叹息长夜漫漫，如何走过脚下这段充满荆棘的路。

是的，当痛苦来临时，我们感觉自己的身心都被抽空了。那些让人痛苦的事件必定是我们最在乎的人和事，注定与我们血脉相连；当痛苦来临时，我们的心灵犹如被利剑刺穿，仿佛看到身体上的伤口在汩汩地向外渗着血……

这是一段难耐的时光，也是一段暗无天日的日子，任我们如何顿足捶胸，该发生的已经发生。冷酷的事实犹如一把利剑，插在滴血的心头，我们却无力拔除。有人一夜之间白了须发，平添皱纹无数。我们愤怒，我们绝望，可眼中的泪、心头的伤，却寻不到一粒灵丹妙药来化解。

著名心理学家森田正马先生曾提出"顺其自然，为所当为"的观点，即当痛苦袭来时，不去抵挡，而是带着痛苦生活，做该做的事情，这样坚持一段时间，痛苦就会慢慢消退；反之，抵抗痛苦就会使得痛苦加剧。要承认客观现实，无论它让我们怎样不堪忍受，都得正视，否则无异于以卵击石。

佛家有一种修行称为"忍辱波罗蜜"，即忍受人生各种逆境而不起嗔恨之心，不为之起心动念，保持如如不动之心。忍辱有三种：一者生忍，即接受别人的恭敬，内心不生骄慢，不得意忘形，或受到别人侮辱迫害，内心不生怨恨，心地保持如如不动；二者法忍，即受客观环境所逼恼，如酷热寒潮、病痛灾荒，不忧不恼，了知这一切皆为因缘果报的展现，是业力现前，就不会对恶劣的环境产生对抗心，内心深处的不满和对抗也就慢慢熄灭了；三者无生法忍，即将内心安住在不生不灭的道理上，而自性如如不动。达真堪布上师语："每一件事、每一个人都是你的对境，不管是顺境还是逆境，不管是好人还是坏人，都在给你表法，都在给你解脱的机会。你认识到了，这叫信佛；你把握住了，这叫修行。这样你才能彻底解脱，才不会受它的影响，也不会为它所动。你没有受它的影响，没有为它动心，这就是如如不动的心，这就是智慧。你能做到这样，就是解脱了。"

当痛苦来临时，不逃避，不抱怨，顺其自然，为所当为，痛苦就会慢慢远去。

2017 年 1 月

101 个愿望

《遇见未知的自己》是华语世界第一本身心灵小说，海峡两岸销量突破七十万册。书中围绕女主人公若菱的经历，写出了人们该如何关爱自己的身体以及心灵，读后顿觉神清气爽，如饮茗茶，如入密林。

书中用"圆"来表达真我和身外之物的关系：最核心的部分即圆心，代表真我，那就是爱、喜悦与和平；其次的圆环代表身体，然后是情绪、思想、身份的认同；再次的圆环代表发型、服饰、朋友、外貌；最外面的圆环代表工作、家庭、财产。也就是说，内心的爱、喜悦与和平距离真我最近，物质与财产等距离真我最远；换句话说，对物质的追求越少，生活越简单，距离内心的快乐与幸福最近。

在这个物欲横流的世界，每个人在不同的人生阶段都难免遇到这样那样的困惑。以若菱为例，她遇到婚姻的冷淡、丈夫的外遇、职场的困惑以及因公司重组险些失去工作等难题，一度认为自己走进了绝境。幸运的是，她在"老人"循循善诱的指点和帮助下，一步步走出困境，最后，她的丈夫选择离开第三者，公司也为她提供了更高的职位。更重要的是，走过这段心路历程的若菱，内心变得更加安宁、富有、充实，不再是那个动不动就想自杀的弱女子了。她的内心变得强大起来，此前的磨砺足以支撑她去迎接后来可能遇到的任何挑战。

书中经典语录如下：

1、要尽量用腹式呼吸，而不是胸式呼吸，更不要用肩式呼吸，吸气时腹部突起，呼气时腹部回缩；

2、担心是一种负面能量，父母大多爱孩子，担心他们的一切，其实无论你多爱他／她，多余的担心就是最差的礼物，不如给他祝福吧；

3、世间只有三件事，老天的事，你的事，他人的事；

4、怎么吃比吃什么更重要；

5、对已经发生的事件采取臣服的态度，对于事件所衍生的情绪也要臣服，不要与他抗争，因为凡事你抗拒的都会持续；然后看看自己可以改变的部分有哪些；

6、我们之所以受苦的最大原因，就是抗拒客观事实；

7、外面没有别人，只有你自己；

8、吸引力法则：如果一个人充满了快乐，正面的思想，那么好的人、事、物都会跟他起共鸣，而且会被他吸过来。同样的，如果一个人老是带着悲观、愤世嫉俗的思想频率，那么就常有倒霉的事发生在他身上了。

受到有关吸引力法则的启发，我为自己列出了101个愿望清单，写出了各种各样对生活的美好向往，包括去哪里旅游、要读的书目、出版个人散文集、搬家、换车……林林总总，总共列出了56项。写完随手就丢在一旁，碍于生活忙碌，我没写完101个愿望，也没再去翻看那个笔记本。

这是2008年的事。

转眼到了2018年。十年过去，我成功地搬了家。一天，我无意中翻出一个棕色硬皮本，发现里面赫然列着自己的心愿清单。我的内心不禁发出一声惊叹！里面好多愿望真的已经实现了。比如有关旅游的部分。我写到想去云南、四川、普陀山、欧洲旅游，后来，我真的去了这些地方；我想搬家，真的搬到一个美丽的小区，虽然距离市区有些遥远；我想换车，真的换了自己喜欢的车型；我想学一种乐器，后来真的开始学古琴了。当然，还有一些愿望没有实现，但至少实现了一大半，这真让我欣喜若狂。

闻名世界的顶级励志大师杰克·坎菲尔德在《吸引力法则》一书中写道："吸引力法则是宇宙中最强大的法则，就像地心引力，无时无刻不在发挥作用。简单地说，吸引力法则就是：你关注什么，就会将什么吸引进你的生活。任何你给予能量和关注的事物都将来到你身边。"

好神奇的吸引力法则。从我把愿望写到纸上的一刹那，冥冥之中，我的心愿就已经散发到空气中，然后，这种存在于空气中的能量又反过来作用到我身上，化成追梦路上的一个个行动，最终心想事成。

当然，我会续写我的愿望清单，慢慢写。

2018 年 6 月

在早餐店遇到母爱

这是个阳光明媚的早晨，我走进熟悉的豆浆店，看到一位年轻的母亲正在给她的宝宝喂饭。她约莫二十七八岁的样子，面如满月，乌黑的秀发挽在脑后，旁边坐着一个一两岁的小男孩，皮肤白净，瓜皮式的发型看起来很俏皮。只见母亲手里举着一个包子递到孩子嘴边，当孩子张开小嘴咬了一口时，她立刻大声赞美："宝宝真棒！"她的嗓音清脆、响亮，以致整个店里都能听到。她显然没意识到这点，注意力全都放在宝宝身上。这不，她再次将包子举到孩子嘴边，热切地鼓励着："宝宝再来一口！"可小家伙对眼前的食物似乎无动于衷，一会儿抓起桌上的勺子"当当当"敲打着桌子，一会儿又伸出小手飞快地去抓放在桌上的调料瓶。年轻的妈妈有些手忙脚乱，一边抓过孩子手中的勺子，将调料瓶放回原位，一边耐心鼓励着孩子，希望他能多吃一点，再多吃一点。

这间豆浆店店面不大，却干净、整洁。老板祖籍山东，世世代代以做豆腐为生。晚清时期，因黄河发大水，举家迁往河北省承德市兴隆县，依然靠做豆腐和豆浆为业。不久，他发现豆浆居然比豆腐卖得好，于是专做豆浆生意。近两年，因子女在京城求学，遂迁居北京，开起了这家豆浆店。

热腾腾的豆浆很快端上来，是用粗瓷碗装的，看起来洁白细腻，表面浮起一层淡黄色的豆皮，喝一口，清香中泛着淡淡甜味。当豆浆缓缓淌入胃内，立刻感觉回肠荡气，五脏六腑都得到了滋润，身体的每一个细胞都得到了滋养。

金黄松脆的油饼也很快端上桌。好大一张油饼，足有八寸大，有的地方薄而脆，有的地方厚而软，让我想起家乡的油饼。听母亲说，我小时肠胃弱，总爱闹肚子。听人说吃油饼补肠胃，她就每天早起去饭铺里买油饼。隔着岁月的纤尘，我不禁想到母亲当年给我喂油饼时，是不是也像今天这位母亲这样，眼神中满含热切的期望？

我的邻座也坐着一对母子。男孩七八岁的样子，脸上还有胖嘟嘟的婴儿肥，正专心吃着碗里的馄饨。妈妈看起来很知性，坐在儿子对面用早餐。我想，男孩小时候一定也曾被妈妈哄着，劝着，吞下一口口食物，才长得这般健硕吧？

快吃完的时候，店里走进一位花白头发的阿姨，看起来有七十多岁。她显然是碰到了邻居，对方热情地寒暄道："阿姨，您还没吃呐？"她莞尔一笑："我是吃过了，他们还没吃。""他们"应该指的是老人的孩子吧！说话的工夫，阿姨快步走到收银台旁，熟练地报出食物清单，然后加上两个字"打包"。

我一时有些恍惚，在这个阳光灿烂的清晨，在这间小小的豆浆店里，我看到了一份人间大爱，看到了身为人母的拳拳爱子之心。谁言寸草心，报得三春晖。今日所见，让我对母爱有了更加深刻的理解：天下母亲都对子女有着深深的牵挂，子女的健康、子女的成长对母亲来说，甚至比她的生命更重要。母亲对儿女的那份爱真正是"春蚕到死丝方尽，蜡炬成灰泪始干"。

其实，我们每个人小的时候，都曾像今天的这个小男孩般被母亲连哄带劝地吞下一口口食物。是母亲的日夜呵护才让我们从一个呱呱坠地的婴儿慢慢长大；是母亲的不离不弃才让我们在世间的风风雨雨中安然成长。母亲的爱如微风，时时相伴左右；母亲的爱如细雨，时时滋养着我们的生命。母亲的爱是那样平凡，平凡到一粥一饭；母亲的爱，又是那样伟大，创造了生命，养育了生命，如蜡烛般燃烧自己却始终温暖照耀着我们生命的旅途。

我决定这个周末回家去看望母亲，陪她吃顿饭，陪她唠唠嗑。

2013 年 8 月

阳光的味道

阳光是有香味的。

小时候，每逢晴天，母亲就会把被子抱到院子里晾晒。白天，亮闪闪的阳光洒落到被子上，晚上睡觉时，我拥着被子，发现被子多了一股好闻的香味，我管那叫"太阳香"它是一种特殊的、香甜的味道，清新、自然、浅淡，久久萦绕不去，让人回味悠长。被子依然是那床被子，晾晒之后，阳光为它增添了一缕香气。

到了夏天，村里的麦场上堆满了从地里收割回来的麦子。拾起一尾麦穗轻嗅，立刻感到浓浓的麦香，是谷物熟透的味道，既香甜又深邃，既有果实的清香，也掺杂着阳光的味道，所以才这般醇香。

香菇是人们熟悉的食材，素有"山珍之王"的美誉，是深褐色的，一朵朵被摆放在超市的货架上，像一把把圆圆的小伞。烹调时，我喜欢放入一些新鲜的香菇佐味。据说香菇中的氨基酸非常丰富，构成蛋白质的氨基酸有二十种，香菇中就含十八种之多。新鲜的香菇柔软、嫩滑，煎炒时会发出淡淡的香气，跟新鲜蔬菜一起翻炒，褐色的香菇丝和翠绿的青菜看起来养眼，吃起来开胃。

但其实，干香菇才是最香的，尤其野生的干香菇，在阳光下晒干后装袋，想吃的时候抓出来一小把，放在容器里浸泡，浸泡的过程就开始散发香味，以至于整个厨房都香气扑鼻。在晾晒的过程中，香菇失去水分，但鸟苷酸的含量却增加了近两倍，而它正是香菇中的鲜味物质，其调味功能是普通味精的几十倍。

在赣南，进了腊月，家家户户就开始晾晒腊味食品了，当地人称之为"腊货"，有腊肠、板鸭、腊肉、腊鱼、腊鸡、腊牛肉，用盐腌制后，在太阳底下晾晒，直至干透，过年时家家必备的"九龙盘"就是九种腊制食物。

腊味食品品种繁多。若干年前，我尚能食肉，最喜欢的一道菜就是香菇蒸腊肠。把干香菇泡发后，择去蒂，切成两半，取腊肠切成薄片码放在盘中，上面敷上香菇，香菇上撒一些细盐，上锅蒸，水沸后再蒸二十五分钟，慢慢地，满室香气四溢。蒸好后，倒盘，一盘香菇蒸腊肠就做好了。夹一片香肠放入口中，香肠入口即化，留下满口余香。每到这时，我就发现筷子已经停不下来了，吃香肠的间隙，再夹起一片香菇，同样回味无穷。

腊肠的原料其实就是普通的猪肉和香辛料，有了阳光的照射，令它们添加了令人唇齿留香的美味，这都是阳光的功劳啊！

再次回想童年时，家里的小菜园结出的菜吃不完，母亲会把扁豆切成丝、黄瓜切成片，葫芦擦成长条，晾晒起来，直到晒干晒透才放起来，到了青黄不接的季节，母亲把扁豆丝用水泡好，加一点肉丝爆炒，扁豆的味道竟然变得格外甘美，没有丝毫苦涩。我想，那是因为扁豆丝中掺杂了阳光的味道吧！

温暖的阳光普照大地，恩泽万物，世间一切因为有了阳光，而变得欣欣向荣。

2018 年 5 月

每当我仰望星空

每当我仰望星空，看见闪闪发亮的星星，心中总会升起一阵惊喜，仿佛得了什么无价宝物一般。每次晚饭后的例行散步，我都会习惯性地抬头，城市的夜空灯火辉煌，路灯、霓虹灯交相辉映，夺去了星光的璀璨，但大多数时候，我还是能看到一些星星挂在半空，这让我倍感快慰。有星星在，这世界才是完整的；有星星的夜空，才是美丽的。

每当我仰望星空，就想起琼州海峡的繁星。十五年前的某个夜晚，我前往海南岛，当时需要车船共渡才能登岛。上船后，夜幕已经降临。我来到甲板上，扶栏远眺。当我无意识地抬头仰望夜空时，震惊得瞠目结舌！那满天的繁星密密麻麻地镶嵌在宝蓝色的天幕上，那样明亮，那样晶莹。它们不处在一个平面上，有的高些，有的低些，一层一层，错落有致；仔细观察，有的大些，有的小些，有的亮些，有的暗些，有的像眼睛眨呀眨，还有流星拖着长长的尾巴，飞向不知名的远方……如果把夜幕比喻成一块丝绒，那么，这些闪闪发亮的星星就是丝绒上的一粒粒珍珠。星光闪烁，天幕低垂，那是我见过的最美丽的星空，永远镌刻在我的记忆中。

每当我抬头仰望星空，就想起我的小学老师。他叫王水，教我们数学，当年四十出头，胖胖的身材，脸上总是浮着笑意。冬天，天黑得早，放学时天地之间已是混沌一片。当时，我刚上小学一年级，他总是一一将我们送回家。记得有一次，放学路上，他给我们讲星星，并指给我们看北斗七星，告诉我们，北斗七星像一个弯弯的勺子，每颗星之间的距离几乎是均等的。在距离最后一颗星星七倍远的地方，有一颗最亮的星，就是北极星。顺着老师手指的方向，我果然找到了那颗最亮的北极星。师恩难忘，每次看到北斗七星，就会自然想到当年的王老师。只是岁月更迭，不曾去看过他，不知他还好吗？记忆中，他是一位好先生。有次快下课时，他诚恳地拜托同学们，说他夫人身体欠佳，需要用丝瓜瓤煎药，嘱咐同学们谁家有丝瓜瓤帮忙带到学校来。我回家马上跟母亲说了，下午上课时给他带了好几个硕大的丝瓜瓤。他一再向同学们表达谢意。还有一位陈老师，是教务主任，个子不高，皮肤黝黑。每次上自习课，他就夹着一叠报纸，来到课堂，这也是我最兴奋的时刻，因为，他会给我们讲关于红军长征的故事。听到红军战士吃草根、啃树皮的艰辛，我的一行热泪忍不住流淌下来；听到红军勇渡大渡河、飞夺泸定桥的传奇，我心中升起了对红军战士的无限敬仰之情。他边讲边津津有味地捻动报纸，发出哗啦哗啦的响声。这声音在我听来是那样悦耳，那样神圣。他在我们幼小的心中，播下了真善美的种子，播下了满满的正能量。

　　每当我抬头仰望星空，就想起离世的亲人。我相信，其实他们从未远离，而是变成一颗颗星星，时刻遥望尘世的亲人。他们能感受到我们的快乐，也能体会我们的悲伤。四年前，我去渴慕已久的九寨沟旅游。十二月的九寨，天寒地冻，我看到了从未见过的美景：洁白的雪山、五彩斑斓的湖水、奔腾的瀑布，还有雪山上的经幡，一切都是那么新鲜，那么纯洁，那么美丽，那么震撼，让我格外开心。当晚，我梦见了父亲。梦中，我、父亲，还有儿子，在一个大房子里。房子的南部是一铺大炕，我们在炕沿上面北而坐。北墙有一个可供投篮的乒乓球筐，球筐只比乒乓球大一点点。我举起一个乒乓球，很认真地投了出去，谁知球却呼的一下飞远了。大家都笑了，我也笑了，然后我就耍赖，说这是第一次投，不算数，要再投一次。我的要求当然被默许了。只有在父亲面前，我才是个可以撒娇耍赖的小女孩。我紧紧攥着那枚乒乓球，眼睛紧盯着球筐，奋力投出去，谁知，球却不知所踪。

大家都哈哈大笑起来，欢乐的氛围蔓延开来，一股暖流映彻心扉。我扭过头，清楚看到坐在炕沿上的父亲，穿着一件深褐色的棉衣，脸膛微红，笑的时候露出缺了半边牙的嘴。可他笑得是那样开心，那样投入，那样发自肺腑。好久没有梦到父亲了，这天，我来到梦想中的九寨，父亲一定感受到了我的愉悦，所以才入梦的吧？我想，父亲在天上，一定变成了一颗星，像生前一样，用温暖而慈祥的目光注视着我，注视着他在尘世的亲人。

　　每当我仰望星空，总能看到一颗颗明亮的星……

2014 年 12 月

第二辑

岁月回眸

人不能两次踏进同一条河流

　　哲学家赫拉克利特说"人不能两次踏进同一条河流"，强调事物处于不断发展变化之中，表面看来，河流如故，但实际上，每分每秒它都处于不断变化之中，以至于前脚踏进去的和后脚踏进去的，已不是同一条河流了。

　　我们赖以生存的这个世界，本就在不断变化着。

　　日夜交替，寒暑更迭。每个清晨，太阳从东方升起，日暮时分从西山落下，无时无刻都在变换着方位和角度。从初一到十五，月亮从新月到满月，均处于不断的盈亏变化中。每个初春，绿叶从深褐色的枯枝上酿出新芽；碧草从土黄色的泥土中探出头，世间从此进入欣欣向荣、草木葱茏的春夏两季；秋天来时，沉甸甸的果实挂在枝头，翠绿的叶片转成金黄，继而像蝴蝶一样纷飞，大地复归沉寂，进入新一轮的循环；西伯利亚的天鹅在初冬飞往山东荣成越冬，大雁成群结队向南迁徙，飞越黄河、长江，到达温暖的南方；虫蛇开启了冬眠模式。年复一年，这一过程生生不息，像风，不停摇动树上的枝叶；像水，后面的水流簇拥着前面的水流，滚滚向前；像闪电，让两朵云发生交汇；像雪花，让天上的雨水重新回到土地。

　　世间万物，分分秒秒，何曾停止发展与变化？

　　人生亦如此。一个呱呱坠地的婴儿每天都在经历成长，直至有一天，长成眉目俊朗的青年，长成星眸皓齿的女子。然后，在我们眼中曾像山一样伟岸、树一样高大的父母，倏忽间佝偻了腰背，斑白了鬓发，额头堆起了厚厚的褶皱。他们走过青春，走过盛年，然后像田野间的稻谷，捧出生命的果实，进入人生中最为恬静而美好的晚年。

世事纷繁，沧海桑田。没有人的一生是风调雨顺的，人生大抵三分之一处于顺境，三分之一处于逆境，剩下的三分之一平平淡淡，这是生命乐章跳跃的旋律。其实，酸甜苦辣才是人生；历经磨难，才能成就人生。每个人都期待幸福快乐，殊不知，只有经历逆境，才能体味幸福的味道；只有经历严冬，才能感受春天的美好。所以，一切顺其自然，接受冬的寒冷，也承受夏的暑热，冷透一次，热透一次，方才是无悔的人生。

如果你现在身处顺境，鲜花和掌声亦围绕在身边，那么，请保持一份警醒，多去帮助需要帮助之人，同时，内心要深切地知晓，这份荣耀不会恒长，到了巅峰就会下降，如果你足够努力，自会开启新一轮的攀升；如果你当下身处逆境，也不要怨天尤人，既然置身谷底，只要付出辛勤的汗水，每一步都是上升，终有一天能登上山顶。山高人为峰，天道酬勤。

生命的河流滚滚向前，一切都在不断变化之中，唯有真、善、美是永恒的星辰，照亮人们前行的道路，在心中永存。

2018 年 6 月

生命中的感动

在那个冬日午后，我吃过午饭，习惯性地来到阳台上晒太阳。正午的阳光暖暖地洒在身上，让人感觉非常惬意。

我无意中望向窗外。就在这时，视野中忽然出现了一个黑色的物体，旋转着，快速向我冲来！几乎是一眨眼的工夫，它已落到我眼前的窗台上，原来是一只花喜鹊！

我们隔着一层玻璃窗对视，喜鹊似乎并不怕人，先是用长长的嘴巴在玻璃窗上啄了几下，算是和我打招呼，然后用乌溜溜的眼睛不住地打量着我，目光中似有一种深深的渴盼，又含着淡淡的忧伤。我们就这样对视着，忽然，一个念头电光石火般在我心中升起来：它，会不会是饿了？

我飞也似的跑到厨房，找到一块面包，边走边将面包掰成碎片。当我赶回阳台时，那只喜鹊依然伫立窗前。我赶紧将面包片递到它眼前。看来，它是真的饿了，低头狼吞虎咽地吃了起来，吃完叼起最大的一片箭似的飞走了。

这件事很快被我淡忘了。

隔了两天，早上起床我就听到喜鹊的叫声，走到阳台一看，原来又是那只喜鹊！它此刻正站在窗台上，看到我，似乎叫得更欢了。我以为它又饿了，就找来一些食物放在它的面前，谁知它竟无意于眼前的食物，只是冲我一声声地叫着，似乎在急切而热烈地跟我表达着什么。

可惜，我听不懂它的语言，又因为要赶着去上班，只好恋恋不舍地跟它道别。

中午，我像往常一样回家吃午饭，上楼后像往常一样来到阳台上。就在我刚刚在阳台上站定的一刹那，忽然瞥见一团黑色的旋风，急速地旋转而来。转眼之间，它已稳稳落在我的面前——原来还是那只喜鹊！

　　那么，在我不在家的这半天里，它该是一直默默地守候着我家的这扇窗户吧！这幢大楼里的一扇小小的窗户，对它来说却是唯一的一扇窗户，它小小的心灵该怀着怎样的期待？怎样的渴望？它，是否动摇过，可曾想到过要放弃？也许，它只是想要跟我道一声谢？

　　窗外的那只花喜鹊，此时继续对我讲述着我听不懂的语言，不停地叫着，声调时高时低，时紧时慢，语音仍然是那样急切而热烈……

　　从那以后，我家的窗台上总会放着一些食物和水。从此，我有了第一个来自大自然的朋友，一只花喜鹊。

2005 年 3 月 28 日刊载于《劳动午报》

神奇的种子

我的眼前放着几种不同的植物种子：扁豆的种子似腰果形，红褐色，身上有浅浅的花纹；小白菜的种子极细小，像黑色的蚂蚁；香菜的种子呈浅灰色，正圆形，像一个个微型篮球。

种子实在是太渺小了，以至于指甲盖大小的地方就能安放十几粒甚至几十粒；种子实在是太普通了，颜色大多是灰暗的，接近泥土的颜色；种子实在是太安静了，若是没有空气、阳光和水，它们就打算这样在抽屉里安安静静地睡上一辈子了。

可是，种子的能量是惊人的。

在泥土中随意撒上一些小白菜的种子，覆上一层薄薄的泥土，一周以后，就有绿色的小苗呼啦啦破土而出，然后，乘着初夏的阳光雨露，苗壮成长起来。

在花盆里撒上香菜的种子，浇透水，用不了几天，花盆里就有绿色的小苗探出头来，张望着这个五彩斑斓的世界。

最让人震惊的是扁豆的种子，它的萌发简直是惊心动魄的。它们原本被埋在深深的土壤里面，一场雨过后，某个清晨，你会发现，土地被撕开了一条巨大的裂缝。黑漆漆的裂缝中，嫩绿的茎叶仿佛戴了一顶硕大的帽子，正在吃力地顶起头顶的泥土。要知道，这泥土的重量是它们自身重量的几十倍上百倍啊！这，就是生命所蕴含的惊人力量！虽然，我没有听到种子萌芽顶起土层时，大地发出的惊天动地的迸裂声，没有看到种子在萌发之初是如何冲破了种皮的束缚，绽放出生命的新绿，但是，我仿佛听到了一首雄壮的交响乐，那是生命最华丽的乐章。

这就是一粒粒小小的种子,一粒粒微不足道的种子,只要有了空气、阳光和水,它们就能冲破一切阻碍,顶起厚厚的土层、石粒,从深深的土壤中,从悬崖峭壁中,从大漠黄沙中,破土而出!这,就是生命所蕴含的无比坚定的信念!

破土而出的种子能量愈发惊人。

小白菜几乎是跟着风一起长,密密地很快长满了一畦,光是看着就喜煞人哩!随意拔几株,清炒,简直像喝了一大杯蔬菜汁。

香菜的生长期最长,能从初夏一直生长到大雪纷飞,即使身子被冻肿了,冻青了,但是,洗干净,切碎,放入碗中,淋入热汤,就有一份活色生香呈现在眼前。

扁豆苗破土而出后,就会沿着扁豆架猛长,然后开出紫色的小花来。若是在扁豆架旁放一只老旧的藤椅,捧上一本书,闻着扁豆花香,打个盹,此景应该可以入画了吧!

我知道,在这一片郁郁葱葱中,新一轮的种子正在酝酿着,蓄势待发。

有时,我望着那茂密的禾苗发呆,心里纳闷。那一粒粒细小的种子如何就变成今天这样一副喜人的模样?可以供人观赏,还能满足人的口腹之欲。我想,除了阳光、空气和水,最关键的是植物神秘的遗传因素。种子的胚实际上就是幼小的生命体,里面包含胚芽、胚轴、胚根和子叶。当遇到合适的温度和湿度,种子就会分化生长,胚根开始发育成真正的根,胚芽胚轴发育成植物的茎叶。

种子之所以能发芽,是因为里面含有生命元素,这是大自然得以生生不息的奥秘,每一粒种子都继承了母性。所以,白菜的种子必然会长成白菜,香菜的种子必定生成香菜,扁豆的种子必定会结出扁豆,如此周而复始,绝不会有丝毫错乱。

其实,我们的心灵也是一片田,也能播种一粒粒种子。心灵的种子有善的种子,也有恶的种子。播种善良,必能收获美好,收获内心的安宁，收获生命的喜悦；若是播下了恶的种子，得到的果实必定与灾殃相连。

相比植物的种子，心灵的种子更加神秘，需要正确的世界观、人生观来指引，需要善良来时时浇灌，需要坚定的意念来呵护，才能收获美好的果实。

相比植物的种子，心灵的种子其实更加单纯，因为，人之初，性本善，人与生俱来就具备善良的基因，之所以会有各种犯罪，是因为心灵被扭曲了，是因为没有看护好自己的心田，让恶的种子发芽了。

古老的东印度格言说："如果你种下一个念头，你收获一个行为。如果你种下一个行为，你收获一个习惯。如果你种下一个习惯，你收获一个性格。而如果你种下一个性格，你收获一个命运。"可见，心灵的种子力量更加强大，它决定了我们的行为、习惯和性格，并最终决定着我们的命运。

让我们在心田播下一粒粒善的种子，存善心，立善行，收获安宁，收获快乐，收获幸福。

2016 年 10 月刊载于《雷锋》杂志

时光的珠链

时光，像一条珠链，晶莹、璀璨，熠熠生辉。世间万物皆有生灭，唯时光永恒。哲学家赫拉克利特说"人不能两次踏进同一条河流"，强调所有的事物均处于不断运动、变化之中。

时光，像一位魔法师，让一只小虫在蚌的体内孕育成一颗圆润的珍珠；让初生的婴儿长成一个健壮的青年；也让美丽的少女变成枯槁的老妇；让鲜艳的花瓣变成饱满的果实；也让田野上的一片葱茏重新归入寂寥之中。它串起人生的四季，也串起一个个春夏秋冬，在我们蓦然回首时，时光，仿佛变成了一条闪闪发光的珠链。

时光，像一条珠链，串起一个人的幼年、少年、青年和老年。有时，看到被母亲抱在怀里的小娃娃莫名哭闹，红红的小脸淌下晶莹的泪水，像极了一条珠链。这泪水成为他内心深处模糊的记忆，也形成了母亲关于自己孩子的记忆中最初始的那颗珍珠，及至孩子长大了，孩子又有了孩子，母亲的爱却总如微风细雨，呵护左右。在时光的长河中，母爱，是一条用爱编织成的最为璀璨夺目的珠链。

时光，像一条珠链，串起了先秦、两汉、南北朝，串起了唐代、宋代和明清。于是，有了《诗经》《左转》和诸子散文，有了《史记》和《汉书》，有了唐诗、宋词、元曲和明清小说。这些在历史长河中大放异彩的文学作品恰似一粒粒闪光的珍珠，照亮了历史的时空隧道。

时光，像一条珠链，承载着我们关于先辈的记忆。曾是飞行员的舅舅，一生刚直不阿，两袖清风，在工作岗位上精益求精，掌握了精湛的飞行技术。退役后，有关部门曾安排他到学校工作，这在当时是令人羡慕的职位，因为可以分到住房。舅舅却婉言谢绝了，他说："我年龄大了，还是安排年轻人吧！他们比我更需要房子。"之后毅然回到老家，回到风雨飘摇的老屋，养起了鸡鸭，种起了果树。如今，舅舅已经离世，但他老人家的高风亮节却像珠链上的一粒闪光的珍珠，在晚辈们心中熠熠生辉。

时光，是一条单行的河流，裹挟着所有的生命在水流的呼啸声中一路向前。在时光的洪流面前，我们无能为力，只有将岸边的垂柳、桃花和天空的云朵一并镶嵌在记忆深处。就让当下的每一个瞬间都凝结成一粒璀璨的珍珠，当我们老了，这些记忆将变成一条美丽的珠链。

2017 年 6 月刊载于《雷锋》杂志

厚德于心，大爱于行

近日，一则女大学生在动车上是否应该为耄耋老人让座的新闻引起了媒体的关注。说到底，这是一个道德范畴内的话题，与法律无关。

面对一位病弱老人的求助，这位女大学生非但没有为其让座，当老人的女儿提出要老人跟她挤一挤坐时，也遭到拒绝。面对指责，她委屈地抱怨道："坐自己的位置难道错了吗？"乘客买票就座似乎天经地义，但是，面对八旬病弱老人的求助，她在有能力提供帮助的情况下，却选择冷漠和拒绝，无疑暴露了一种道德的缺失。

这位女大学生似乎没有为他人排忧解难的奉献精神，没有最起码的同情心，更没有敬老爱老的尊老意识，有的只是事不关己、高高挂起的冷漠和无情。虽然，这在当代大学生中只是个案，也实在是一种遗憾。试问，谁能保证自己的父母外出时不会遇到困难？谁能保证自己没有年老的一天？谁能保证自己在漫漫人生中不需要他人的帮助？

"仅仅是一个人独善其身，那实在是一种浪费。上天生下我们，是要把我们当作火炬，不是照亮自己，而是普照世界；因为我们的德行尚不能推及他人，那就等于没有一样。"这是莎士比亚的名言。所以，人生真正的价值在于奉献；在于像火炬一样照亮他人，而不仅仅照亮自己；在于关键时刻，牺牲一己利益，为需要的人提供力所能及的帮助。

鲁迅先生曾说过这样的话："在生活的路上，将血一滴一滴地滴过去，以饲别人，虽自觉渐渐瘦弱，也以为快活。"可见，奉献乃是人生最大的快乐；唯有奉献，才能真正实现自己的人生价值；唯有奉献，才能实现自己的社会价值。

　　大学生是祖国的未来，是民族的希望，担负着实现中华民族复兴的光荣使命。在认真学习文化知识的同时，他们还应该树立正确的人生观、价值观，学会担当，学会奉献，厚德于心，践诺于行，成为真正有理想、有道德、有文化、有纪律的社会主义"四有"新人。

2016 年 6 月刊载于《雷锋》杂志

敬老爱老，大道永存

2015 年，国家司法考试题中有这样一道选择题：母亲与女友同时身处大火，但甲救出女友，却未救母亲，甲是否构成不作为犯罪？不少网友直呼题目"奇葩""雷人"，法律专家的观点也不尽相同。其实，这道题更多的应该纳入道德范围，而非法律范畴。

从道德层面来说，这位男士的做法无疑反映了道德的沦丧，作为儿子，在有能力救助母亲的情况下，却置母亲的安危于不顾，将其遗弃在火场。母亲是给予我们生命的人，也是一粥一饭将我们抚养长大的人，母亲的恩情需要我们用生命去报答。正所谓：谁言寸草心，报得三春晖。

在中华民族悠悠五千年的文明史中，最重要的内容之一就是孝亲、敬老、尊老的孝文化，这是中国传统文化的重要组成部分。中国古典书籍中字数最少影响最大的当属《孝经》在中国历史长河中，《孝经》既曾被看成是人伦百行的纲纪，也被当成科举仕宦的阶梯。儒家学者认为，孝是一切道德的根本，一切教育的出发点。子曰"夫孝，天之经也，地之义也，民之行也"，这句话强调孝道是作为人的一切品行中最根本的品行，是人必须遵循的道德，是人间永恒不变的法则。可见，孝敬父母，敬老，养老，爱老，乃是人间的大道。

"母亲女友先救谁"，这是一个没有标准答案的题目。人的生命是平等的，当两个生命同时遇到危险和灾难时，无论救哪个都不能说是错，这是理性思考的答案。但在中国传统孝道文化的大背景下，每个子女都应该有回报父母、保护父母的本能和意识，当父母遭遇危险时，应该下意识地去拯救他们、维护他们。

道德领域的难题要到法律领域寻找答案，这反映的是我国道德的滑坡。要实现中国梦，必须认真构建社会主义和谐社会的理论，为此，我们要追本溯源，呼吁孝文化的回归，呼吁亲情的回归，将传统文化的精华与现实生活紧密结合，从自身做起，从现在做起，将敬老、养老、爱老落实到实际行动中，让每个家庭都实现和睦与和谐。

2016 年 5 月刊载于《雷锋》杂志

五月的黄昏

　　五月的黄昏，是四季中最清新、最亮丽的黄昏，令人回味，也韵味悠长。

　　五月的黄昏，在婆娑的树影中流连，在闪亮的绿叶上流连，在青青的草地上流连，在姹紫嫣红的花丛中流连，在老人们的银发中流连，在孩子们奔跑的脚步中流连，在鸟儿的啁啾声中流连，等待着夜色的降临。

　　放眼望去，到处是如茵的碧草，像一块块美丽的地毯铺在大地上。野火烧不尽，春风吹又生，这是草的新生。小草们手拉着手，在风中起舞，庆祝着新生的喜悦。那嫩绿的颜色，直淌进人的心里。多少劳累，多少倦怠，多少烦恼，统统淹没在这一片片青青芳草中了。

　　阵阵晚风中，鸟儿的啁啾声不绝于耳，那样婉转，那样清脆，那样嘹亮。那声音时紧时慢，时高时低，仿佛天籁之音。我听不懂它们的语言，但能听出，这声音是欢快的，自由的，兴高采烈的。它们是在歌唱这美好的春天吗？还是呼朋引伴，准备归巢？

　　往前走，谁家的蔷薇花把个木栅栏围得水泄不通？淡紫色的花瓣，你不让我，我不让你，像一双双热烈的眼睛；沉默了一个冬天的月季树，已经变幻出各种姹紫嫣红，热烈的红、明丽的黄、梦幻的紫，花朵是人间的精灵，也是春姑娘顾盼的眼睛。当人们从万木萧疏的寒冬中走来，这些绚烂而美丽的花朵吸引了人们多少惊喜的目光！时光荏苒，沧海桑田，苍白了鬓发，衰老了容颜，而繁花却在每个春天如约而来，拉开春的序幕，给人们看一场万紫千红的大戏。

　　前方的凉亭下，几位老人聚在一起，正聚精会神地下象棋。到了这个岁数，恰似人生的黄昏时分，输与赢早已不放在心间了吧？回首望，大半辈子就这么磕磕绊绊地走过来，几许坎坷，几多心酸，如今的内心早已如平静的湖面波澜不惊了吧！何谓输，何谓赢？塞翁失马，安知非福？福兮，祸之所倚；祸兮，福之所倚。所以，平常心面对一切，改变能改变的，接受不能改变的，健康是金，平安是福。这，就是如水人生了吧！

幼儿园的小朋友放学了，欢笑着涌出大门，冲向近旁的儿童游乐园。他们互相追着，跑着，叫着，跳着，有的攀上了高高的滑梯，有的奋力荡起了秋千，小小的游乐园一下子沸腾起来。他们的眼睛是那么明亮，小小的身体似乎蕴藏着无穷的能量。他们，是祖国的花朵，也是祖国未来的建设者。此刻，他们是在跟着春天一起生长吗？

天色慢慢暗下来，只听见光阴的脚步与树影一起挪移，滴答，滴答……

2017 年 5 月刊载于《雷锋》杂志

目光撞上浑圆的月亮

夏天像是和春天唱双簧似的，悄悄藏在春的背后，猝不及防地出现在人们面前。转眼之间，树上的嫩芽长成翠绿的叶片，迎着春风发出哗啦啦的欢唱，高大的树冠像一把巨伞，洒下满地浓荫；天空变得更蓝了，衬托着愈发白的云朵。云朵在空中嬉戏，一会儿变成羊群，一会儿变成壮丽的大河；地上的草坪被修剪得整整齐齐，像一块美丽的地毯，毯子上绣着一朵朵不知名的小花，红的、粉的、紫的，争奇斗艳，最是养眼。双眼的疲劳瞬间消失，心灵也变得湿润了。

夏天，是美好的。我最喜欢的是夏天的红月亮。

那天傍晚，我像往常一样饭后散步。刚走出小区大门，偶然举头，目光竟然撞上一轮巨大而浑圆的月亮！我的心中不禁涌起一阵狂喜，仿佛得了无价的宝物一般，紧张得甚至不敢看它。此刻，宝蓝色的夜空没有一丝云彩，只有这一轮又大又圆的月亮挂在天边，映照着世间万物。它随着时光的脚步，坦然地在虚空中迈着细碎的步子，一步一步向天空的正中移去，宛若一位凌波仙子。

此时，这一轮初升的满月正挂在树梢头，让人感觉好像一伸手就能够到。

与太阳不同，月亮不是恒星，只能靠反射太阳光而发光，但月光足以照亮地球上的黑夜。从古至今，人们就喜爱歌咏月亮，从"小时不识月，呼作白玉盘，又疑瑶台镜，飞落青云端"到"长安一片月，万户捣衣声"；从"海上生明月，天涯共此时"到"江畔何人初见月，江月何年初照人"……一轮满月寄托了多少诗人对美的想象，对远方亲人的思念，还有对生命的崇拜，以及对人生哲理与宇宙奥秘的探寻。

还有"举头望明月，低头思故乡""露从今日白，月是故乡明""春风又绿江南岸，明月何时照我还"……古人以明月寄深情，表达了客居他乡的游子对故乡的深切怀念。

如今，每逢中秋佳节，人们都要吃月饼。月饼是圆形的，像满月，而满月象征着团圆。中国古代有拜月神的传统，那时的月饼叫"小饼""宫饼""团圆饼"。汉时张骞出使西域，带回了芝麻和胡桃，于是有了用胡麻仁做馅的"胡饼"。据说有一年中秋夜，唐玄宗和杨贵妃赏月吃胡饼，玄宗忽然说："这胡饼的名字怎么这么难听啊！"杨贵妃为了讨皇上欢心，望着天上的明月，随口说，"那就叫月饼吧！"

满月固然美丽，但物壮则老。每月过了农历十五，月亮就从月圆慢慢进入月缺阶段，这是大自然的规律。而月亮还可以在一夜之间经历月圆月缺，那就是月全食，俗称"天狗吃月亮"。

2011年12月10日晚，海上生明月，天涯共此"食"。

夜空格外晴朗，一轮皎洁的明月早已翩然现身。那晚的月亮圆而亮，淡淡的月辉笼罩着夜空，与几颗明亮的星星交相辉映。过了一小时，月亮的一边被阴影占据了。难道这就是民间传说的"天狗吃月亮"？这说法很形象，因为月亮从这一刻起，慢慢进入月全食过程，其中一部分渐渐失去光泽，另外的部分则依然光亮如初，能清晰地看到月亮的圆环形。

我的耳旁仿佛想起铿锵不绝的锣鼓声和噼里啪啦作响的鞭炮声。据说，现在还有很多地方保留着这样的风俗——要把天狗赶走。

北方的夜晚虽然有些冷，但今晚在户外流连的人特别多，大伙儿不时抬头仰望着夜空，见证这神奇的一刻。

大约九点半，月亮已被"天狗"吃去一半。仰望夜空，我看到天空是那样瓦蓝，此时的月亮就像一个精致的水晶球，一半在亮处，一半在暗影中，周围的几颗星星格外明亮。圆圆的月亮、湛蓝的苍穹、闪亮的星光，让夜空忽然有了一种童话般的色彩。茫茫宇宙，人类繁衍生息的地球，亿万年来与地球相依相伴的月亮，让我在这个晚上感受到了大自然的美妙。

　　大自然的面前，人类何其渺小。我们赖以生存的世界是多么古老而神奇。据说，这次是十年来最完美的月全食。

此文刊载于《劳动午报》2005 年 6 月 27 日有改动

有这样一种光辉

有这样一种光辉，如融融春风中和煦的暖阳，如朗朗夜空中满月的清辉，如酷暑时节里习习的凉风，如冰天雪地中温暖的炭火，如龟裂的土地上飘落的雨丝，如大漠黄沙中突现的一掬清泉。那是来自心灵深处的人性光辉。它与年龄无关，可以出自年轻丰满的面庞，可以出自满布皱纹的脸孔，但它们有一个共同点，就是拥有一颗甘于奉献的心。它也与性别无关，也许是须眉男儿，也许是温婉女子，但它们有一个共同点，就是拥有一颗舍己为人的心。

拥有这样一种光辉的人，眼睛里是满满的笑意，神态中是满满的自信，步履中是满满的坚定，俯仰之间，自有一种光芒，光耀世间，与日月同辉。

迷茫之中，它是暗夜的灯塔，为人们照亮脚下的路，指明前行的方向。

危难之时，它是雪中的炭火，为人们带来温暖，带来希望。

这，就是人性的光辉，是雷锋精神在闪光。

追忆当年，当雷锋牺牲了自己的休息时间，和战友一起到附近的候车站帮助打扫卫生，为旅客倒水时；当雷锋用自己的津贴费为丢失了车票的大嫂补票时；当雷锋忍着腹痛为正在兴建的小学运砖时；当雷锋将自己仅有的积蓄捐献给灾区时，这种舍己为人、甘于奉献的精神，不正是人的心灵深处所散发出来的夺目的光辉吗？

而今，雷锋虽然已经离开我们，但是，他的精神从未远离。

张伟和济海华是835路快车的司乘人员。7月20日，北京突降暴雨，他们上午十点半从市区起点站出发，经历了积水的考验，经历了频繁的堵车，经历艰难的绕行，历时十个小时，终于从始发站抵达终点站房山。司机张伟将最后三名下车的乘客一一送到家门口，其中一位老人刚从宣武医院出院，还有一位老人从友谊医院取药回家。售票员济海华将这位老人送到小区单元门口，目送老人上楼，才回到车上。两位司乘人员从早上八点出发前往市里，直到深夜十一点四十分才回到车队。暴雨面前，他们不顾疲劳，任劳任怨，坚守岗位，待乘客如亲人，直至将乘客安全送到家中。我仿佛看到他们疲惫的眼神中，正洋溢着一种光辉，这种不畏艰难、爱岗敬业的精神，不正是雷锋精神的闪光吗？

　　7月24日，北京市气象部门发布暴雨预警。当晚，四年前曾在"7·21"特大暴雨中出现积水、浸泡车辆的南岗洼路段，路边一排黄色的警灯蜿蜒数百米，看起来格外壮观，那是养路作业的工程车在提醒过往的车辆注意安全。但是人们不知道，在高速路隔离栅栏外的水沟旁，身穿橘红色工作服的养路工人排成了一道近千米的"人墙"，枕戈待旦，随时准备抢险。刚毕业不久的研究生李冲也加入备战的队伍；首发集团五十多岁的养路工李林勇站在齐腰深的水里，从7月20日的暴雨之后一直忙碌到现在，修复被冲毁、滑坡的路基，挖开被泥沙覆盖的排水沟。四年前的"7·21"特大暴雨后，他也是第一时间参与抢险的工人，不眠不休连续工作很多天。这些工人师傅们就是我们身边的无名英雄。他们舍小家为大家，不畏艰难，用血肉之躯为人民筑起了一道坚固的堤坝；他们没有豪言壮语，唯一的心愿就是暴雨过后，能洗个澡，睡个觉，回家看看……我仿佛看到他们黝黑的脸庞上，正散发出这样一种光辉。这种在危难时刻舍己为人、默默奉献的精神，不正是雷锋精神的闪光吗？

　　雷锋离开我们已经五十多年了，但是，雷锋精神的火炬却代代相传。

无数平凡而普通的人们在自己的工作岗位上，用实际行动谱写了一曲曲雷锋精神的赞歌，这来自伟大心灵的光辉铸成了熠熠生辉的民族精神，照亮了我们前行的道路。

2016 年 9 月刊载于《雷锋》杂志

英雄机长的壮举绝非偶然

2018 年 5 月 14 日，川航某航班正飞行在万米高空，挡风玻璃突然爆裂，瞬间失压，仪表损坏，噪音极大，温度骤然降到零下几十度……千钧一发，机长刘传建凭手动和目视操纵飞机备降，所有乘客安全落地。这次迫降，被网友称为"史诗级迫降"类似情况在民航史上只发生过一次。1990 年 6 月 10 日，英国航空公司一架航班左侧前挡风玻璃脱落，迫降成功。这次刘传建所驾飞机出现意外时，高度几乎是英航的两倍。

一次化险为夷的航行让人看到专业精神和专业能力总能在关键时刻闪光。据刘传建妻子介绍，丈夫每次结束任务，"回家后还会不断总结反思"，即使做了教员，还经常看书、翻手册、做笔记；每天都坚持训练、认真学习操作；妻子住院时、孩子出生时，他都在飞行……透过种种细节不难发现，能够在生死一线成为英雄，全赖日常一丝不苟的专业精神，以及精益求精的专业能力。

英雄机长刘传建之所以能有如此壮举，与他在部队培养出的高超专业素养、坚强意志品质是分不开的。对军人来说，只要"生命里有了当兵的历史"，就一辈子打上了军人的烙印。不管身在军营，还是离开部队，军人身上总会透着"那股子当兵的劲儿"。忠诚可靠、牺牲奉献、使命意识等特质已融化于他们的血脉中，深植于他们的骨髓里。

正是像刘传建一样当兵的人，将危急时刻打造成为"高光时刻"：抗洪大堤上"最美的睡姿"、火灾现场中"最美的逆行"、长江浊流里"最美的潜游"……无不见证了军人本色，彰显了英雄风采。

"站出来，你也是英雄！"每个人如果都能崇尚英雄、学习英雄、关爱英雄，就一定能激发更多向上向善的力量，让正气充盈的状态成为社会的主流生态。

刊载于《雷锋》杂志 2018 年第 7 期

触摸清晨的第一缕阳光

这是个美好的清晨，推窗的瞬间，带着青草味的空气扑面而来，布谷鸟清脆的啼鸣不绝于耳。凭窗远眺，山坡上的桃花开了，星星点点的粉红色艳若云霞。远山似乎还沉浸在睡梦中，但山峰上已有一缕阳光站在上面，那温暖的、橘红色的阳光照亮了山峰，也照亮了山顶上的小松树，让山峰跟暗处的山体以及大山的褶皱形成了明与暗的对比。

阳光爬上对面大楼的墙壁，将楼体的暗红色映照得格外明亮。它悄悄挪移，慢慢从墙壁跳上窗户，似乎是想唤醒梦中人。

窗前的小路上，一位骑着自行车的园艺工人从远处驶来，身着一件白色的圆领衫，阔大的脑门因阳光的照耀显得格外明亮，使他看起来仿佛是载着阳光在骑行，嘴角微微翘起，眼睛里有着太阳的光芒。他就这样驮着阳光走远了。

回到房间，我惊奇地发现书房的飘窗上居然摊放着一大片明晃晃的阳光！少顷，又有一片阳光跳上书桌上方的墙壁上，像一面闪闪发光的旗帜。

这旗帜让我想起了驻守在祖国边陲的边防官兵们。

此刻，在祖国的西南边陲，在西藏海拔 5374 米的甘巴拉大雪山上，清晨的第一缕阳光已经照亮了高高的山峰，和山峰上迎风飘扬的五星红旗。甘巴拉雷达站是目前世界最高的人控雷达站，常年担负进出藏航班、专包机、航空兵驻训及抢险救灾等飞行的引导警戒任务。"甘巴拉"在藏语中的意思是不可逾越的山峰，用以形容自然条件的恶劣。在那片寸草不生的生命禁区里，甘巴拉雷达站的边防战士们每天清晨顶着八级以上的大风，准时让五星红旗在茫茫雪山上升起来；皑皑冰雪无法消融他们为祖国、为人民驻守边防的满腔热血；十级狂风无法摧毁他们保家卫国的坚强意志！那清晨的第一缕阳光照亮了甘巴拉雪山，照亮了迎风飘扬的五星红旗，更照亮了边防战士们那颗勇于吃苦、甘愿奉献的心。

此刻，在中印边境线上海拔 4655 米的"雪山孤岛"詹娘舍哨所，清晨的第一缕阳光穿云破雾，照亮了突兀的山尖。那里的自然环境同样恶劣，每年大雪封山长达八个月，而且氧气稀薄，常年雷电交加，风雪肆虐，边防战士们每天吃的是干菜、罐头，陪伴他们的是皑皑白雪和呼呼的风声。就在这样严酷的自然条件下，战士们每天巡逻、检查、判断、分析，警惕地守卫着祖国的边境线。他们可有思念亲人的时候？可有病痛缠身的时候？可有想要放弃的时候？但是，军人崇高的责任感和使命感让他们无怨无悔，将自己的青春奉献给了祖国的边防事业，奉献给了雪域高原。

岁月静好是因为有人替你负重前行！

我用目光触摸着清晨的阳光，心中一份深深的感动蔓延开来，一行滚烫的泪水顺着脸颊淌了下来……

此时的阳光仿佛变成了一列列鸽群，从心灵的天空起飞了……

2015 年 5 月

我看《买房夫妻》

初看

因为喜欢小陶虹，这些天晚上就窝在沙发上看起这部电视连续剧。

真别说，片子挺感人。陶虹饰演一位硕士毕业的女医生文红旗。她的表演真实、自然、不做作、敢爱敢恨，是一位帅气的女一号。

俗话说，男大当婚，女大当嫁。文红旗与兰贵成的相识相恋很自然，很浪漫，但直到快结婚，两人才发现连个小窝都没有。

还好，兰贵成的单位给他们分了一间小平房。住过平房的人都知道，那里冬天阴冷潮湿，夏天又燥热难耐。他们的那间小平房，洗衣服没热水，上厕所也得出家门，条件简陋，空间逼仄，转个身都困难。

然而，住在小平房的日子是他们一生中最幸福的时光。他们在这里尝尽新婚的甜蜜，早上一起出门上班，下班一起回到这个简陋但温馨的小窝，条件虽然艰苦，但是，他们的心是在一起的，跟甜蜜的爱情相比，蜗居的艰难又算得了什么？

后来，孩子出生了。

再后来，兰贵成辞职下海了。按照单位规定，这间小平房必须退还原单位，这让他们一家连栖身之地都没有了。

剧情让人有些揪心。还好，贵成领导的朋友出国了，有一套空下来的房子，临时借给他们住。这间小小的一居室要住三代人——一家三口和孩子的爷爷奶奶，不便程度可想而知。厕所门口摆了一个三人沙发，晚上就充当床，沙发的旁边有盆小插花，只要有人上厕所，这盆花就会被碰到地上。文红旗夜里要起来好几趟。她晚上睡不好，白天没精神，倍感疲惫与无奈。

文红旗性格耿直，免不了跟领导作对，可为了买房，硬是低声下气地去巴结领导，在单位里拼命表现，写论文，争着献血，早到晚归，可后来她发现，一切都是虚幻。她费心巴力写出来的论文，自己只能是第三作者，这意味着单位分房时她根本不可能获得加分，她的论文充其量只是为他人作嫁衣裳，成了某些人争名逐利的筹码。

文红旗愤然辞职，为了挣钱买房去做公关人士，险些被骗色。她去医药公司推销药品，靠着学医的同学朋友的人脉，竟然创造出了骄人的业绩，也得到了不菲的报酬。于是，买房就成了水到渠成的事。

他们顺利买到了一套172平米的房子，宽敞、明亮、舒适。按说，剧情到这里也可以结束了，大家看到主人公靠奋斗实现了自己的人生目标，也算是大团圆了，或许到这里戛然而止，反而会引起观众的留恋和思索。导演可能是为了拼凑集数，让故事继续进行。于是，文、贵两人离心离德，一个一门心思想要壮大自己的公司，一个满脑子都是炒房赚钱，弄得家里饭没人做、衣服没人洗、孩子没人管。两个人自从住进大房子，几乎天天吵架，全是为了莫须有的事情。文红旗总怀疑兰贵成在外面有第三者，也不给丈夫做饭，还带着孩子去他的单位闹，弄得兰贵成到手的合同都飞了。

看到这里，不禁为这两口子感到遗憾。眼下，房子是到手了，可房子里没了亲情，没了爱，豪宅成了一个空壳。真是成也萧何，败也萧何。

也许，导演的意图不仅要表现这对夫妻买房的艰辛历程，还想表现他们的感情经历，从青年到中年，再从中年到老年？

后面的剧情尚不得而知，只是感觉有些画蛇添足，抑或狗尾续貂。

再看

正所谓上贼船易，下贼船难，看电视连续剧也是如此。只要看进去了，就会心甘情愿地跟着剧情跌宕起伏，心甘情愿将下班后仅有的空余时间全部奉献给电视机，以及插播的广告。

本来，我觉得这部电视剧拍到夫妻二人通过自己的艰苦奋斗收获属于自己的蜗居，也就可以了，可昨天又看了两集，才明白导演的用心良苦。

文红旗好像成了买房控。这次，她又看上一套别墅，执意要买，但买别墅对于当时的夫妻俩来说还是有压力的。兰贵成坚决不赞成，说在他和别墅之间只能选一个。言外之意，文红旗如果选择买别墅，就只能跟他离婚。他宁可牺牲自己的婚姻，也不愿意冒风险去买无谓的大房子。

文红旗的性情一向犟，说离就离。两人到了民政部门，人家说，你们都结婚那么多年了，不要轻易离，再考虑考虑？还说，特别是女同志，离婚后很难再有家庭。这时，兰贵成偏过头问文红旗："你怎么想？"文红旗稍加思索后，果断地说："除非你同意买别墅。"

没辙，两人在买房的意见上不一致，所以离了。

离婚的理由千万条，为了买房而离婚还是头一遭听说。而当初，他们是那样同心协力，同甘共苦，只为了一个共同的目标，那就是拥有一套属于自己的房子。

房子虽然是幸福婚姻的必要条件，也可以成为婚姻杀手。导演的意图是进一步挖掘人性深处的某些东西。俗话说，人心不足蛇吞象。当今社会，不断有各种各样的消费方式及消费品被制造出来，包括房子。人如果在欲望面前迷失了自我，就会丢失更加重要的东西。就像剧中的晓欢，当时一门心思要出国，要拥有海边的大别墅，当她终于拥有梦想中的一切时，丈夫却离她而去，还建立了新的家庭，拥有了自己盼望的女儿。漂亮而成功的晓欢有些郁郁寡欢。她的确实现了自己的梦想，过上了自己想要的生活，但是她的人生真的成功吗？丈夫为什么不能尊重晓欢的选择，随她到国外定居？他自己也说了，在国外，语言不通，只能给人刷盘子，去了几个月，把上半辈子该刷的盘子都刷了；又说，要是再去国外，只能去刷下半辈子的盘子。

这大概就是缘分吧！如果晓欢的丈夫精通英语呢？如果他像晓欢一样能在公司里谋得一席之位呢？也许，他们就能比翼齐飞了吧？

在晓欢的年代，人们择偶注重的是对方能拥有一套大房子，文化素质及知识技能只能退而求其次，这也是两人未能最终走到一起的主要原因吧！进一步说，晓欢选择了房子，却牺牲了自己梦想中的幸福，如果没有房子的牵绊，她也许会找到那个能始终跟她携手一生的人。房子，又是房子在作祟。

回到文红旗身上，她说她对房子好像有一种特殊的情结。就因为当时没房子给人的感觉太刻骨铭心，所以，她生命中所有的热情都转移并投注到房子上了。当她得知自己炒的房子价格上涨时，她是多么欢欣雀跃！最终，她拥有了一栋大别墅，却失去了自己心爱的丈夫。房子，还是房子在作祟。

不知道这部电视剧的结局如何，导演能否让这对夫妻破镜重圆？

我对此倒是有些期待，毕竟，房子失去了，还可以再买，但失去了婚姻，很难重建，而且最苦的是孩子。

另外，关于这部电视剧中的人物塑造，我有自己的一点看法。先说文红旗。陶虹饰演的女一号漂亮、活泼、率真、敬业、爱家、孝敬老人、爱护孩子，特别喜欢她笑起来眯起眼睛的样子，有一种娇憨和甜美。但恕我直言，我总觉得她在刻画小人物的悲欢离合时，似乎少了些什么。剧中，红旗是一位女硕士，一位司令员的女儿，可她的眼神及行为举止中缺少了一份知识女性的矜持、内敛，及至剧情发展到最后，她所有的喜怒哀乐全是因为房子，没有任何精神上的追求，这不能不让人感到遗憾。作为一个中年女人，当婚姻出现危机后，她的处理方式也让人汗颜，动辄跟丈夫大吵大闹，还拉上孩子去丈夫的公司挑事，哪怕丈夫此刻就在会议室跟人准备签订合同，她也要对方立马出来跟她澄清小三的事情。这显然不应是一位知识女性的所作所为，而她，好像也还不到更年期的年龄。

再说兰贵成。应该说，这是一位可爱的男性。作为一名博士，他在事业上有着很强的进取心，在单位拿到了高级职称，辞职下海后把公司办得有声有色，而且，飞黄腾达后，也没有花心，顶多是想找个能听他说说心里话的人。阎樱花的低微、温顺恰好满足了他作为男人的自尊，所以他格外照顾这个卑微的女人，比如让她从一个清洁工当上会计，看到她的手生了冻疮后，主动张罗帮其全家租了一个公寓房，他知道住民生大院的苦。可是，我想说，他其实是个高智商、低情商的丈夫。他太认真，非要跟红旗争你对我错，婚姻哪里有什么对与错，表面上，每次争吵后，他总会哄红旗，也会表现一下，比如早起做个饭什么的，可是，他真的在意红旗吗？他真的爱这个家吗？他的公司开得那么火，却从不往家里交生活费，他的责任感在哪里？红旗那么在意他，虽然去他公司里闹不对，可他为什么让妻子那么没有安全感呢？他完全可以开诚布公地跟红旗解释清楚那个所谓的第三者其实根本不存在，可他偏不说，还不许红旗提，动不动就从家里搬出去住，这个人的沟通能力是不是有问题呢？

以上纯属个人观点。

2012 年 11 月

一个平凡的夜晚

这是个平常的夜晚，窗外的雨渐渐沥沥地下着。每逢下雨，身处室内，总让人感到一份安逸。细听那雨声，不紧不慢，有节奏地发出扑簌簌的响声。

算计着再有三天，又要跟儿子开始长达半年的分离了。

吃过晚饭，黑籽红瓤的西瓜整齐地排列在果盘里，电视里上演着千篇一律的娱乐节目。忽然想逗逗儿子，于是我说："儿子，一千克重量的概念，你知道吧？"

儿子点点头："嗯，知道呀！"

"一千克铁和一千克棉花，哪个重"？

许是听出我想误导他的嫌疑，儿子笑了。他咧开嘴，眨眨眼睛，边笑边说："铁重，铁重。"他的笑有些诡秘，让我感觉他完全是为了配合我才故意把题目答错的。

我得意地亮出标准答案："都是一千克，是一样重的啊！"

哈哈！我和儿子都开心地笑了，孩子的父亲也笑了。

儿子紧接着说："那我也问你一个问题吧！"

"好，你说。"

"总共有六个试管排成一排，前面三个里面装满了液体，后面三个是空的，要求只动一个试管让它们均匀排列，就是一个装有液体的挨着一个空的试管。"

"这简单，把第二个跟第五个互换一下位置不就行了？"我很快说出答案，有些得意。

"要求是只动一个哦！"儿子说。

看来，我的数学思维还是一如既往的差。

"只能动一个啊！"看我急得抓耳挠腮的样子，一直沉默坐在一旁的丈夫终于忍不住说话了："这不是很简单嘛，把第二个试管里的液体倒进第五个试管里，不就行了？"

哈哈哈！大家都开心地笑了。

"嗯，还有一个题。"儿子说。

"从前有个人要买一百斤葱，一块钱一斤，他要花一百元，对吧！这人问卖葱的人，葱白和葱叶是不是可以分开卖？卖葱的人同意了，说分开买的话葱白七毛一斤，葱叶三毛一斤。听了这话，买葱的人就向卖葱的人买了五十斤葱白，总共花了三十五元，又买了五十斤葱叶，总共花了十五元。这样，他只花了五十元就买到了一百斤葱，请问，这是为什么？"

……　……

我彻底晕了，但我警告丈夫不许说出答案，一定要靠自己的智慧苦思冥想出那个答案来……

人说女儿是妈妈的贴心棉袄，我说儿子是妈妈的贴心皮袄，一点都不错。浓浓的血缘让我们体会如鱼得水的亲情，还有那份贴心贴肺的温暖。

这是一个普通的夜晚，却因为有儿子在身边，家中充满了欢乐。

2011 年 8 月

水滴

　　水是世间最神秘的物质之一。

　　水滴是柔弱的，可是，滴水可以穿石；水滴是渺小的，可是，一滴水里有太阳的光辉；水滴是孤单的，可是，无数的水滴汇集在一起，就组成了烟波浩渺的大海。

　　下雨天，我最喜欢站在窗前，看无数雨线从高空坠落，那是雨中的水滴。它们落在地面时溅起的一个个圆圆的泡泡，常常勾起我童年的回忆。

　　我曾观察过清晨植物叶片上的水滴，那是朝露，清澈，晶莹，透过它能清晰地看到植物的脉络。只是，随着太阳的升高，它很快就消失了。

　　我曾仰望飞流而下的瀑布，看无数水滴在空中撞击、旋转、翻飞，化成无数飞花落入潭中，犹如卷起千堆雪，不由让人心生震撼。

　　我曾站在波澜壮阔的海边，看滔天巨浪从天边涌来。倾听那巨大的轰鸣声，总让人心潮澎湃，所有的烦恼仿佛瞬间飞到九霄云外。这澎湃的海洋，是一滴滴水滴汇聚而成的啊！

　　在寒冷的冬天，我最盼望的是清晨推窗，看到一个银装素裹的世界。一场大雪降临人间，世界顿时变成一个美丽的童话。大雪化成一条厚厚的棉被，覆盖着平原上越冬的小麦。这美丽的雪花，是水滴的梦吗？

　　水之神秘，在于它能千变万化。既可以是液态的水滴，也可以是雾状的蒸汽；既可以是固态的雪花，也可以是坚硬的寒冰。水滴可以化成蒸汽，蒸汽再化成雨水或者雪，而寒冰到了温暖的春天，又将复归为水。

水是多么柔弱，多么谦卑。它总是避高就低，滋润着山川大地，却与世无争。如果我们能像水一样低调，像水一样甘于奉献，不求回报，相信一定能减少心中的烦恼，成就自己的理想。正所谓：水低成海，人低成王。

水又是多么圆融。与茶组合，成就了一杯香茗；与咖啡组合，还原了生活的味道；与粮食组合，经过一定的工艺，酿成了香醇的美酒。

关于水的名言警句最多。"丘山积卑以不高，江河合水而为大"，是说事物从量变到质变的道理；"海纳百川"，象征着一种博大的胸怀；"上善若水，水利万物而不争"，是用水来形容最崇高的善行。

愿我们像水滴一样，谦逊，谦卑，低调，奉献；愿我们的内心，如一杯清水，始终平静，清澈，而满足。

2016 年 8 月刊载于《雷锋》杂志

秋叶随想

当季节走进深秋，石榴树捧出了红彤彤的果实，银杏树献上了奇异的白果，沉甸甸的柿子压弯了枝头，大地沉浸在丰收的喜悦中。这一季的秋叶，也到了一年中最美丽的时节。满树的璀璨与繁华，非花却胜二月花，那金灿灿的色彩点亮了灰蒙蒙的天空，将世界装扮得五彩缤纷。

黄栌树的叶子红了，椭圆形的叶片叶脉分明，一半棕黄，一半酡红，掺杂着点点褐色的斑点。这美丽的色彩让人想到了丰饶，想到了收获。火炬树的叶子也红了，排列整齐的叶片像极了一只只火炬，仿佛在向世人宣告：秋天来了！银杏树的树冠通体变成一片灿烂的金黄，小小的叶片仿佛一把把精致的折扇，在风中起舞。谁说秋是凄凉而萧索的？在我的眼中，秋分明是绚丽的，是成熟的，是炽烈的。

秋日的天空变得格外澄澈高远。晴朗的日子，能看到白色的鸽群和南归的雁阵。金黄色的秋叶映衬着瓦蓝的天空，让人不由感叹造物的神奇。经历了春生夏长，经历了雨雪风霜，凋零之际，造物主竟赋予了秋叶胜过春花的娇艳和美丽。

地上的小草依然翠绿，衬托着点点落叶，有的棕黄，有的酡红，有的金黄，有的翠绿，这美丽的色彩让人有诗意的畅想。只是，一叶落知天下秋——秋天，真的来了。

人行道的两旁，银杏树的叶子在秋阳下熠熠生辉，夜里的一场风，将无数的叶片吹落。它们散落在地上，有的已经干枯，卷曲着匍匐在草地上；有的还是翠绿的，叶片平平展展的，挤挤挨挨地堆叠在一起，在秋日的午后闪动着耀眼的光芒。

看到这落叶织就的毯子，我想象着，如果踩在上面，听那吱吱嘎嘎的响声，该是何等的享受？可是，我一般会轻轻地绕过去，实在不忍心去践踏它们。

它们也曾是鲜活的生命啊！

它们在早春冒着严寒奋力挣扎出一片片嫩绿的新叶，在夏天迎风歌唱，是快乐的精灵；而今天，在这个秋日的午后，它们将一棵平凡的树变成了奇妙的调色板，让原本翠绿的叶片呈现出醉人的金色和耀眼的酡红，那炫目的金，代表着成熟，那美丽的酡红，象征着收获。秋叶，释放出历经春夏所蕴含的所有美丽和激情，为世人献上了一场视觉的饕餮盛宴。

想象着在瑟瑟秋风中，那一片片叶子在风中飘落，回归大地母亲的怀抱，然后，一场厚厚的冬雪将它们掩埋。它们融入土壤，化作肥料滋润着大树，孕育着一轮新的生命。

秋天来了，冬天在不远的地方张望着，随时准备登场。

秋天来了，春天还会远吗？

2010 年 11 月

治理"老赖"需全社会参与

诚信，是中国的传统美德，是立身的基石，处世的根本。孔子说：人而无信，不知其可也；子路语：言必信，行必果；晁说之言：不信不立，都充分说明诚信应该成为人们的处世守则和行为规范。

然而，当今社会处于转型期，有个别企业和个人有违诚信原则，拒不偿还到期债务，欠钱不还，一躲了之。这就是人们常说的"老赖"。

2014年的农民工刘仲凡"讨薪案"，在社会上引起了很大反响。刘为了讨要自己被拖欠的一万多元工资，鼻骨被打断，后不得不通过诉讼手段，历时三年多，走了八个程序，出庭二十多次，才最终拿到自己的血汗钱。深感痛心的同时，人们不禁反问：欠薪不付，还出手伤人，"老赖"为什么如此嚣张？企业的诚信哪里去了？

究其缘由，一方面是因为失信成本低，过低的违规成本让"老赖"敢于铤而走险，甚至变本加厉；另一方面是监管不到位，让一些失信事件任其发展，直至在社会上造成恶劣的影响。

让人欣慰的是，近日，中共中央办公厅、国务院、最高人民法院分别出台了相关政策及法律法规，旨在加快推进失信被执行人员跨部门协同监管和联合惩戒机制建设，构建"一处失信、处处受限"的信用监督、警示和惩戒机制，但是要彻底消灭"老赖"，还需要全社会的共同努力：

1. 从舆论导向入手，加大对诚信个人和企业的宣传力度，让信守诚信的个人和企业成为全社会的道德楷模，起到榜样和示范作用；同时，公开发布"黑名单"，此举对治理"老赖"痼疾能起到一定的作用；

2. 对失信企业和个人加大惩罚力度，一旦发现失信行为，即对其处以巨额罚款，从而对失信者起到震慑作用，加大失信者的失信成本，让"老赖"对失信行为望而却步，遏制他们的嚣张气焰；

3. 推动信用体系建设，建立多部门联动机制，建立以公民身份证号码为基础的法人和其他组织统一社会信用代码制度，建立统一的信用信息平台，对公民信用情况进行记录，形成"一处失信，处处受限"的信用监督机制，这些规定和措施有助于破解针对"老赖"执行难的问题；

4. 加快针对失信行为的法律、法规建设，对信用进行立法，使相关法律条文更加系统化、具体化，做到针对各种失信行为均有法可依，有章可循，违法必究，从而对失信行为形成法律约束力，有效惩治"老赖"。

相信通过全社会的努力，一定能织就一张舆论之网、道德之网、法律之网，逐步建立起社会诚信机制，让公民以诚信为荣，以违法为耻，视诚信如生命。这样的社会环境一定可以让"老赖"无处藏身，无处遁形。

2016 年 12 月刊载于《雷锋》杂志

舌尖上的感动

半生吃过水果无数，若以重量来计，总该是吨位数了。

喜欢初春时节从成都空运来的草莓，一个个粉红的浆果斜卧在木盒里，捻起一个，入口即化，留下酸酸甜甜一片。如今，草莓早已实现了本土化种植，昌平有很多乡镇都在栽培草莓，品种有二十多个，分为欧美、日系、中国三大品系，从元旦起能一直供应到五月中旬，味道绝佳。我最喜欢的品种是"红颜"，味道酸中带甜，鲜美多汁。

紧接着上市的是樱桃。"色若丹朱红，形似红灯笼；春果第一枝，声名冠苍穹；颗颗皆上品，粒粒赛精灵"，是对樱桃的最好写照。早些年的樱桃产自北京香山，有个很形象的名字叫"大红灯笼"现在北京通州、顺义、昌平、密云都种植樱桃。到五月中旬，已经红透的樱桃挂满枝头，远远望去，宛如一片片灿烂的云霞。在密云的金叵罗村，有很多樱桃种植园，满树红玛瑙般的樱桃挂在枝头，一串串粉红的浆果掩映在碧叶丛中，看着就喜煞人。园主人带我们到树下，帮助架好梯子，递给我们几个小塑料桶。他知道哪棵树结的樱桃大，哪棵树的樱桃味道甜，摘下的樱桃放入桶中，过秤后再装盒。刚下树的樱桃甜丝丝的，水分充足，食后唇齿留香。

然后是荔枝粉墨登场。第一次吃是在二十世纪八十年代初，荔枝尚属于稀罕物。朋友去广州出差，回来时特意带了荔枝，特意嘱我们过去小坐。到了她家里，她端出一个精致的玻璃果盘，里面放着卧在清水中的荔枝，据说，这样吃起来才不会沾手。小心地掰开外皮，露出乳白色的果肉，咬一口，果肉汁液横流，一下子甜到心里。我喜欢荔枝，喜欢它玫瑰般的色彩，看得人心醉。荔枝分两种，一种是大核的，果肉少；一种是小核的，果肉多，名为"妃子笑"提到荔枝，不能不提诗人杜牧的那首《过华清宫》："长安回望绣成堆，山顶千门次第开。一骑红尘妃子笑，无人知是荔枝来。"尤其最后两句，驿马风驰电掣地送荔枝而来，只是为"妃嗜荔枝，必欲生致之，乃置骑传颂，走数千里，味未变，已至京师""妃子笑"因此成为荔枝的代名词。

吃罢荔枝，大兴庞各庄的西瓜上市了。一次我们去大兴开会，路过庞各庄，看到路边好多瓜摊，堆着小山一样的西瓜。我们停下车，每人都欣欣然选了好几个大西瓜，每一个都有一二十斤。回到家，把西瓜放在水龙头下面洗去泥渍，找出西瓜刀，先沿着瓜的腹部轻轻切上一圈，再把刀拦腰架起，双手用力，向下轻轻一按，只听"啪"的一声闷响，西瓜骤然裂成两半。那一瞬，每个人脸上都是笑盈盈的，眼前的大西瓜，红瓤、黑籽，一股清香瞬间飘出来，再切成小块，每个人抱着一个果盘，啃着吃。转眼之间，风卷残云，只剩翠绿的瓜皮。瓜皮也能食用，削去外皮，切成丝，清炒，解暑祛火。口渴时吃上几块西瓜，顿觉味蕾生津；饥饿时吃上几块西瓜，顿觉腹中充实起来；炎热时吃上几块西瓜，顿觉燥热消散，由内而外清爽自在。炎热的夏季，不能不吃西瓜。

到了七月，红艳艳的平谷大桃就上市了，久保、十四号、二十四号，味道都好极了，甜中带着清香。尤其久保桃，是离核的，用手轻轻一掰，桃身就被分成两瓣，桃肉于乳白中夹带着点点粉红，极细腻，入口先是萦绕着一缕清香，果肉继而化成蜜汁，甘之如饴，宛如幸福的生活。儿时家里鲜有水果吃，唯独到了夏天，爷爷会张罗去买桃，是村里的桃园产的。其实也不是买，就是拿个麻袋，来到生产队，称上半麻袋，记账。爷爷总说："吃鲜桃一口，不吃烂桃一筐。"然而，背回家的桃子，却有不少已经烂了。

八月未央，乒乓球似的葡萄上市了。有紫黑色的巨峰，小巧精致的玫瑰香，也有新疆的马奶葡萄。说起来，我吃过的最甜的还是新疆的葡萄。在乌鲁木齐的水果店里，光葡萄的品种就七八种之多。那里的葡萄是单纯的甜，因为光照时间长，糖分储存充足，每一粒都像一颗蜜丸，入口即醉。黑葡萄是美丽的，有时形容女子眼睛生得美，就说她长着一双黑葡萄似的眼睛。母亲家中原来有几棵葡萄树，盛夏时节，葡萄秧以蓬勃之势迅速覆盖头顶上的凉棚，没过多久，就垂下一串串沉甸甸青绿色的葡萄串。下霜的时候，葡萄就成熟了，像一串串美丽的工艺品。坐在葡萄架下的圆桌旁，沏上一杯好茶，享受凉风的吹拂，望一眼天上的白云。这时，茶不醉人，人自醉。

接下来，金黄色的蜜橘纷纷上市了。有南丰蜜橘、黄岩蜜橘、广东砂糖橘。有一年传说橘子中出现了虫子，让人惶恐，以致很多人见到橘子就远远逃开。我见卖橘人辛苦吆喝："黄岩蜜橘啊，没有虫子啊！没有虫子的！"于是壮起胆子买了一些，回家剥开皮仔细找，哪里有什么虫子啊！

十一以后，北方就进入隆冬时节，别看天寒地冻，应季的水果却一应俱全。有山东和陕西的红富士、莱阳的雪花梨、江西的赣南脐橙、海南的香蕉。红富士固然好看，但是这么多年却怎么也不喜欢它的味道，甜脆有余，可总觉得缺少了什么。我还是更喜欢昌平南口的国光，近些年不知什么原因，国光越来越难寻了，找到的也是如乒乓球大小的，于是开始想念四十多年前吃过的国光苹果。二十世纪八十年代初，每到冬天，家家户户都会买上很多国光苹果，放到一个大缸里，喷上几滴白酒，就可以安全过冬，一直吃到来年开春。国光没有富士苹果那么漂亮、耀眼，果实有一面呈现紫红色，另一面是青绿色的，可它的果肉酸、甜、脆、爽，味道比富士浓郁好多，怎奈，现在越来越难觅它的身影。

京城是个好地方，全国以至世界各地的水果到了收获季节都会来此报到。山竹、枇杷、龙眼、阳桃、火龙果、马奶葡萄、哈密瓜、嘎啦苹果、芒果、柠檬、猕猴桃，在我的眼中，它们都是上帝的杰作。

所有水果中，独让我避而远之的是榴梿。第一次见它，是十几二十年前，一个朋友远从昆明来，带了一只给我们。那是我第一次见榴梿，密而坚硬的凸起外皮极像一只蜷缩的刺猬，让人不知道如何探到它的内心。那个榴梿一直被放在阳台上，再次想起它，已经坏掉了，让人惋惜。多年以后，再次在超市看到剥好的榴梿肉，整齐地放在一个塑料托盘中，禁不住好奇心的驱使，兴冲冲地捧了一盒回家。哪知，引来满屋异味，熏得人透不过气来。难怪有人说，榴梿好吃，却味道难闻。既然这么难闻，我干脆赶紧吃了它罢！于是，我小心地举起一片果肉放入口中，那果肉极细密、极绵软，也极甜腻，竟生生吞不下去。咬着牙吃完一小片，就赶紧把剩下的封起来放入冰箱，想着等丈夫和儿子回来向他们推销吧！谁知这两人一听是榴梿，一律头摇得像拨浪鼓一样。后来怎么处理掉的已记不太起来了。我与榴梿的两次接触都没能结缘，只好放弃。

二十世纪七十年代初，我刚上小学，供销社里的水果只有国光苹果和红肖梨，还是限量供应的。那时的水果绝对是奢侈品，每逢过年，家里才会称上几斤苹果。有次因为发烧，舅舅、舅妈来看我，给我带了香蕉。那是我第一次见到香蕉。舅妈帮我剥了一只，我只觉味道有些怪异，细细咀嚼之下，又有些甘美。如今，生活水平大幅提高了，水果早成了寻常物，是一日三餐的补充，也是味蕾的调剂品。

春有百花秋有月，夏有凉风冬有雪，都是人间的好景致。我想说，四季更迭中，品尝琳琅满目的各种时令水果，实乃人生一大快事。

2016 年 5 月

不做低头族，从现在做起

有多少人清晨醒来，第一件事就是摸手机，先关闭闹铃，然后刷刷朋友圈，看看有多少人给自己点赞，又有多少朋友给自己发了消息，再逐一回复。由于手机的光线比较强烈，清晨起床眼睛还不适应，长此以往，肯定会影响视力健康。

根据第三十八次《中国互联网络发展状况统计报告》显示，中国网民规模已经突破 7 亿，其中手机网民数量达到了 6.56 亿。大家上网的目的主要是网购、看直播、社交、支付费用、约车、叫外卖。其中手机网购用户、支付用户均在 4 亿以上，这个数字触目惊心。公共场所，低头族对手机的依赖更是令人瞠目：地铁里，每十个人几乎有八个以上在看手机；公交站台，乘客们等车的姿势出奇一致，齐刷刷地低头看手机；餐厅用餐时，家庭成员各自盯着手机屏幕，没有沟通，没有交流，仿佛仅仅是为了吃饭。那些温馨的话语呢？那些一同经历的回忆呢？那些对未来的美好展望呢？那最起码的对共同生活数十年的伴侣的尊重呢？一切都被一台手机取代了。手机让人沉迷在自己的世界里，减少了人与人本该有的交流，让无数美好而温馨的时刻化为乌有。

智能手机在给人们生活提供便利的同时，也埋下了许多安全隐患。过度依赖手机影响健康乃至生命安全的事故频发，为人们敲响了一记警钟。

前不久，温州一女孩边走路边低头看手机，结果，一不留神一脚踩空，不慎落入水中。尽管她一直拼命挣扎，却再也没能爬上岸，花样年华被手机带向了万劫不复的深渊。

同是温州，顾客林女士因火锅加汤与服务员起了争执，一怒之下，将对该店的差评用手机发到网络上，从而激怒了男服务员，导致对方突然端出一盆滚烫的热汤，直接浇在林女士头上，致其重度烫伤。服务员的素质姑且不论，这起悲剧中，手机成了导火线。更有甚者，个别司机在驾车时也会不停低头看手机。刚拿到驾照的高先生因为边开车边看手机，将站在路边的陈先生撞死，并导致两辆车损坏。陈先生留下的两个孩子最大的才两三岁，年幼的尚在母亲怀抱中。这起悲剧中，因司机毫无节制地看手机，导致一个家庭的破裂，导致年幼的孩子失去父亲，这样惨痛的教训难道不让人痛彻心扉吗？

　　以上三起事件都是因为当事人过度沉迷手机导致的。表面看，手机是罪魁祸首，但事件背后却反映了人们对手机的过度依赖。手机作为通信工具，原本是用于人与人之间的联系，但智能手机的功能远远超过了传统手机，这是人们沉迷手机的重要原因之一。

　　笔者认为，人是万物之灵，不应该让一部手机捆绑自己的生活，不应该让手机占据自己所有的业余时间，更不应该在驾车时看手机，人们应当对手机建立一种有节制的意识：每天固定看几次，每次看多长时间。

　　手机不仅成为安全隐患，也影响亲情的传递。有句话说得好："世界上最遥远的距离，是我在你身边，而你却在看手机。"

　　英国《每日邮报》曾报道，英国利明顿皇家矿泉镇的一家料理店推出一项新规：禁止顾客在用餐时玩手机。该项规定引来部分顾客的不满，然而，也有顾客给出五星级好评，认为就餐时远离手机，能专注享受精致美食，真正享受放松时光。

　　有一名泰国网友在清迈机场候机时，分享了多张照片，称一群年龄不大的学生有的坐在凳子上看书，有的坐在墙边的地板上挤在一起看书，没有人玩手机。在低头族随处可见的今天，这样的情景非常感人。也希望我们的孩子能向他们学习，随身带一本课外书阅读。

据说，有的消费者已经摒弃智能手机，开始恢复使用传统手机，功能只限于打电话、接电话、发短信，从而恢复了手机作为通信工具的本质，也减少了人们对手机的过分依赖。个人认为，为了健康，为了我们的人身安全，这种做法是明智的。

不做低头族，从我做起，从现在做起。

2016 年 6 月

热岛城市

这天儿，好像从没冷过似的。

近日，北京连续三十五度的高温天气已经破了近十年的记录，整个城市变成一个热岛，又如一个巨大的蒸笼。太阳散发的热量被锁在蒸笼里，空调、汽车排放的热量也被锁在里面，空中厚厚的云层将这热量牢牢封闭起来，一丝儿也透不出去。

从写字楼走出来的瞬间，热浪像一只怪兽劈面扑来，一下子把人吞到它巨大的腹腔中，那里炭火燃得正旺，发出噼里啪啦的声音，炙烤着周遭的一切。空气中没有一丝风，只有如影相随的热浪，让人喘不过气来，感觉有些头重脚轻。

大树沉默着，小草沉默着，偶尔一阵风吹来，树叶哗啦啦地摇动起来，却没有丝毫凉意。树上的蝉儿不停地聒噪着："热啊！热啊！热啊！"不知名的小花开得正艳，一丛丛、一簇簇地相拥而立，展示着夏的生机和活力；茉莉花却悄悄闭上眼，要等到日暮时分，才能张开馥郁的花瓣；路上行走的女子纷纷撑开遮阳伞，可分明见不到太阳啊！她们是为了获得心理上的安慰吧！

行人无不行色匆匆，赶往目的地，谁乐意流连于这巨大的蒸锅里？快递小伙儿骑着电动车，抱着大箱小箱一路小跑地冲进一个个写字楼，后背的衣服全被汗水浸湿；农民工从身旁匆匆走过，一股汗味冲鼻而来；走在路上，最怕身旁有汽车驶过，它们此时变成一个个热老虎，呼呼地往外冒热气，只要一靠近，就能感到那种难耐的炙烤。

此时，室外工作者最是辛苦。清晨，工人师傅正冒着高温，用砖石铺砌人行道；蜘蛛人吊在空中摇摇晃晃地洗刷着大楼的玻璃窗。最难熬的是开公交车的师傅，有些老旧的车型没有安装空调，驾驶室简直就是太上老君的炼丹炉。司乘人员从早到晚，冒着高温，一趟趟接送着乘客。

发车的间隙，我看到一位司机和售票员正在聊天。

我问："你们这车没空调，白天多热啊！"

"不热，还行。"司机是个年轻小伙，边笑边说。

"习惯了。"售票员是一位健谈的女士，接着说："这条线我都跑了十几年了，最早从昌平到丰台，赶上堵车，单程得走四个多小时。车上没空调，冬天冷啊！我穿一条保暖裤，外面还得套上一条棉裤才行——都好多年没穿棉裤了。明年就好了，您看见那辆新车了吧？以后都改成新式的，都有空调了，也改成无人售票了，我们也该转岗啦！"

我看见一辆簇新的大型客车停在近旁，像旅游公司的大巴车，看起来宽敞而舒适。

说话的工夫，司机抬头望了一眼调度室的方向，招呼乘客们上车，要发车了。

在这高温酷暑的天气里，每天都有平凡的人们在平凡的岗位上做出不平凡的贡献，向他们致敬。

2009 年 7 月

又是一度秋凉

傍晚下楼散步，一阵风吹过来，竟微微有些凉意，让人忍不住拂了一下胳膊——哦，立秋了！

虽然正午时分仍然有些闷热，但早晚走在街头，却清清楚楚地感受到秋的况味。

天空仿佛变得高远了，气温开始下降了，太阳开始向南方偏移，空气中不再有蒸腾的暑热，变得干爽起来。《诗经·国风·豳风》中说，七月流火，意思是到了每年夏历的七月黄昏，大火星的位置由中天逐渐西降，"知暑渐退而秋将至"，天气开始由热转凉。前两天落了一场雨，我看到街边的槐树花散了一地，细碎的白色花瓣密密地散落在地上，织就了一张美丽的毯子。

荷花亦是热热闹闹地开过了，池塘里留下满塘的莲藕和残枝败叶。

当然，眼下还没有到深秋，树叶依然是翠绿的，芳草铺满了街边的绿地，粉红色的牵牛花开得正茂盛。人们依然身着夏装，蝉儿仍在枝头鸣叫，只是声音显得有些衰竭了。

夏天，难道就这样过去了？可我却分外留恋它！

遥想初夏时节，多么欢欣雀跃，天儿终于不再冷了，褪去束缚了一个春天的长衣长裤，换上喜爱的裙装，让手臂裸露在空气中，感受风儿的吹拂，是多么惬意！

喜欢看夏天的夜色，那么硕大的一轮红月，静静挂在半空，仿佛一伸手就能摘到，又能清晰地看到月亮中的环形山。

喜欢看夏天的晚霞，春雨、夏云、秋夜月，皆为人间美景。虽然，城市的高楼大厦遮挡了大部分的天空，但每天晚上，我仍然在阳台用目光追逐着西天的彩霞，若是哪天霞光万丈，我就会感觉像是得了什么宝一样，那七彩的颜色浓得让人心醉，那可遇不可求的美景让人内心深深紧张起来，唯恐转眼之间太阳就下山了。

喜欢紫竹院、圆明园的荷花，满塘小荷才露尖尖角的美景是夏天独有的，也喜欢看睡莲静静浮在水面上，看荷叶上晶莹剔透的水珠从叶子上滚落，看残荷卸去浓妆，裸露出青色的莲蓬，里面的莲子已经孕育成熟了吧？

喜欢碧绿的树叶、鲜艳的花朵，只有夏天才有这草木葱茏的景象，只有夏天才能让人感受到大自然的勃勃生机。

还有夏天丰富美味的果实，成都的草莓、香山的红樱桃、南国的荔枝、大兴庞各庄的西瓜、平谷的水蜜桃、乒乓球大小的紫葡萄，赶着趟似的上市，每种都是大自然在夏天的杰作。

我开始期盼秋天香山层林尽染的美景，也深深怀念这个逝去的美丽夏天。

夏天过去了，暑期结束了，儿子又将再次踏上南下的列车……

2010 年 8 月

漫谈君子人格

　　提到"君子"一词，相信很多人都不陌生。"君子成人之美""君子和而不同，小人同而不和""君子喻于义，小人喻于利""君子坦荡荡，小人长戚戚"……这些出自《论语》的名言佳句诠释了君子人格的高风亮节，读起来朗朗上口，深入人心，虽然时光荏苒，时代变迁，但君子人格散发的光芒依然在历史的长河中熠熠生辉。

　　作为我国古代伟大的思想家、教育家和儒家学派创始人，孔子的思想极其丰富，其核心理论是"仁"论。"仁"贯穿于孔子有关个体修养、人际交往、政治理想和哲理思维的论述中。在关于个体修养的论述中，孔子认为君子人格是人立身于世的首要条件。古人将君子人格比拟为美玉，即君子比德于玉。可见，君子人格在我国传统文化中具有典范意义，是对人生境界和理想人格的终极追求。

　　君子人格并非高不可攀。子曰：君子有九思，视思明，听思聪，色思温，貌思恭，言思忠，事思敬，疑思问，忿思难，见得思义。意思是说，君子有九件事要思考："视思明"指要善于以不同视角去观察事物的本质；"听思聪"指对听到的任何事情，都要有自己的判断，尤其要能听得进逆耳之言，如此才算是真正听清；"色思温"指待人处事时，脸色要和蔼可亲，而非拒人千里之外；"貌思恭"指无论任何时候，都要尊重他人，态度要恭敬；"言思忠"指言而有信，言必信，行必果；"事思敬"指做事时不管大事小事，都要尽心尽力、尽职尽责地去完成；"疑思问"指在遇到疑难问题时，一定要有打破砂锅问（纹）到底的精神，直到弄懂弄通为止；"忿思难"指一个人在情绪激动或愤怒的时候，务必学会制怒，要善于控制自己的情绪，以免招来祸患；"见得思义"是说面对利益时，要考虑是否符合道义的标准。

当今社会，君子人格并没有过时，对我们的生活亦然具有极高的指导意义。子曰："弟子入则孝，出则悌，谨而信，泛爱众，而亲仁，行有余力，则以学文。""入则孝、出则悌"是从血亲关系出发，讲述孝敬父母、尊重兄长的重要性，此乃道德之根本；"谨而信，泛爱众，而亲仁"是在家庭关系的基础上，将对父母至亲的爱推及对普通大众的爱，推及对天下仁者的爱，推及对天与地的敬畏，这种对同胞的爱表达了人类普遍的道德情感，以及儒家文化中"天下大同"的思想；"行有余力，则以学文"是指做到这些还有余力的话，就去学习文化，不断圆满自己的德行。

年轻人如果能做到上述，那么必定可被称为"谦谦君子"。这样的人一定能担当家庭顶梁柱的角色，在工作岗位上必定是一位被信任的栋梁之材，在社会上一定能广交良师益友，成为具有仁爱之心、有德行、拥有正能量、受人爱戴的人，同时，一定能在学习中不断充实自己，刻苦学习专业知识，广读圣贤经典，学有所成。这样的人，一定能度过有意义的人生，成为顶天立地的真君子。

"居庙堂之高则忧其民，处江湖之远则忧其君"道出了君子的家国情怀。君子认为"天下兴亡，匹夫有责"，认为君子能够"挽狂澜于既倒，做中流之砥柱"。可见，君子人格并不是狭隘的，不仅仅是针对一己以及家庭的小爱，而是将自身与国家视为一体，将个人的修身标准与社会、国家命运紧紧联系在一起的大爱。

在当今物欲横流的社会，人们对物质存有过度的消费与追求，也许获得了梦寐以求的生活，但由此带来的幸福感却很短暂。人们对物质的敏感度越来越低，便越来越不容易满足，人与人之间缺乏信任与了解，内心越来越孤独。君子人格再次向我们发出召唤，让我们回归内心世界，不断提高自身修养，提升道德修为，构建和谐的家庭关系及人际交往环境，让自己成为具备仁爱之心、自重自律、表里如一、言行一致、积极进取、德才兼备、孜孜于学、注重实践、安贫乐道、谨守正义的谦谦君子，为实现中华民族伟大复兴的中国梦贡献自己的一份力量。

2016 年 11 月

神秘瑜伽的启示

习练瑜伽有些日子了，总有一种冲动想记录一些心得体会，却又迟迟没能落笔。相对瑜伽的博大精深，总担心自己的粗浅认识会有误导之嫌。

半年以来，瑜伽时时影响着我，改变着我，洗刷着我，甚至颠覆着我。这一切让我如鲠在喉，不吐不快。

神秘的瑜伽（本文指形体瑜伽）起源于五千年前古印度北部的喜马拉雅山脉。当地的修行者无意中发现动物可以通过一种特殊的方法，调整身体状态，使其在患病时不经任何治疗而自然痊愈。于是，这些修行者对动物的姿势进行观察、模仿，并亲自体验，进而创造出了一系列有益身心的修炼方法，后人称之为"瑜伽"从瑜伽的动作名称便可见一斑：奔马式、猫伸展式、乌鸦式、蝙蝠式等等。一次在路上，我见到一只猫，走着走着突然俯身向下，前爪用力向前伸出，这就是猫伸展式的由来吧！瑜伽的目的有两个：一是改善健康状况，二是唤醒休眠于人体的巨大动力，让身体的内在和外在都得到升华。

瑜伽让身体产生内在的觉知。

初习瑜伽，感觉体式很别扭，几乎都是让身体往不可能的方向扭转，所有体式均与我们在日常生活中的习惯相悖。有人据此说瑜伽是反人类的，其实这正是形体瑜伽的特点，它注重创造集中，创造紧张，让人进入一种紧张状态。人们对于习以为常的动作，往往变得无意识，正是这种不协调的体式，才会让身体产生一种内在的觉知。

瑜伽是对呼吸的训练。

静坐调息时，教练会要求大家大口吸气，感受腹部的鼓胀；慢慢地呼气，仿佛将体内所有废气都呼出，感受腹部慢慢缩回。寻常生活中，人们大多采用胸式呼吸，甚至肩式呼吸，而瑜伽能让人气沉丹田，进入深度腹式呼吸状态。俗话说，药补不如食补，食补不如气补，瑜伽能帮助人们养成正确的呼吸方式。

瑜伽教会人坚强。

提起瑜伽，就想到碧绿的芳草地，想到蓝色的大海。在这样的地方做一套伸展动作该有多么优美啊！其实，对于初习者而言，瑜伽体式带给人的感觉，几乎除了疼痛还是疼痛。就拿"奔马式"来说，要求单膝弯曲九十度，旁腿触地，与地面保持平行，以单腿和脚背来支撑整个身体的重量，在身体保持平稳后上半身挺直，将双手高举过头顶。此时，腿部会剧烈疼痛，膝盖也会抖动。第一次做这个动作时，疼痛似海浪般袭来，我禁不住问自己："何苦要来受这个罪？"坚持还是放弃？放弃很容易，坚持却很难。这时，忍住身体的抖动，尝试坚持，直至完成体式。每完成一个体式的练习，其实就是战胜了自我。

瑜伽教会人豁达。

面对体式带给身体的压力，学会让身体在疼痛中保持顺畅的呼吸，并努力去寻找放松的感觉。日常工作和生活中，压力无处不在，无力控制，但我们可以控制自己的呼吸。呼吸平稳了，情绪也就平稳了；情绪平稳了，心态也就平和了；心态平和了，身体也就健康了。

瑜伽教会人悦纳自我。

不同于体育竞技项目，瑜伽强调的不是极限，不需要跟旁人去攀比。因为每个人体能不同，习练的基础也不同。瑜伽允许不完美，注重因人而异，适可而止。正因动作不完美，才有提升的空间。瑜伽强调的是态度，是坚持，是做到自己的极限，是每天进步一点点。

经过挥汗如雨的练习后，走出体操房的瞬间，你会感到一种从未有过的愉悦：眼前的世界仿佛被水洗过，天空湛蓝而高远，云朵洁白而飘逸，树叶格外翠绿，地上的小花格外鲜艳，一切都是那么清新而明亮。它们一一呈现在你的眼前，宁静，祥和，让人深深陶醉其中，这是一种浅浅的禅悦的欢喜。不是兴高采烈，不是狂喜，更像是一种平静中的满足。

从更深的层次来说，此刻的蓝天、白云、绿叶、红花，只是你视线所及，世间还有无数你在此刻无法谋面的景物，它们同样美丽。这个世界本来就是鲜活而美丽的，万物都具有独特的美。瑜伽能帮你打开这扇门，让你窥见这个世界非同寻常的美。当你推开了那扇门，会发现一朵小花跟一粒钻石同样美丽，一间茅屋跟一座豪宅同样舒适。

瑜伽能由内而外地影响身心。

通过瑜伽的练习，当你或坐或站时，会不自觉地挺直脊背，就像古人强调的坐如钟、站如松。这是一种姿势，更是一种态度。这样的姿势最有利于脊柱的健康。

通过瑜伽的练习，你会发现体能在不断增强，精力也越来越充沛，走路时步履变得越来越轻盈，再远的路，都感觉胜似闲庭信步。

通过瑜伽的练习，你会慢慢养成健康的呼吸方式。现代社会紧张而繁忙的工作和生活，让不少人养成了胸式呼吸，甚至是肩式呼吸的习惯，而瑜伽强调深沉的腹式呼吸，让气息沉入丹田，从而缓解压力，放松心情。当你学会让自己在压力下保持愉悦的心情，就获得了健康的钥匙，现代医学早已证实了情绪与健康的关系。

通过瑜伽的练习，你会发现内心慢慢变得宽容、平和。以前，你可能脾气急躁，可能喜欢追求完美。通过对瑜伽的习练，你会慢慢学会理解，学会包容，学会宽恕。其实，理解他人就是理解自己，包容他人就是包容自我，宽恕他人就是宽恕自我。你会慢慢接受所谓的不完美。世间哪有十全十美？酒饮半酣正好，花开半吐偏妍。当你达到顶峰时，已经开始下降；当你处于低谷时，其实是上升的开端。

通过瑜伽的练习，你的思想境界会不断提升。人性都是趋利避害，人们通常会赞美光明，贬抑黑暗。但是，通过练习瑜伽，你将意识到黑暗并不全是一件坏事，没有黑暗，哪来的光明？当你经历苦难，走出困境时，就像经历了漫漫长夜，终于迎来黎明的曙光。你会发现，在感谢光明的同时，也要感谢黑暗。唯有黑暗才让人觉醒，让人超越，让人成就。比如塞万提斯在监狱中写出了著名的《堂吉诃德》，刘禹锡在陋室写出了流芳百世的《陋室铭》

瑜伽是一种信念，更是一种力量，让外表越来越柔和，却让内心越来越强大。

如果生命是一棵枝繁叶茂的大树，当你静坐调息时，就像这棵大树的根部在默默汲取养分。当你将双臂向上伸展时，就像这棵大树在拥抱阳光和雨露。就让这棵大树在静默中生根、发芽，逐渐变得枝繁叶茂，在春夏秋冬的轮回中，站成四季里最动人的风景。

2017 年 7 月

银杏树

我赞美银杏树。

银杏树，是树中的伟丈夫，深褐色的树干，高大而伟岸，茂密的枝条，直伸向云里。狂风肆虐，想撼动它的根基，暴雨侵袭，想摇落它的叶片，闪电示威，想将它连根拔起，然而，它总是笔直地矗立着，矗立在四季轮回处，矗立在时间深处。

春风来了，它绽放出满树的新绿，鸟儿在它的枝条间筑巢，小草在它的脚下栖息，不远处的迎春花仰望着它，发出一声叹息；夏雨来了，它将根深深扎入泥土，常言道，树有多高，根有多深，根深才能叶茂，根深，才能屹立不倒；走进深秋，它将满身的翠绿幻化成炫目的金黄，和不远处经霜的五角枫，还有酡红的火炬树，一起唱响了秋之序曲，成就了秋的热烈与缤纷。

银杏树，是秋最宠爱的女儿。常言说"女大十八变"，银杏树在十一月长到它的十八岁。十八的女儿一枝花，十一月的银杏树美丽赛过春花。它的枝条上缀满了金黄色的叶片，小巧而精致的叶片仿如一把小小的折扇，又仿佛黄金铸成的铃铛，在秋风中翩翩起舞，在阳光下熠熠生辉。

当蔷薇花枯萎了脸庞，桃树露出了光秃秃的树干，玉兰树的叶片纷纷扑倒在草丛上，银杏树舞动着曼妙的枝条，挥舞着一把把美丽的折扇，摇响一个个金色的铃铛，向着辽远的天空，向着初冬吹来的凛冽的风，向着秋的萧索与落寞。银杏树，是秋天最绚丽的风景；银杏树，在十一月，尽情展示它十八岁的曼妙、多彩、多姿。

银杏树，是人们心中的图腾，那坠落在草丛里的点点金黄色叶片，连成片，连成海，让人触目惊心，更让人不忍践踏，就连清洁工都舍不得将它们扫入垃圾桶，任它们卧在草丛间，与青草做亲密的交谈，诉说曾经近在咫尺却远隔天涯的思念；任它们灿烂的金黄与茵茵碧草相映成趣，成就秋天的绚丽风景。它们会不会在某个秋日的午后，化成一只只蝴蝶，振羽高飞？还是，在冬雪之后，默默融入银杏树茂密的根须，然后在下一个春天，又生出折扇与铃铛无数？

2016 年 3 月刊载于《雷锋》杂志

完美的枫叶

多年以前，一个晴朗的秋日，我的老师背来一袋火红的枫叶。这是她前一天去八大处赏秋时特意捡回来的。

她当年五十出头，肤色白皙，两颊泛着红晕，身体微胖，眼睛黑亮有神，脸上总是泛着真诚的微笑。她亦师亦友，有时像一位慈母，有时像一位严师，有时像一位友人，有时又像天真的孩童。总之，她身上散发着一种光辉，让所有跟她相处的人都感到很舒服，很熨帖。看到她，就忍不住想张开双臂去拥抱她；看到她，就忍不住想和她促膝谈心；每次跟她分别，总让人依依不舍。

她让我想起《庄子》中的哀骀它。"丈夫与之处者，思而不能去也；妇人见之，请于父母曰'与为人妻，宁为夫子妾者'，十数而未止也。"不但如此，鲁哀公跟他相处不到一年，便完全信任他，最终把国政托付于他。可是，哀骀它是怎样丑陋的一个人啊！以至见到他的人都感到震惊。除此以外，他也没有非凡的智慧，到底是什么原因使他受到众人的喜爱、女子的倾心和国君的信任？因为他是一个天性完美无缺而道德高尚不露的人。我的老师恰恰也是这样的人。此外，她对所有人都很尊重，也能悦纳所有人。

每个人的内心深处，都藏着一个"我"，渴望来自他人的尊重，渴望他人对自己的接纳，渴望他人对自己的理解，渴望他人对自己的赞美，这是每个人灵魂深处的诉求，因为人的本性是孤独的。

在那个秋日午后，老师缓缓把袋子打开，分给每人一把枫叶，然后，微笑着告诉大家："今天的课题是看谁能挑出最完美的那片枫叶。"

此刻，我眼前摊放着一堆枫叶，乍看之下，每片都很美丽，那令人心醉的酡红、明亮的浅黄，叶片上美丽而清晰的脉络，每一片都记录着春风夏雨，记录着四季轮回，每一片都是大自然在秋天里的杰作。

可我发现，要想找到一片完美的叶子，却绝非易事。

我把所有的叶子都在桌上摊开，细细打量：这片只有左边变红了，右边还是绿色，应该不算完美；这片虽然色彩均匀，但上面却长满了斑点，也不算完美；这片太小，没有完全发育好，更称不上完美；这片倒是颜色鲜艳且无任何瑕疵，可惜左右大小不对称……

寻遍所有的叶片，我仍然没有找到一片最完美的枫叶，所有人都没找到。

世间本无完美的叶子，金无足赤，人无完人。

2016 年 5 月

完美的枫叶 ❧ 133

艺术，在似与不似之间

算起来，我拍片有好几年了，风光、人文、纪实，都有接触，尤其风光片拍得最多，也曾到各地去旅游，每每对着名山大川频频按下快门，却鲜有让自己感动的片子。虽然，我已大致了解光圈、快门、明暗、色彩、曝光补偿、白平衡、感光度，还有摄影构图以及摄影后期的理论，但总感觉自己的片子充其量只能算是纪录片。

近日忽然渐悟：作为一门艺术，摄影就像文学一样，应该是对生活的提炼与创造，源于生活，高于生活。

记得著名画家吴冠中先生有一幅名作——《逍遥游》，这是一幅抽象派作品，画面充斥着看似杂乱无章却恣情纵意的黑色线条；色彩也以黑色为主色调，点缀着红、黄、绿、灰、黑各色的点。这幅画让我感受到蓬勃而旺盛的生命力，似种子破土而出，似蔓藤恣意攀爬，似春意随风生长，似海浪生生不息。那些黑色的线条于无言中宣泄着一种来自内心的自由情感；那些斑斑点点打破了大面积的黑色带来的沉闷，让人感受到一种强烈的视觉冲击力和形式美。虽然，画中没有任何具象的物体，比如繁花、落叶、云朵、落霞，却似乎涵盖了人世间蓬勃而旺盛的生命力。

早春时节的婺源，石墙上会生出一株株嫩绿的小草，几片细微的像小伞一样的叶片上，散落着点点露珠。靠着石墙间隙里那点可怜的泥土，竟生出了这么多密密麻麻、鲜嫩欲滴的植物，这不能不说是生命的奇迹。在鼓浪屿的海边，也有这么一面石头墙，墙体上竟歪歪斜斜地长出了一棵棵参天大树！这些小草，像不像吴先生画作中那斑驳的色彩？这些大树，像不像先生画作中那些看似突兀的线条？

薛家湾胡同位于北京天坛附近，是一片老北京的胡同区。正在拆迁中的老房子，如今处处残墙断瓦，荒草丛生；那古旧的朱漆木门，在夕阳下依然闪亮；那灰色的屋瓦，仿佛在述说着过往的沧桑；屋檐上生长着的狗尾巴草，随风摇曳，碧蓝的天幕映衬着它们金色的身影。

我被狗尾巴草所吸引，拍了一张自以为得意的作品：古旧的屋瓦，一片金色的狗尾巴草被蓝天映衬得分外通透。画面被分成三个部分，屋瓦、狗尾巴草和天空各占三分之一，刚好符合黄金分割比例。正洋洋得意间，猛抬头，看到我的老师也在拍这个场景，而他的构图中，只有狗尾巴草颀长的身影，却不见屋瓦。我猛然醒悟，构图中加入屋瓦的元素固然能让人知道这张照片来自古旧的胡同，也形成一种限制，仅仅是对某一个生活场景的记录而已。

如果去掉屋瓦呢？画面中只剩天空中的狗尾巴草，是不是更能激发人的想象力？答案是肯定的：这一片寻常的狗尾巴草，也许来自旷野，也许来自草原，也许来自高山之巅，也许来自潮起潮落的大海之滨，它们的生命力该是多么顽强啊！这，才应该是摄影的魅力之所在吧！

一代国画大师齐白石说过："作画妙在似与不似之间，太似为媚俗，不似为欺世。"我想，摄影其实与绘画有异曲同工之妙，齐大师的话同样适合摄影。我想起自己学习摄影的初衷，不禁哑然失笑。曾几何时，我最大的愿望就是把照片拍清楚，能用相机记录旅途中的点点滴滴。但现在，我意识到，把照片拍清楚，还远远不够啊！摄影作为一门艺术，是运用形式语言，例如适度的曝光、恰当的影调、远近虚实的运用、点线面的结合，以及构图、色彩、质感……来表现生活，进而表达内在的思想。忘了是哪位大师说过这样的话："摄影艺术作为心灵的表现，如果被看出具体的拍摄地点，那么，它还是不成熟的，仅仅是一张纪录片而已。"可见，摄影绝不仅仅是一种记录，更应该是从生活的积淀中提炼出来的广义的美，以及从心灵深处升华出来的闪光的思想。

著名摄影家亚当斯说过："我们不只是用相机拍照。我们带到摄影中去的是所有我们读过的书、看过的电影、听过的音乐、爱过的人。"是的，摄影截取的是某一个生活片段，它不应该仅仅记录一朵花的开放、一片夕阳的谢幕，更应该表达一种情绪、一种思想，让人在小而有限的画面里，得到视觉的享受、思维的启迪，和思想的升华。

艺术的极境不在于逼真，而在于精神，在于神韵，在似与不似之间，摄影艺术亦如此。法国摄影家马克·吕布说："在瞄准线那一端是现实，而取景框可以化现实为梦。"这大约才是摄影艺术的精髓。

2016 年 10 月

幸福的模样

　　二十世纪九十年代初，我去甘肃出差。当时西北农村条件艰苦，人畜饮水都成问题。村民生活用水取自村旁的涝坝，涝坝的水用完了，就靠人背驴驼，到数公里以外的地方找水喝。在当地省委、省政府的高度重视下，通过集雨水窖、建水厂，逐步帮助群众解决了吃水难的问题。一天晚上，电视台播出一档电视节目，一位村民家刚开通了自来水。一位留着长胡子的老人，双手捧着喷涌而出的白花花的清水，笑得眼睛眯成一条缝儿，满脸皱纹都舒展开了。那一刻，我看到了幸福的模样。

　　字典中，"幸福"是指令人心情舒畅的境遇和生活。

　　上文中提到的人物境遇和生活条件无疑是艰难的，与"令人舒畅"相距甚远，但他们却在不同程度上感受到了幸福，可见，幸福并非来自物质生活的富足。换句话说，深陷物欲和享乐主义并不能带给人真正的幸福。更多时候，幸福是内心体验到的一种满足，这种满足是相对存在的，它可能来自物质，可能来自内心。

　　人的内在需求分为物质需求和精神需求。物质需求包括衣食住行等基本需要，当物质需求得到满足后，就会产生精神需求，包括安全需求、社交需求和尊重需求，以及精神消费需求，如读书、音乐、旅游等。最高的精神需求是自我实现和自我超越需求，即人们为了实现自身价值和理想所进行的努力和奋斗。按照经济学原理，物质需求的满足是一个收益递减的过程，任何物质享受都有一个饱和点，超过这一点，满足感就会越来越低，满足感维持的时间也越来越短暂；相反，精神的享受却不存在饱和点，会不断引领人进入更高层次。所以，物质需求虽然是必要的，应适可而止，它不能从根本上让人幸福。当今社会，物质已极大丰富，我们是时候将自身的需求从物质层面转向精神层面，培养积极健康的兴趣爱好，树立正确的人生观、价值观，把自身需要与社会主义共同理想结合起来。如此，必将带给我们的精神世界以极大的幸福感，从而寻找到真正使人幸福的源泉。

圆满完成天宫二号与神舟十一号载人飞行任务的航天员景海鹏、陈冬，于太空中漫游了三十三天后，在内蒙古中部预定区域成功着陆。当他们乘坐专机平安飞抵北京时，两位巡天英雄的脸上流露出发自内心的笑容。那一刻，我无比真切地看到了幸福的模样。

被称为中国"杂交水稻之父"的袁隆平院士再次创造了一项奇迹：华南双季稻亩产达到 3075 斤，创造了水稻亩产量新的世界纪录，提高了我国粮食的安全保障能力。当项目测产验收组宣布项目实验获得成功时，我看到这位五十多年来长期工作在农业一线的老人脸上洋溢着笑容，那是辛勤耕耘、勇于探索、热爱祖国、造福人民的高尚情操在闪光，那分明就是幸福的模样啊！

幸福，是平凡的工作和生活中点点滴滴的感动，是为祖国、为社会、为他人奉献的过程中产生的精神上的愉悦。只要用心去发现，就能看到幸福的模样，它就在你我的身边。

2017 年 10 月刊载于《雷锋》杂志

一花长占四时春

　　每到四月中旬，月季就酿出簇新的枝条，紧接着，开出第一茬花。许是为了迎接春天的来临，这第一茬花开得格外繁盛而隆重，层层叠叠的花瓣，五彩缤纷的颜色，沁人心脾的幽香，为人们带来浓浓春意。

　　月季是中国传统名花之一，有"月月红""四季蔷薇"之美誉，约有千余个品种，颜色以红、黄、粉居多，与玫瑰同属蔷薇科，英文名都是"Rose"。它的适应性极强，随处可见它们的身影。每到春末夏初，环路隔离带中高达两米的月季就冒出五颜六色的花朵，各色车流呼啸而过，花朵随风摇曳，一路的红紫芳菲驱散了路途的劳顿，让人顿感心旷神怡。

　　早春时节，乍暖还寒，月季抽条吐蕊，绽放出团团簇簇的花朵，鲜艳的红、明亮的黄、温馨的粉，为人们呈现了一个姹紫嫣红的春天。当迎春花委顿了容颜，玉兰花瓣飘散到草地上，碧桃空遗满枝残红，月季花依然雍容盛开，从容地从春走入夏。

　　当酷暑来临，夏日的骄阳炙烤万物，绿色的秧苗纷纷垂下叶片，树上的知了不停地叫着"热啊热啊"，月季承受着干旱和高温，在静默中忙着拔节、长高。它知道，夏天是生长的季节呢！于是，一茬开过了，另外一茬又涨起新的花潮。

　　秋天来了，大雁南归，秋风裹挟着黄叶满地奔跑，柳树的枝头重新变成一片荒凉，月季花却不畏秋霜，依然顽强地盛开。它坚定地将生命的根扎进土壤，并在深秋迎来又一轮盛花期！它的内心只有一个信念：生长！绽放！

初冬，一场大雪过后，厚厚的积雪覆盖在月季柔弱的花瓣上，花瓣低垂，枝条仿佛要被压折了。洁白的冰雪与鲜红的花瓣形成强烈的对比，白与红，冷与暖，冬与春，强与弱。冬，以迅雷不及掩耳之势，对世间万物展开摧枯拉朽的扫荡，但月季花依然枝繁叶茂。待积雪融化，它重新直起腰身，花朵依旧芬芳。一旁的枝条上，竟酿出尖尖的花蕾，直让人疑惑：此时真的是岁末隆冬吗？

如同世间所有的花卉一样，月季花也有枯萎的一天。数九寒天，万木凋零，月季被剪去所有枝条，只留下约二十公分高的丑陋的根。然而，它不抱怨，于严寒中默默努力，为下一个春天积蓄能量。

苏轼诗云："花落花开无间断，春来春去不相关。牡丹最贵惟春晚，芍药虽繁只夏初。唯有此花开不厌，一年长占四时春。"诗中的主角正是月季花。花谢花开，是大自然生生不息的旋律。能直面冰雪，并在四时不问寒暑、始终为人们带去一缕春意的，恐怕只有月季了吧？

2017 年 4 月刊载于《雷锋》杂志

第三辑

人间万象

周维，好样的

镜头中的周维，英俊、阳刚、儒雅、帅气。时任中央某乐团首席小提琴的他，说起往事，禁不住潸然泪下。

为了学习小提琴，周维只身赴以色列求学深造，学费以及生活费都要靠自己打工赚取。到以色列后，他到一家中餐馆打工，负责洗碗、刷盘子。跟他一起在这家餐馆打工的还有两个阿拉伯人。周维慢慢发现，洗碗、洗盘子这些脏活儿、累活儿都是自己在做，那两个同伴就是轻松地洗洗汽车，或是用水龙头冲冲餐馆的外墙，也能得到一份收入。这让周维心里很不平衡。

第二天，他不刷碗了，拿起一筐洋葱到外面切，直到大厨喊他洗碗，说餐厅已经没碗可用了。他严词拒绝，说凭什么总是我洗碗，他们为什么不洗？老板命令他先去把碗洗了，晚上再谈。谁知，晚上见面时，老板将一沓钱放到桌上，说："这是你这个月的薪水，旅馆你可以退了……"他这才明白原来自己被解雇了。老板的话至今让他记忆犹新："他们洗不洗碗跟你有什么关系？当初，我们谈好你洗碗，你只要干好自己的本职工作就可以了。"尽管周维想挽回，但老板决心已定，他只好退了旅馆，离开了那家餐馆。

事后，他打了一辆出租车，当司机问他要去哪里时，他才知道竟然无处可去。他给大使馆的朋友打了电话，但对方说不方便。有朋友建议他再回去找那个老板，于是他给老板打了电话，表明自己的想法，老板听后说："回到我这儿是不可能了。你走了以后，那两个人洗碗洗得特别卖力。这样，我有个朋友也是开中餐馆的，只不过在另外一个城市，我跟他说，你工作很努力，请别再给我丢人。"

于是，周维去了另外那个城市，干的还是洗碗的工作。这次，他卖力地干完自己的工作后，总会帮别人干活。不久，他被提拔为餐厅经理，又升为二老板，拥有了餐馆的股份。他说，就在这家餐馆，他赚取了三年的学习费用和生活费，完成了学业。

提到学习，让他感悟最深的一件事是老师听了他拉的琴，问："你是不是最近没有练琴啊？""是的。"他坦白道，"最近餐馆那边缺人，我必须去顶替他们，每天工作到很晚，所以没有时间练琴。"听了他的话，老师说："你把学费放到桌子上，可以带着琴走了。"周维掏出一百美金放在桌子上，有些困惑地看着老师。老师说："你不远万里来到这里，难道是来打工的？没练就是没练，为什么要给自己找理由？如果一个足球队下了飞机，参加比赛，然后输了，他们可以找借口说因为队员水土不服，还在倒时差，所以没赢，可以申请重新比赛吗？"老师的话让他记忆犹新。后来，不管工作到多晚，哪怕不睡觉，他也要把琴练了。可以想象，异国的天空下，一个年轻人白天上课，下课后马不停蹄地赶到餐馆洗盘子，一直工作到深夜，饭店打烊后才拖着疲惫的身体回到住处，还要继续练琴……这是怎样一种艰辛？但就是当年的这份苦和累，造就了今天的首席小提琴。

问及在国外的酸甜苦辣，周维深有感触。中秋节，为了让父母放心，他在电话亭里告诉家人，自己挺好，正在跟朋友喝酒、吃饭……可放下电话，他就蹲在地上哭了……还有一次，他晚上一个人推着垃圾车去倒垃圾。车上是两个大垃圾桶，垃圾箱是一个卡车的车斗改装的。他提起一个桶把垃圾倒进去，可提到第二个桶时，没有把握好，整个桶全部滑进垃圾箱。怎么办？他还要把桶还回去啊！于是，他跳进垃圾箱，找到了那个桶，把它扔出去，可双脚全部没在几十公分深的泔水中。从垃圾箱里跳出来之后，他发现每走一步，脚下就会发出"扑哧扑哧"的声音，浑身上下都是又酸又臭的泔水味。他脚下的鞋子也毁了，那是出国前买的一双全新的旅游鞋，当天刚刚上脚。

以上是《谁在说》栏目其中一期的内容，主题是"我的未来如何开启"，主角是两个从国外回来的高才生，始终无法找到合适的工作。其中一个男孩被一家企业看中，但需要经常出差，一年要在外三百天，他感觉这份工作太艰辛，所以拒绝了。

非常欣赏王为念导演。他说，中国的小提琴手非常多，很多人拉了一辈子，但做不了首席，为什么呢？因为缺乏生活的历练，无法表达音乐中那份真正的伤感。王导的话让人感悟到，其实磨难本是成功人生的必经之路，苦难，才是人生真正的财富。他告诉那位正面临求职困惑的男孩："如果可能，去选择那份需要经常出差的工作，会让你非常受益！好男儿志在四方！在走南闯北的旅途中，会发生无数让人无法预料的情形，这些都是人生的历练。对于拥有高学历的年轻人来说，尽快积累经验是至关重要的，有了相关的经验，高学历才有价值！"

通过周维的故事，两个年轻人仿佛悟到了路在脚下的道理。他们纷纷表示，不再好逸恶劳，要勇敢面对生活。路，从脚下走起。

我想，如果当时周维将在以色列打工的真实情况告诉父母，他们会不会催他回国？还是怀着一份更深沉的爱，支持儿子，等候儿子学成归来？

2016 年 1 月

点亮心中的一盏灯

　　王琼在按摩椅上落座后，环顾四周。这家刚开业的盲人按摩店四白落地，墙角处立着一个消毒柜，墙上挂着液晶电视，按摩椅对面有个小凳子，想必是按摩师坐的。这是她第一次走进盲人按摩店，内心有些忐忑。最近超负荷的工作令她饱受失眠的折磨，听说按摩足底能缓解疲劳，就走进了这家店。

　　很快，有人端来一个木盆，里面套了个白色的塑料袋。水是浅棕色的，上面漂着几个草药包，来人嘱咐她先泡泡脚。

　　大约一刻钟后，一个身穿白色工服的小伙子走进来。他身高一米七五的样子，国字脸，浓眉，左眼明显萎缩，右眼看起来却明亮有神。像所有盲人一样，他的手微微伸出，试探着往前走，慢慢坐到王琼对面。

　　"你好，我是小林。"他笑着打招呼，并伸出右手，熟练地打开消毒柜的柜门，取出一条冒着白雾的热毛巾，为王琼擦脚。

　　这是王琼第一次接触盲人。过去，她对盲人的印象仅停留在挂着盲杖，小心翼翼过马路的形象，却对他们的内心世界一无所知。她想起多年前看过的一个电视短片：一位年轻的父亲领着两三岁的儿子在一座小山坡上奔跑。他拉着儿子的手，很快跑到山顶，驻足远望，只见满坡碧绿的芳草，一直延伸到天边。父亲被眼前的美景陶醉了，兴奋地大声跟儿子说："儿子，你看这片绿草地多美啊！"片刻沉默后，稚嫩的童音响起："爸爸，什么是绿色啊？"那一瞬间，父亲的眼神黯淡了，眼前的绿色仿佛全部消失。他心中仿佛有一座城，瞬间坍塌了。

王琼还想起盲人阿炳的二胡曲《二泉映月》，至今记得乐曲中的悲苦之味和令人愁肠百结的辛酸。她想，盲人的内心一定有着万般愁苦吧！

"你，能看得见吗？"王琼试探性地问。

"右眼有光感，左眼是不行了。"小林很快答道。

"你的眼睛是先天就看不见吗？"王琼竟然升起了几分好奇。

"七八岁的时候淘气，跟小伙伴打架来着，不小心伤到眼睛。那时家里穷，没钱治，等去治的时候，已经来不及了。右边的眼睛本来是可以看见的，可有一次因为眼睛发炎，去医院滴了散瞳药，结果右边的视网膜也脱落了。"小林若无其事地诉说着，好像在讲述别人的故事。

这是个令人心痛的故事。

王琼禁不住想，年幼失明的小林是如何熬过那段初始的黑暗的？这个世界在他面前，曾经鲜活而美丽，蓝天、红花、绿树、初升的朝阳、夜晚的星辰，还有爸爸妈妈脸上温暖的笑容，这些都是那样美好。可一夜之间，黑暗降临了，太阳再也不会在他的世界升起。刚做好的弹弓和树上的鸟窝，统统消失了。所有景物都变得高深莫测，仿佛在捉弄他，跟他捉迷藏，他却无力猜出那些纷繁的谜底。他再也看不到太阳东升西落，看不到春花秋月、夏云冬雪。在他眼中，色彩斑斓的世界忽然变得安静下来，变成一片看不到边的茫茫黑暗。当然，他还可以用手去触摸，用耳朵去聆听，用双脚去行走，甚至可以通过盲文来阅读。

只是，他再也不能看了。

王琼看着小林，心想，如果他的眼睛跟常人一样，应该是个大帅哥呢！当她说出自己的惋惜时，小林却不以为然地笑笑。

王琼又说起自己的失眠，小林熟练地拨动她脚上的一个穴位，问："是不是这里很痛？"王琼疼得咧了一下嘴。"这是失眠点。"小林说得很肯定。然后，他开始絮絮地介绍各种改善睡眠的小窍门。比如，每天睡前用热水泡脚；拒绝熬夜，晚上一点前务必上床休息；睡前喝二两白开水；早上起床洗漱后也要先喝二两白开水；要适当运动，如晚饭后散步，尽量让自己疲惫一点。说这些时，小林始终笑着，看不出作为一个盲人的愁苦，反而流露出内心的乐观与安详。现在的他，怕是早已心如止水，坦然接受了命运的捉弄，接受了作为残障人士的现实。

这是王琼第一次近距离接触盲人。她觉得相对于明眼人，盲人的内心更为沉静，沉静得像一块黑色的金丝绒。

"你看起来很乐观啊？"她由衷道。

"往好的地方看呗！"小林很快回答，"我觉得自己是幸运的，至少还见过这个世界。那些先天的盲人很难理解关于颜色的概念，因为颜色是摸不到的……我比他们强，还能自己外出。日出前，我可以独自出去走路，一点问题都没有；可是太阳一升起来，就不行了，我最怕树荫，那深色的影子会让我弄不清到底是什么……人哪，比上不足比下有余……我也想自己的眼睛是好的，可想也没用啊……其实，我现在挺好的，还能用自己的技术帮别人做点事，有一份不错的收入，我挺满足的。"

王琼有些惊奇，真没想到，盲人的内心竟然如此敞亮，虽然，眼睛看不见，他却为自己点起了一盏灯。这盏灯照亮了自己，也照亮了他人。

2012 年 11 月

冠军是如何炼成的

一位伟大的印度父亲演绎了一场传奇,将两个女儿培养成世界摔跤冠军。这就是近年叫好又叫座的印度电影《摔跤吧,爸爸》讲述的励志故事。

马哈维亚是一位印度摔跤运动员,曾蝉联国家摔跤比赛冠军,但因种种原因,直到退役也与世界冠军无缘。他只好将希望寄托在后代身上,谁知妻子一连给他生了三个女儿。一时间,村里所有人在他面前都仿佛成了生儿子的专家,向他传授各种生子秘诀,比如祈祷、诵经等,无奈造化弄人,妻子接下来生的还是女孩。

在重男轻女的印度,根本就没有女子摔跤项目,马哈维亚的世界冠军梦几近破灭。

某天,两个女儿"闯祸"了,将两个大男人打得鼻青脸肿,因为他们在学校出言不逊。在父亲的询问下,女儿吉塔和巴比塔详细描述了她们"收拾"对方的动作要领,这使得马哈维亚眼前一亮,他忽然发现女儿竟然有摔跤的天赋。

在印度,女性地位低下。她们从懂事起就要做家务,稍稍长大就要嫁人,而且是和根本不认识的男人。印度从来没有女子摔跤项目,当父亲培养女儿摔跤的消息传出来,一度被当成笑柄。当女儿们穿着"伤风败俗"的短衣短裤在村里跑步,当她们被强势的父亲剪去长发,当她们第一次参加只有男选手的摔跤比赛,身边充斥着不解的目光、质疑的声音,甚至不绝于耳的哄笑声。

但是,马哈维亚没有放弃,矢志不渝地教授女儿摔跤技巧,为其制定了严格的健身计划。为让女儿增强体力,他打破印度人不吃鸡肉的传统，把鸡肉作为膳食，给予孩子们足够的营养。在严格训导和自身的不懈努力下，大女儿吉塔终于在一次比赛中首次赢得冠军。此时，观众的眼神由嘲讽变为欣赏，潮水般的掌声是对这位父亲最好的肯定，也成为吉塔和巴比塔继续前行的动力。

终于，吉塔走上全国摔跤比赛的赛场，并一举夺得了金牌。

但是，马哈维亚的理想是让女儿为国争光，为印度赢得世界摔跤比赛的冠军。

按照规定，凡是国家级比赛的金牌获得者一律要进入国家体育学院学习。尽管有万般不舍，父亲还是支持女儿深造。谁知，因为与教练员的理念不同，吉塔在所参加的各种国际大赛中一再失利。绝望中，父亲的话一次次给她力量。在父亲的鼓励下，吉塔终于成为世界女子摔跤比赛的冠军。

梦圆之际，回首漫长的成功路，哪一刻不是凝聚着艰辛的汗水？哪一天不是凝结着锲而不舍的努力？

摔跤如此，所有的成功亦如此。

曾几何时，拂晓时分，乡村广袤的田野上，肤色黝黑、梳着短发的吉塔和巴比塔奋力奔跑着。姐妹俩在内心不停抱怨父亲的"残忍"，甚至怀疑其亲生父亲的身份。但他们不敢公然违抗父命，每天坚持练功。在这样持之以恒的坚持中，她们的体力得以增强，为日后赢得世界冠军打下了坚实的基础。世间万事，情同此理，想要成功，就要踏踏实实地练好基本功，正所谓：台上一分钟，台下十年功。

吉塔参加某次国际大赛时，比分远远落后于对方。比赛即将结束，这意味着吉塔将被淘汰出局。就在她倍感绝望时，观众席上的父亲抛出如雷贯耳的一句："吉塔，你还没输呢！"她如梦方醒，奋勇反击，力挽狂澜，最终赢得了比赛。可见，一个人的信念是多么重要。

马哈维亚是一位严父，为女儿立好规矩，严加训导，及至女儿长大，他的爱化成微风细雨。当看到放假归来的吉塔留长了头发，指甲上还涂着红艳艳的蔻丹时，他没有勃然大怒，而是欲言又止，诧异地问："你的头发留长了？"紧接着又说，"挺好，没事儿！"随后眼神中闪过一缕失落。吉塔的脸红了，立即明白了父亲的意思。后来，她发奋刻苦训练，当父亲看到女儿剪回短发时，流露出欣慰的笑容。

这，就是父爱。不论女儿身在何处，他的一双眼睛始终默默关注着她，为她的成功欣喜，为她遇到的挫折忧心。

吉塔参加世界摔跤比赛时，父亲遭人设计，被关进赛场旁的一间小屋，令他无法进入观众席。他想尽办法，始终无法破门而出。束手无策的父亲只好将双手放在胸前，默默为比赛中的女儿祈祷，直至耳边飘来印度国歌。他刚开始有些难以置信，然后喜极而泣……

马哈维亚的身上投射出天下父亲的影子，那就是对儿女深沉的爱。他希望女儿能圆自己的金牌梦，为国争光，因而严苛地要求她们参加各种体能训练，同时没忘给她们补充营养，提供鼓励。影片对人物的刻画细腻到位，有对比，有反衬。父亲的坚毅果断、母亲的沉默哀怨、吉塔和巴比塔对摔跤运动的辛勤付出、堂哥的玩世不恭和随波逐流、教练的墨守成规，甚至在吉塔取得成绩时沾沾自喜并揽功自傲，为防止父亲进入赛场设计将其幽闭小屋，都反衬了马哈维亚的光明磊落和对摔跤事业始终不渝的热爱。

饰演父亲的阿米尔·汗是一位出色的演员。为了剧情需要，他增肥近五十斤，而后又以坚强的毅力成功瘦身。他对角色的把握精准到位，表面对女儿异常严苛乃至绝情，内心深处却充满始终不渝无私的爱。他的爱有分有寸。女儿年幼时，他让她们感受到像大山般坚不可摧的意志，及至孩子成年，他的爱又化作微风细雨。他用每个眼神、每个欲言又止的表情，提醒并感化女儿：勿忘初心，一切的一切都要服从赢得世界冠军这个终极理想。

其实，每个人都具备潜能，并且是独一无二的，承载着父辈殷切的期望。始终如一，顽强拼搏，乐于吃苦，敢于奉献，这种精神就是冠军精神！我想，这也是这部电影所传导的理念。

这部电影来源于一个真实故事，原型人物为印度赢得了二十九块世界摔跤项目奖牌。剧中有精彩的情节，有人物的喜怒哀乐，也有摔跤比赛的写实场景，堪称近年来少有的体育片佳作。

2017 年 12 月

小花絮

两碗饺子汤

单位楼下有家饺子馆，店面不大，装修得很温馨，饺子的味道也正宗。

每到饭点，我常跟同事去那里就餐。每次点完饺子，我们都会跟服务员说一句："来两碗饺子汤！"

这天中午，同事不巧有事外出，我一个人下楼吃饭。

阳光暖融融的，映出柞木餐桌淡黄色的纹理，店内充满了温馨。

我随意找了张椅子落座，刚点好饺子，就看到一个女孩儿走进来。看我对面空着，她问："这有人吗？"听说是空位，便很自然地坐下来。

少顷，饺子端上了桌，我随口冲服务员说："两碗饺子汤！"话一出口我的脸就红了——对面的那位，我根本就不认识……每次都是跟同事一起用餐，习惯了说"两碗饺子汤"了。

对面的小女孩似乎也吃了一惊。

但是，话已出口，收不回来啦！

服务员并不知情，很快端来两碗饺子汤，一碗放在我面前，另外一碗放在她面前。她冲我笑了一下，站起身，到旁边的消毒柜里取了两个勺子，将其中一把递给我。我也笑着冲她点点头，然后我们就开始埋头吃饺子。

她吃得好快呀，吃完饺子又把碗里的饺子汤喝得干干净净，然后起身去前台结账。转眼工夫，她再次来到我面前，递给我几张餐巾纸，是她刚从服务台取的。

"谢谢你啊！"她由衷地说。

这次我是真的脸红了。她的投桃报李让我感到愧疚，我为当初的脸红而脸红，虽然素昧平生，但我们有缘在这个美丽的午间相遇，也算十年修得同船渡，为她多点一碗饺子汤，仅仅是举手之劳，连奉献都谈不上。我问自己，为什么要在心中与陌生人立起一道墙？就因为我们彼此素不相识？

其实，敞开心扉，就会有阳光从乌云间倾泻而出，就会有彩虹升起。

阳光暖暖的，让我有了几分醉意。

2007 年 12 月

我可以带您一段路吗

晚高峰时，天空忽然下起瓢泼大雨。才六点钟的光景，天黑如墨，街上的车都亮起灯，车速极慢，像一只只蜗牛艰难地向前蠕动。

我有些踌躇。由于限行，今天没有开车上班，这么大的雨，回家都成了难题。

在楼下站了一会儿，只见无数条银线从空中飞落，落至地面的积水中，溅起一个个圆圆的水泡。此时，积水还在不断升高，几乎没了半个车轱辘。

十年前，还没有网约车，除了自驾，就是坐公交车，或打出租车。见雨势没有渐收的意思，我咬咬牙，撑起伞，准备去坐公交。好不容易走到车站对面，马路几乎已汇成一片汪洋。我心疼脚下的新鞋，放弃了坐公交的想法，往路边靠了靠，想叫一辆出租车。可是，雨天打车难啊！眼看一辆辆出租车驶过，都载着人。

犯愁之际，忽听到一个男孩的声音："阿姨，您去哪儿？要不我们带您一段吧！"我回过神，看到眼前停了一辆蓝色奥拓，开车的是一位中年女士，应该是母子俩。"学院南路。"我随口说。男孩迟疑了一下，抱歉地笑笑："哎呀，太远了，不行。""谢谢啊！"我不介意，继续站在路边张望，却发现车队排起了长龙，堵车了。

茫然不知所措时，我又听到刚刚那个男孩的声音。他摇下车窗问："阿姨，要不我们带您到安定门吧！您可以去坐地铁。"我恍然大悟："好啊！能坐上地铁也好啊！"我冒雨走过去，男孩主动打开车门。坐进车内，整个世界的雨水一下子被挡在外面。

这是一辆普通的奥拓，开车的是孩子的妈妈，一位知性女子，温婉、开朗而健谈。她刚巧接孩子放学。我向她道谢，她很自然地说："没事，我们经常这样。上次下雪，我们也送了好几个人呢！"

路上，我们很自然地聊起来。因为男孩跟我儿子同龄，话题很多。我发现男孩的性格也很开朗活泼，言谈间不时发出开心的笑声。跟我儿子一样，他也是今年参加高考。他跟我说，自己理想的大学是中国传媒大学。

我想到自己的儿子。从小，我们就教育他不要跟陌生人说话；不能接受陌生人的食物；独自在家的时候，不能给陌生人开门，仿佛家门之外，危险丛生。儿子由此养成谨小慎微的性格，上高中后，活泼可爱的他不再像从前那么活跃了。

我很羡慕眼前这位母亲，她的内心充满阳光，用自己的行动告诉孩子，人类共同拥有一个家，每个人都是这个大家庭的一员；当别人遇到困难的时候，我们要当仁不让地伸出自己的手，去帮助他们，去扶危解难。

相信在这样的环境中成长起来的孩子心中一定会存有一份大爱。

我平时也开车上班，明天我的车就可以出行了。当我行驶在路上，看到路边有需要帮助的人们，我有没有勇气问上那么一句："您好，我可以带您一段路吗?"

这是我第一次搭乘陌生人的车。我在安定门下了车,转乘地铁,很快就到家了,比平时还早了十分钟。

2008 年 7 月

一盆桂花树

去年秋天,我从花卉市场抱回一棵桂花树。它大约四五十公分高,枝繁叶茂,开满了细碎的小白花,微风拂过,一股沁人心脾的幽香扑面而来。想象着,在钢筋水泥的丛林里,如果能与这幽香相伴,该是何等惬意!于是,我毫不犹豫地将它带回了家。

我把花放到阳台上,让它晒晒太阳,也殷勤地为它灌溉,可它竟一日日地枯萎起来。随着冬天的临近,一身翠绿的叶片竟然噼里啪啦地全都掉光了,更不要提那些散发着芬芳的花瓣了。

整个冬天,我望着它光秃秃的树干,一筹莫展。眼前的它,让人看不到半点生命的迹象,真想一扔了之,内心又有些舍不得,它曾散发的幽香似乎仍然萦绕在室内。我决定继续为它浇水,同时,为了区别于其他的花草树木,给它起了个通俗的名字——秃桂树。

尽管室内温暖如春,秃桂树仍然沉默着。我和家人商议,等天暖和起来,就把它移到室外,让它接受阳光雨露。如果,经历春风夏雨,还不能发芽,就只好将它丢弃了。

这盆桂花树渐渐被我淡忘了。我的目光常被挂满硕果的金橘树吸引,被红艳艳的杜鹃花吸引,被高大的滴水观音吸引,甚至,被窗台上的海棠花吸引。而那盆秃桂树也习惯了我的忽略,默默立在墙角,细数寸光阴。

转眼,春天来了。眼看室外的迎春花开了,桃花开了,玉兰开了,

小花絮 ● 155

室内的花朵也变得越发娇艳起来。一个周末的午后，我逐一为花儿们浇水。当我端着水壶，来到这盆秃桂树面前时，一下子惊呆了：原本光秃秃的树干上竟然酿出鲜嫩的绿芽！而且，每条枝干都有嫩绿的小芽冒出来。枯木逢春，它竟然在春天到来时，焕发出了勃勃生机。

这真是生命的奇迹啊！

那盆桂花树多像人生啊！有时，人们为了实现一个目标而努力，却屡屡受挫，无论如何努力，仍然看不见希望的曙光，有人至此就放弃了。其实，只要再坚持一下，或许就能出现新的转机，就能绝处逢生。我们看到的往往只是事物的外表，其实，它的内在一直在变化。

2016 年 3 月

纸老虎

困难有时像只纸做的老虎。凭空想象时，它是那么高大威猛，让人心生退意。

儿子上高三，为备战高考，学校准备利用暑假给学生补课。适逢北京奥运会，儿子的学校刚好举办奥运青年营，来自世界百余个国家的学生都会来到儿子所在的学校，支持北京奥运会，所以补课地点临时改成设在上地的一所学校内。

丈夫不巧出差，于是，送孩子补课的任务自然落到了我的头上。

说实话，久居市区，上地对我来说是遥远而陌生的。当时还没有导航系统，我不免焦虑：上地在哪啊？要走哪条路？会经过什么样的路口？从哪里转弯？学校是在路南，还是路北？堵车怎么办？迷路怎么办？迟到了怎么办？越想越焦虑，我甚至为此不能成眠。

为尽早摸清路线，我提前致电学校，老师非常耐心地告知，学校地址位于上地环岛往西三百米处，开车的话，走中关村大街，行至清华西门后一直往前走就到了。尽管如此，还是无法消除我心中的焦虑。

第二天一早，我和儿子早早起床。原本只需半小时的路程，我们提前一小时就出发了。清晨六点，路上的车还不多。我们顺利地到达中关村，很快就行至清华西门。往前，是一个自然转弯，再往前是红绿灯，接着是一个路口。两条行车线都是左转弯线，只有最右边的那条是直行线。我手忙脚乱地赶紧并线……不知过了几个红绿灯，眼前终于出现了一个环岛，但写的是"信息环岛"，而非"上地环岛"是不是这里转弯呢？我犹豫了一下，还是打了方向盘，车子刚转过弯，就看到左前方有个高楼，上面写着"××试验学校"这就是孩子上课的学校啊！

一切竟然如此顺利！

顷刻间，所有焦虑烟消云散。原来，我能够！我可以！

我此联想，生活中，我们难免碰到这样那样的难题，它们总是扑面而来，从不提前预警，就像一只大老虎，吼叫着，出现在人生的某个清晨。它的出现让人心生恐惧，焦虑重重，因为我们不知道能不能顺利降服它。这时，我们要么被它吓倒，要么拿出勇气和智慧战胜它。当我们选择后者时，往往会发现，貌似凶猛的老虎大多是纸做的，只要我们做好必要的准备，勇敢地面对它，付诸行动，它通常会应声倒地。

有时，我们去外地出差，因为要见一个重要的人，事前内心难免焦虑。这其实是身体的一种自我保护，不需要畏首畏尾，更没必要因噎废食。

正所谓：困难像弹簧，你弱它就强。

2009 年 5 月

爷孙俩的"较量"

走进小区，远远地看到人行道上走来爷孙俩。爷爷手里夹着支烟，小孙子骑着一辆童车。应该是幼儿园放学了。

我们越走越近。

我听见小孙子大声说："爷爷，我要吃冰激凌！"爷爷低头慈爱地看着孙子，说："那可不行！你昨天才拉肚子来着。"话音没落，小孙子一把摘下背上背的书包，一下扔到地上。

"这孩子，快捡起来！"爷爷的声音里半是爱怜半是命令。

小孙子像是没听见，梗着脖子，气哼哼地盯着侧前方。

"你怎么动不动就发脾气啊？快捡起来！"爷爷继续下命令。

小孙子将双手扶在车把上，放低身子，玩了起来。言外之意，你要不给我买冰激凌，我就不捡书包，看谁拧得过谁！

场面似乎有些尴尬。我不禁为这位爷爷担心，他看起来快七十岁了，身体还算硬朗，弯腰帮孙子捡个书包，应该不成问题，可真要那样的话，岂不是纵容了孩子？

我不禁暗暗祈祷：老人家，千万要让孩子自己捡啊！

跟他们擦身而过的瞬间，那个蓝色的小书包依然躺在地上，孩子依然自顾自地玩着，好像眼前的事跟他一点关系都没有。

那位爷爷呢，此时淡定地站在一旁，悠闲地举起手里的香烟，一边吸，一边眯着眼睛看着远方。他一动不动站在原处，好像准备站上三百年，直到把自己站成一棵老树。他的肢体语言表达很清晰：你要是不捡起来，咱们就别走！

得，这一老一小，就这么较上劲了！

转眼，我已走出百余步，好奇心却驱使我回过头。我想知道，到底是谁捡起了那只书包。

这时，我看到小孙子正磨磨蹭蹭地下车，慢腾腾地走过去，悻悻然拎起书包，重新背到背上。爷爷则走到童车的正前方，帮孩子正了正车把，直到孩子稳稳地骑上车。

看着爷孙俩远去的背影，一丝欣慰浮上我的心头。

我想起有回坐地铁，遇到一家人带着一个两三岁的小男孩。四个大人分别是孩子的爸爸、妈妈、爷爷、奶奶。他们将孩子放在童车里。当时车厢人并不多，他们却紧紧簇拥在孩子身旁。孩子一会儿叫爷爷抱，爷爷立刻把他从车里抱起来；一会儿又叫爸爸抱，爸爸马上伸手接过孩子；一会儿又听他说"我要买小汽车"，妈妈立刻说"好"，奶奶马上接口"买大的"看着围着孩子团团转的一家人，我不禁摇头。他们对孩子如此有求必应，真的是爱他吗？

真正的爱，是把爱藏起一半来，这个力度刚刚好。

玉不琢，不成器。

随着生活水平的提高，以及家庭规模的缩小，父母给予子女的关爱越来越多。有的父母以孩子为中心，尽其所能地为他们提供最好的条件。身为父母者，宁愿自己受苦，也舍不得让孩子受半点委屈。加州心理学家温迪指出：今日的父母十分关心自己的孩子是否幸福，却经常忘记如何教导他们获得幸福；父母最迫切的愿望就是孩子能获得幸福，但他们的溺爱却几乎注定了孩子将来无法得到幸福。

当年，麦当劳刚登陆中国，很多鬓发苍苍的爷爷奶奶带着孩子到餐厅就餐，自己舍不得吃，却给孩子点了一大桌丰盛的食物。长辈们还欲盖弥彰地表示，自己根本不喜欢吃甜食。

听说在一个少儿暑期夏令营里，都是来自中日两国的小学生。这天，他们需要负重在山谷里行走七公里，可没走多远，有的中国孩子就坐在地上直喊累，再也不肯走了，而日本孩子却能坚持走完全程。后来了解到，日本很注重对孩子进行挫折教育。大雪纷飞的冬天，校方会要求孩子们赤裸上身在操场上跑步，目的就是为了锻炼他们应对挫折的能力和耐力。

其实，很多动物在哺育幼仔的过程中，都有惊人之举。比如，老鹰会把孩子带到悬崖上，还未等小鹰站稳，就把它推下去。在跌落的过程中，小鹰学会了飞翔。

犹太民族是世界上最古老的民族之一，孕育出许多名人，如马克思、爱因斯坦、洛克菲勒等。这跟犹太人父母独特的育儿观有关。他们注重培养孩子的独立性。在孩子四五岁时，父亲让他们站在桌上，引导其从桌上跳下来。起初，父亲会伸出双手，紧紧接住孩子，一次、两次、三次……突然，父亲会闪到旁边，然后，孩子直接摔在地上。就在孩子放声大哭时，父亲会对他们说："请记住，除了你自己，不要相信任何人，不要依靠任何人，一切只能靠你自己。"接受过这种教育的孩子，成年后经商时，从不轻易相信任何人，总会认真研究所在国的法律法规，做市场调研，亲自考察商业对手的能力和信誉，从而规避了许多商业风险。

英国思想家卡莱尔说："未曾哭过长夜的人，不足以语人生。"人生，本是苦乐参半，祸福相倚，没有苦就没有甜，不经历磨难，就无法真正体会幸福的味道。对于父母来说，当孩子长大后，放手才是对他们真正的爱。放手让子女离开自己的羽翼，经历世间的风风雨雨，让他们独自享受生命的旅程，享受这段旅程中的阳光和鲜花，也享受泥泞与坎坷，把担忧变成祝福。对于人生，苦辣酸甜、悲欢离合、顺境与逆境、成功与失败，都是财富！

我忍不住为文章开头那位老人家点一个大大的赞！

2016 年 6 月

那一片片温暖有爱的红枫

王行娟是新中国第一代出版人，著有《井冈杜鹃红——贺自珍风雨人生》一书，这本书正是《贺子珍》一书的前身。但鲜有人知道，王行娟热心公益，在离休后用生命谱写了一曲曲爱的赞歌。

2017 年 8 月 10 日，王行娟接受记者的采访。八十八岁高龄的她，银发如雪，精神矍铄，思维敏捷，步履轻盈，脸上始终洋溢着温暖而乐观的笑容。当被问及健康的秘籍，她乐呵呵地说："这是上天给予公益人特殊的回报。"

1988 年，王行娟从工作了三十多年的出版社离休，依然壮心不已。当时，她可以继续撰写当时畅销的女性心理学专著，这对她既驾轻就熟，又能获得丰厚的回报，但当时发生了一件事，彻底改变了她的想法，让她走上了帮助女性弱势群体的公益之路。这一走，又是将近三十年。

二十世纪八十年代末，正是计划经济向市场经济过渡的阶段。在裁员浪潮中，不少女职工下岗了。其中一位女性感到很庆幸，终于可以安心在家相夫教子了。于是，她每天辗转于菜市场和家之间，做饭、洗衣、搞卫生。谁知，她的付出不仅没让家人产生感恩之情，反而遭到了嫌弃。她开始怀疑活下去的意义，甚至想到轻生，于深夜时分在一条河边徘徊又徘徊……

该件事被媒体报道后，深深触动了王行娟：妇女的出路在哪里？如何让她们跟上时代的步伐？如何让她们真正实现自尊、自立、自强？经过认真思考，王行娟想到成立一家机构，专门研究妇女问题，让妇女帮助妇女，妇女教育妇女，使之走上自强之路。这就是后来的"红枫妇女中心"（以下简称"红枫"）。

万事开头难。机构成立之初，为筹集经费，为让"红枫"这颗种子能破土而出，1989年的三八妇女节，王行娟毅然在北京展览馆举办的妇女用品展销会上租了一个摊位，卖起了服装。已近花甲之年的她每天亲力亲为，站柜台，卖货，理货，每天一大早骑着自行车去进化货……

1992年，"红枫"开通了全国第一条妇女热线，即"红枫妇女热线"。热线的理念是"爱心、诚心、热心、关心"，为需要帮助的人提供心理援助。接受救助的有家庭暴力的受害者，有遭遇情感危机的已婚人士，有单亲母亲，有失独家庭的母亲，也有遇到人际关系困扰的职场人。起初，王行娟亲自值线，面对求助者的绝望和无助，耐心倾听她们的心声，启发她们认识自我，成为生命的主宰者，唤醒她们作为女性主体意识的觉醒，帮她们拨云见日，重见阳光。后来，她把热线理念传递给了"红枫"志愿者团队。

"红枫"志愿者有的是心理学界的权威，有的是大学教授，也有的是心理工作的从业者。她们分文不取，只领取微薄的交通补助，赶上饭点，就泡一碗方便面充饥。大家无怨无悔，王行娟的榜样作用时时激励大家：能以自己的知识帮助他人，就是自身价值的体现，就是人生至上的快乐！志愿者们在王行娟的带领下，不畏风霜雨雪，坚持值线。接到的一个个电话就是一座座爱的桥梁，就是一粒粒爱的火种，就是一盏盏爱的灯火，为无数人送去温暖，送去希望。

针对丧偶和离异家庭，"红枫"于1998年成立了"方舟家庭中心"，为单亲母亲和单亲家庭子女提供心理救援，帮助他们实现心理成长。为了帮助某贫困单亲母亲，志愿者们亲赴社区，成立"心理小组"。但有的单亲母亲不理解，也不来参加小组活动。志愿者们顶着烈日，拎着西瓜，到对方家中去做动员。在志愿者的爱心感召和专业指导下，久违的笑容又回到单亲母亲们的脸上。她们有的自主创业，有的再次回到工作岗位上。

对于失独家庭来说，父母很难走出失去子女的阴影，心灵的创伤始终无法痊愈。有这样一位母亲，丈夫去世后，又失去了孩子，不堪重创。她曾是一位能干的护士长，然而生活一连串的打击让她变得目光呆滞，言语含糊，思维也不太清晰了。志愿者鼓励她参加小组活动，鼓励她利用手机，多跟外界联系。在志愿者的鼓励下，她连续参加小组活动。慢慢地，她会笑了，重新注重仪容，能说完整的一句话了，开始主动跟人交流了。后来，她重返了工作岗位。

儿童是祖国的花朵，然而，留守儿童却成为当今严峻的社会问题。留守儿童遇难现象的背后，是父爱母爱的缺失。如何帮助留守儿童父母认真履行职责，让他们人在外，心意在？如何让隔代监护人做好监护工作？王行娟凭借多年心理学知识的积累推出了《留守儿童家教手册》，其中提到"每日家教三个十分钟"的教育模型，为流动家长提供了行之有效的家教方案。"每日家教三个十分钟"是指爱的交流十分钟、学习做人十分钟、学习知识十分钟。此外，书中还提到如何对留守儿童进行生命安全的教育问题。如今，已进入耄耋之年的王行娟仍在奔走呼吁，希望更多的外出务工人员能看到这本书，让江西宜春和贵州毕节的悲剧不再发生。

近三十年过去，"红枫"已成为王行娟生命的一部分。她笔耕不辍，带领志愿者团队出版了《妇女热线100问》《走出心灵的误区》等心理学专著四十多册。"红枫"热线开通之后，总计接听十几万个电话，挽救了无数家庭，让数以万计的女性擦干眼泪，挺直腰杆，重新坚强地面对生活，取得了难以估量的社会效益。1993年，王行娟获得北京市委宣传部颁发的"老有所为优秀干部奖"。

王行娟坦言，自己感到最幸福的时刻是在接听"红枫"热线时，受助者最初的声音是消极的、无助的、绝望的，经过沟通，她们明显感到求助者变得开朗了，积极了，乐观了，有的甚至发出爽朗的笑声。

如今，她的满头黑发早已变成如雪的银丝。

马雅可夫斯基说："要像灯塔一样，为一切夜里不能航行的人，用火光把道路照明。"王行娟正是这样一座灯塔，人生暮年，她为无数曾行走在暗夜中的姐妹照亮了前行的路，三十年如一日，铸就了一份人间大爱。

这种默默奉献、扶危救困的精神，不正是雷锋精神的体现吗？

2017 年 11 月刊载于《雷锋》杂志

那也是一个个小生命啊

她家的阳台上有个架子，每层都趴着猫咪，一只或几只，都是她收养的流浪猫。

十年前，她就开始收留弃养的猫咪。那时，她家住五楼，喂养猫咪很不方便，她就把房子给卖了，在小区里另外换了一套一层的房子。"一层的房子旁边有空地呀，方便喂它们。"她如是说，好像这是一件天经地义的事儿。

"我现在发现这是一件痛苦的事儿。"她补充道，"猫的生命也就几年，现在环境不好，它们好多活不到十年。有一只猫，我从去年就没再见过。"说到这，她眼里似乎生出一丝眷恋和朦胧的泪光。我想，她说的痛苦是指跟猫咪的生死离别之苦。

我从未养过动物，无法理解那些主人在和宠物分别后，为何会如此伤心欲绝，涕泪滂沱。

我的一位大姐，今年六十多岁，养过一只牧羊犬，精心程度甚于照顾一个孩子。但那只牧羊犬终于没能活过十五岁。一天，我在楼下遇见她，感觉她情绪低落，神情萎靡，忙问缘由。谁知，还没开口，她的泪先下来了，开始描述那只狗有多仁义："要是你冲一个人发脾气，那个人可能会反击，但它不会呀！无论你怎样对它，它都是一如既往地对你好，包容你，不跟你计较，总想着怎么让你开心……"说到这，她的眼泪像断线的珍珠般掉落下来。

我听到很多养宠物的人在宠物离开后，都说再不养了，不是怕麻烦，是怕伤心。那种伤心，只有亲自养过宠物的人才能知晓和体会。

她说，她最看不得动物受苦。一次，她看到一只狗被丢弃在小区门口，就和一位邻居把它送到动物医院救治。大夫说必须输血，否则狗就没治了，可把她急坏了。正好遇到另外一位狗主人，救了她的急。狗狗总算转危为安。后来得知，这是小区里一位邻居丢弃的狗。她把狗狗治好后，又把它拴在小区门口的自行车棚里，嘱咐保安帮助留意一下狗主人，因为狗狗见到主人，一定会有反应。果然，一位男士出现后，狗狗显得很激动。保安根据这一线索确定了狗主人的身份，告诉他狗已经治好了，希望他能牵回去。结局还算不错，主人重新把狗领回了家。

"你看，你在小区走路时看不到猫吧，可我一出来，身后能跟着一大串。"她说这话时禁不住微笑起来。

她每天给猫咪喂最好的猫粮、猫罐头，病了就带它们去医治，长年累月下来，一定花费了不少积蓄。我看到她穿的圆领衫已看不出本色，上面还有好几个破洞，却深信：爱出者爱返，福往者福来。

2018 年 6 月

隔着电话线的母爱

那是个秋日的黄昏，阿成像往常一样，放学回到家中，却不见了母亲。他站在院里，大声喊了一声"妈"，回答他的只有风吹树叶哗啦啦的声响。

母亲去串门了吗？他撂下书包，开始写作业。

眼瞅着夜色一寸寸吞没了村子，母亲还是没回家。

这时，门"吱呀"一声被推开了，是父亲下工回来了。他扛着铁锨，脸色阴沉得犹如暴风雨来临前夕。

父亲一向沉默。他放下铁锨，走到灶间，掀开锅盖，开始烧火、做饭，厨房里发出叮叮当当的响动。阿成几次想跑过问母亲的去向，可看到父亲的脸色，又吓得不敢吭声。他埋下头，写着作业。

晚饭是用剩饭煮成的粥，一把小葱，半碗黄酱。

他想起父母间越来越频繁的争吵。每次，母亲总是用天底下最恶毒的语言咒骂父亲，骂他没本事，是个窝囊废，而父亲总是一声不吭，被骂急了，就摔门出去。他有什么办法呢？家里就那几亩薄田，到了秋天，打下来的粮食够自己吃就不错了，哪里有余粮去换钱？就算有，又能换几个钱？

他想起母亲最近总是没完没了地给他做鞋子，春天的、夏天的、秋天的、冬天的，薄的、厚的，做好的鞋子在地上摆了一大片。他心里纳闷，做这么多鞋干吗呢？

他又想起前几日，母亲忽然神神秘秘交给他一个盒子，里面是一部新手机，机身是黑色的，闪着金属的光泽，按下开关，屏幕瞬间亮了起来。

那晚，阿成几乎一宿没睡。他躺在炕上，辗转反侧，耳朵却一直竖着，留神听着院子里的响动，盼望着大门"吱呀"一声被推开，然后响起母亲重重的脚步声。可是，那是个多么安静的夜晚呀！月亮把院子涂成一片银白，星星斜斜地挂在半空，偶尔传来几声狗吠，一切又复归平静，好像什么事都没有发生过。

母亲就这样消失了，留下年幼的阿成和沉默寡言的父亲，和三间土房。

后来，听隔壁的婶子说，母亲跟人走了。

那一年，阿成十一岁。

少了母亲的家，忽然变成一个空洞。阿成的心，也空了。

从此，房前屋后再看不见母亲进进出出的身影，也听不见她高声的吆喝，再无人为他端出热乎乎的饭菜，也没有人在灯下为他缝补破了洞的衣服。

同学面前，阿成变得有些自卑。他没法接受母亲离家出走的事实。他想母亲，又恨母亲，对她的爱有多深，恨就有多深。他恨母亲不辞而别，恨母亲把他和父亲扔在半道上，更叹世事不公，为什么这样的事偏偏发生在他身上？每次同学无意中提到"妈"这个字，都让他感觉五雷轰顶。偏偏班里的捣蛋鬼赖丰总在他面前唱那首歌："没妈的孩子像根草……"每到这时，阿成总想找个地洞钻进去。

第二天傍晚，手机的振铃响起来。阿成拿起手机，是母亲打来的。看到那串熟悉的号码，他突然怒从心生，血直往头上涌。他没法接受母亲的决绝，索性直接把电话挂断了。

可放下电话，他就后悔了。他想母亲。

第三天傍晚，母亲再次打来电话时，阿成喊了一声"妈"，眼泪就下来了。电话那头，传来母亲的呜咽声。好久好久，母亲才断断续续地说："小成啊，妈对不起你……"

从此，阿成再也没有见过母亲。

日子仍如水般流着。每天，太阳照样从村东头升起。

把前一天的冷饭泡上白开水，就是爷俩的早饭。然后，儿子去上学，父亲去侍候那几亩薄田。放学后，阿成边写作业边等父亲收工回家做晚饭。那天，他见父亲佝偻着身子，扛着锄头进了家门。不到四十岁的父亲，头发有一半都白了。父亲瘦了，也老了，默默放下锄头，来到灶间，忙碌晚饭。

那一刻，阿成的眼睛湿润了，一种湿滑的液体顺着眼角流淌下来。十一岁的阿成默默放下作业本，来到厨房，帮父亲打下手，看他如何淘米蒸饭，如何蒸红薯，如何贴饼子……慢慢地，做饭的那些事竟然烂熟于心。

以后，阿成一放学，就学父亲的样子，操持晚饭。他把红薯洗干净，码在锅底，放上水；再把胡萝卜切成块，放在盆里，淋上酱油，撒上盐；最后把盆放在红薯上，盖上锅盖，开始烧灶。灶膛里的火焰噼里啪啦地跳起来，锅里慢慢冒出水蒸气，飘出红薯和胡萝卜的香甜味。

母亲离家后，阿成第一次感觉有些开心，感觉自己像个男子汉，因为他能让辛劳一天的父亲收工时就吃上热乎乎的饭菜了。自此，他的厨艺水平也不断提高。

晚饭后，阿成伏在桌上写作业。

母亲不时给他打电话，嘘寒问暖。阿成通过电话线感受着母亲在世间的存在，感受着母亲对他的牵挂，感受着那份远在天边的母爱。可是，他多想像同龄孩子那样，依偎在母亲身旁，扯扯她的衣袖，摸摸她的发丝啊……

时光荏苒，一晃二十年过去，阿成已长成一个大小伙子。他念完大学，在城里找到一份工作，每月有固定收入。上天似乎开始眷顾阿成了。

多年以来，他早已习惯了那份遥远的母爱。母亲就像一个符号，像天边的一颗星。她的形象在阿成心中越来越模糊。他原以为自己不会再在意母亲了。可是那天，他上班时，接到了母亲的电话。母亲的声音有些微弱，吞吞吐吐地告诉阿成，自己罹患了恶性肿瘤，正在住院。那一刻，阿城犹如五雷轰顶，感觉自己的天空一片一片在坍塌。

他第一时间赶到医院。医院刚好离他的单位不远。他下班就去陪母亲，陪她说话，帮她打饭。那些日子，仿佛是上天有意补偿他，母亲总是絮絮地跟他念叨童年往事，边说边抹泪，看着眼前高大的儿子，母亲的心一定也有愧疚吧？

阿成却早已心如止水，对于母亲当年的出走，对于少年时经受的所有孤单、落寞和无助，他没有抱怨，此刻只有一个想法，就是让母亲尽快康复。上天却不肯眷顾这对母子。癌细胞扩散，母亲很快陷入昏迷。当阿成看到母亲一动不动僵卧在病床上，任凭他千呼万唤再也不能睁开眼睛，也发不出声音时，他忍不住大放悲声。虽然，眼前的母亲对他曾虚幻得像一个影子，可是，天地之间，是她给了他生命，只有她，在似水流年中真真切切地惦念着他的衣食冷暖。他不知道母亲当年离家的真实原因，但他知道，她当年对于他，一定有着太多的不舍……他在病床前哭啊，喊啊，哭得眼睛都快瞎了，可母亲还是走了，给他留下一个同母异父的妹妹。

二十多岁正是人生最好的年华，阿成却过早经受了生死离别的悲苦。如今，母亲走了快三年了，他仍然没法从悲伤中走出来。他不怪母亲，虽然她没能始终在身边照顾他，但她把关爱通过电话传递给了他，让他知道世间有一个人始终惦念他，关心他的冷暖，陪伴他度过人生最初的一年。他有什么权力去苛求母亲呢？

唯有报答，唯有感恩。

母亲生前曾希望阿成照顾同母异父的妹妹。他做到了，有空就去看望妹妹。他不想让母亲失望。他认为母亲并没走，只是变成天上的一颗星星，遥远地注视着他……只是，他的手机里标注着"妈妈"的那串号码永远不会亮起来了……

因为母亲的突然离世，阿成一直沉浸在深深的伤痛中，迟迟没有考虑自己的终身大事。亲戚给他介绍了一个女孩，年过而立的他终于准备结婚了。他跟女友说："一定要对父母好，任何时候，父母都是第一位的。当然，不仅是指你对我父亲，也包括我对你的父母。"

说这些话的时候，肤色黝黑、有些瘦弱的阿成，眼睛亮得像天上的星辰。

2018 年 7 月

过号

当鱼喆萍急匆匆赶到医院挂号大厅时，窗口前早就排起了长龙。四台自动挂号机前也是人头攒动，原本狭窄的过道显得更加捉襟见肘。她排在最后一个，不时被过往的人撞得东摇西晃。

终于轮到鱼喆萍了。她点击电子屏幕，找到耳鼻喉科，却发现今天的号已经没了。她有些一筹莫展，又有些不甘心，难道今天大老远地就这么白跑一趟吗？她临时起意，想起自己最近血压有些波动，何不趁着这个机会，找医生给看看？

她顺利挂到心内科副主任医师的号，医师的名字叫邓英超，挂号条上写着 B14 号。她径直来到心内科诊室，准备把挂号条交给分诊台的护士。看来，她是很久没就医了。护士一努嘴，头也没抬，冲她说："那边，机器上扫码去！"她朝护士下巴指的方向看去，果然，角落里矗立着一台刷号机。她三步并作两步走到机器前，扫码后，屏幕上立刻提示："您的前面有 7 人等待，其中 5 人未到，2 人在等待。"鱼喆萍心中暗喜，前面只有两人，看来不用排大长队了。

她再次来到分诊台，以免漏过叫号。抬起头，她清楚看到屏幕上写着自己的名字，只是前面有两个红色的大字：过号！

她看看手中的挂号条，从刷卡到来到分诊台，总共也没超过两分钟，怎么就过号了呢？

她问护士，对方漠然地说："等着吧，一会儿就好了。"

她只好站在那里等。此时，心内科候诊厅里黑压压坐满了人，过道里也是往来穿梭的人流。诊室门口也挤满了候诊的人，空气中弥漫着消毒水的味道和卫生间的臭味，鱼喆萍感到有些窒息。

过了好一会儿，也不见叫号，不是只需要等两个人吗？看看电子屏幕，她的名字依然在"过号"那栏闪烁着。她忍不住问护士："你们是不是得处理一下啊，什么时候才能叫号啊？"

"都是机器自动排列的！"年轻的护士嘟囔着，老大不乐意地扭头去另外一台电脑旁，旁边岁数大点的护士问鱼喆萍："叫什么名字？"鱼喆萍如实回答。老护士瞥了一眼电脑："9诊室。"

鱼喆萍如获至宝，几步来到9诊室，抬头一看，电子屏幕上自己的名字赫然在列，只不过医师的名字不是"邓英超"，而变为"肖红"。怎么回事啊！自己明明挂的是邓大夫的号，挂号条上白纸黑字写的也是"邓英超"，怎么变成"肖红"了呢？

她转脸问旁边一个小伙子："你挂的也是9诊室？医师的名字是哪位啊？"

"肖红啊！"小伙子腼腆地笑笑。

"会不会是患者重名了啊？"听鱼喆萍说自己手里的挂号条写的是另外一个医师的名字，小伙子顺口说道。

怎么可能重名呢！鱼喆萍心里嘀咕着，想和她重名，概率也太小了吧！她原来在国企上班时，几千人的单位都没一个人跟她同姓。可为什么挂号条上的医师姓名跟诊室电子屏幕上对不上呢？

鱼喆萍满腹狐疑地回到分诊台，向护士求助。护士依然爱答不理的，"不可能错，你挂了几个号？你再去机器上扫码看看，那都写着在几诊室呢！"

鱼喆萍只得穿过密集的人流，再次来到机器前，扫码后，屏幕上出现"11诊室"的字样。原来，邓大夫在11诊室。可自己的名字为什么出现在9诊室的屏幕上呢？

她来到11诊室，这里的人流更加密集，窄窄的过道上挤满了人，有的坐着，有的站着。她看不见门口的电子屏幕，就问旁边的女孩："你是几号啊？"女孩说，"是5号。"

鱼喆萍退出来，心中还在犯嘀咕，为什么自己的名字会出现在9诊室门口呢？想起9诊室下一个人就是自己，或许就能在那里看上病呢？不用再排那么久了。于是，她又转回9诊室，刚刚那位小伙子还在，听鱼喆萍说出自己的疑惑，便道："我觉得还是重名了。""我的名字是不可能重名的。"鱼喆萍说得很肯定。

就在这时，一位肤色白皙、有些瘦弱的女士抬起头，起身来到电子屏前，指指"鱼喆萍"三字，简短地说："这是我。"

一石激起千层浪。鱼喆萍瞬间瞪大了双眼：这世间，竟然真有人跟自己同名同姓！她看着对方，有些目瞪口呆。看来，机器没有错，的确是重名，是分诊台的护士搞错了。这个上午，两个同名同姓的女子同时来到这家医院，挂了同一个科室不同专家的号！世上竟有如此巧合的事！

"你也是北京人？"鱼喆萍问对方，对方含笑点头。

"你住哪个区？"鱼喆萍紧追不舍，仿佛宝哥哥见到黛玉妹妹般稀罕。虽然，她们素昧平生，但同名同姓，难道不是冥冥之中的缘分吗？鱼喆萍可不想就这么扭头错过。

"昌平区。"对方仍然笑着回答。

"天哪！我也住在昌平区。"鱼喆萍情不自禁地脱口而出。

另一个鱼喆萍说："我有个妹妹。"

"天哪，我也有个妹妹！"

另一个鱼喆萍接着说："我练陈氏太极。"

"天哪，我也练太极拳，也是陈氏！"

她们越说越兴奋，半晌，却又陷入沉默，一时不知该说些什么。她们彼此望着对方，像凝视着失散多年的亲人，可素昧平生，又说不出过分甜蜜的话来。

这时，诊室里冲出一位穿着白大褂的胖医生，厉声呵斥道："你们说话能不能小点声啊！这里面怎么看病啊！"

鱼喆萍吐吐舌头，另一位倒也善解人意，轻声说："要不加个微信？哪天见面聊？"

"好呀！"

她们拿出手机，互相加了微信。鱼喆萍就此道别，说微信联系。

9 诊室的旁边就是 11 诊室，中间隔了一堵墙。

鱼喆萍回到 11 诊室时，看到自己的名字已经显示在电子屏幕上，旁边那位默默站立的女孩抱着一大摞检查单守候在门口，看到鱼喆萍，主动说："下一个就是我了，我看完就是您了。"鱼喆萍冲她笑笑，然后默默在椅子上坐下来。

叫到女孩的名字，她走进诊室。

鱼喆萍心中的一块石头总算落了地，一是她总算弄明白自己应该在哪个诊室就诊，一是她清清楚楚看到了自己的名字出现在诊室的电子屏上，最重要的，挂号条上写的医师的名字是"邓英超"。

大约过去二十分钟，女孩还没有出来。鱼喆萍忍不住隔着布帘，往里望了一眼。只见邓大夫面前，摆着厚厚的一沓检查单，有波浪般的心电图检查单、心脏彩超检查单。女孩细细地问，医生耐心地答；女孩边听边思索，然后将自己的情况反馈给医生。她们一张一张化验单讨论，后来，听到医生大声说："很少遇到患者能看懂化验单的。回去吃药就行了。你过于担心自己的病情了，做了这么多项检查。"但女孩依然不甘心的样子，好像她的命就攥在眼前这位大夫手里。

突然，一位候诊的老大爷突然失控了，怒气冲冲地冲进诊室，大声嚷道："看到几号了？你这没完没了地一个劲讲，别人还看不看了？"

女孩见此情景，只得收起那些化验单，落寞地离开了诊室。

终于轮到鱼喆萍了。

如果，她扫码后直接到 11 诊室，可能早就看完了，但她压根就没注意诊室号码，再加上护士想当然，让她遭遇一场奇遇。

但是，鱼喆萍不后悔。她还在回味着今天这段因为"过号"引发的小插曲。她甚至想着，哪天一定要约上另外一位鱼喆萍，当面聊聊这前世今生的因缘。

2017 年 11 月

公园一瞥

原来生命是一场重复

一对年轻的夫妇带着刚学会走路的宝宝，在小路上玩耍。小宝宝身穿一件紫红色的马甲，眼睛清澈而明亮，粉嘟嘟的小脸儿像极了一个红苹果。他有些懵懂，这个世界对他来说，陌生而新奇。绿色的草地、地上的黄色落叶、游人牵着的小狗，都让他兴奋。他不时跌跌撞撞地向前奔跑，父母亦步亦趋地跟在他身后。一位老妇人拄着拐杖在草地上练习走路，拐杖折叠起来就是一个小凳子。想起那个练走路的宝宝，顿觉原来生命是一场重复，走过轰轰烈烈的一生，终点又回到起点。

这时，一辆电动自行车停下来。骑车的老先生精神矍铄，身板硬朗，老妇人慢慢地向电动车挪过去。老先生慢慢扶她上了车，刚好我此刻路过他们身旁，听到老先生在说："你知道我为什么要买一个歌本吗？因为我……我记不住歌词……我记……记谱子还行……"

他们骑着车，慢慢向公园外驶去……

他们的背影，忽然让我心中升起深深的感动：一同走过青春岁月，如今风烛残年的他们互相搀扶着度过人生的晚年。这相依相扶的背影，是人间的大美啊！

2010 年 11 月

爱的眼神

子墨是班里最小的学员，只有七岁，刚上小学二年级。

子墨聪明，教练教的招式一学就会。常见他一手叉腰，另外一只胳膊在空中划出一个标准的椭圆；有时身体微微右转，双手向下推按，一招一式，有板有眼。

大家都很喜欢子墨，学拳的间隙逗逗他，而他总是用一双大眼睛笑盈盈地望着我们。动作都学会了，他就跑到一旁用小树枝玩泥巴去了。

一次，子墨站在那里仔细揣摩一个新动作，练得很认真。他父亲此时就站在离他几米远的地方，那眼神我这辈子都忘不了。这个中年男人，眼里盛满了爱，目光里有专注、欣赏、爱怜、得意，就好像在他面前的不是一个孩子，而是一件价值连城的工艺品。

培训班马上就要结业了，听说，子墨暑假要赴陈家沟拜师学拳了。

2011 年 6 月

殊胜与祥和

周末，我有时会去离家不远的紫竹院走走。

一进大门，就是一大片绿色的草坪。草坪上矗立着高大的松树、海棠树、银杏树，巨大的树冠像一把把撑开的巨伞，洒下浓荫无数，午后的阳光从林间散射下来，斑驳地投射在郁郁葱葱的草地上。这一片美丽的绿色啊，就像一汪清水，滋润了我的眼睛，也滋润了我的灵魂。

有刚学会走路的小朋友，在阳光下蹒跚地走在小径上；年迈的奶奶俯身去牵他的手，可他竟一下子缩回自己的小手，反而向前跑得更欢了。他的脚步还不稳，跑起来有些踉跄，好像随时会跌倒似的。可是，他是那样满怀欣喜地拼命往前冲，仿佛在向整个世界宣布：嘿嘿！瞧，我有多棒！

路过我身边时，小家伙突然咧开小嘴，冲我开心地笑了。

最近忽然发现自己开始喜欢小不点的孩子，喜欢那份天真而童稚的面孔，喜欢他们如水般清澈的眼睛，喜欢他们幼稚而娇憨的动作，还有，他们对大人的那份绝对的信赖。

我有时想，那么柔弱无助的婴孩为什么如此惹人怜爱？是因为人们在他们面前寻到了自己的价值和重要性吗？这就是庄子所说的"无用之用"吧！

远处传来一阵歌声，是一位男中音在唱《美丽的草原我的家》，伴随手风琴的伴奏，歌声浑厚悠扬。这是一个业余歌唱小组，每周末都会在这里聚会。歌声在公园里飘荡，银杏树的叶子仿佛也听到这美妙的乐音，开始翩翩起舞，阳光投射在淡绿色的叶片上，闪耀着动人的光辉，天空蓝的那样纯净，纤尘不染。

世界，在此刻，如此的美妙、殊胜与祥和。

2011 年 6 月

欢喜

周末，紫竹院公园东门。

我耳旁传来一阵悦耳的歌声，循声望去，见前面聚集了很多人，人群中一位女歌手正在演唱脍炙人口的《太阳岛上》

走近看清她的容貌，这一看，我简直惊呆了。她的脸上呈现出怎样一种欢喜啊，这欢喜是明亮的，像五月的暖阳照亮了心灵；这欢喜是醉人的，像杯中美酒，几乎要溢出来。这欢喜荡漾在她的眼神中，让她的眸子如星般闪耀；这欢喜流淌在她的面庞上，让她脸上的每寸肌肤都熠熠生辉；这欢喜蕴藏在她的肢体语言中，让她的举手投足都流露着快乐和幸福。

坦白说，她已不年轻，总有五十出头，可身材保持得非常匀称，一件无袖的粉上衣，下面是一条米色的长裤。她时而唱歌，时而伴舞，每一句歌词、每一个动作，都韵味十足、俊逸潇洒。她像从天而降的仙女，到人间播撒快乐的种子。

2008 年 6 月

赏荷，一辈子都不厌倦

每到六月末，莲花池公园的荷花就盛开了。荷塘边飘荡着一股甜甜的清香，那是荷独有的味道。走近，喜见满塘红粉翠玉，伸向天边，一股清凉自心底升起。荷塘之中，一朵朵荷花亭亭玉立，像美丽的仙子。微风吹来，满塘荷叶随风摆动，掀起层层碧波，最有趣的是叶上的露珠，圆圆的，亮亮的，像一粒粒珍珠在荷叶上滚动。诗人杨万里描述荷叶上的露珠最是精彩："却是池塘跳雨，散了珍珠还聚。聚作水银窝，泄清波。"

荷花素有出淤泥而不染的高洁品德，全身都是宝：花可供人观赏，叶可入药，又可熬制成清香的荷叶粥，莲子是营养丰富的滋补品，药膳中最为常用，具有养心安神的功效。

这里，很多盆栽荷花摆放在岸边，极大方便了摄影爱好者。每到荷花盛开时，扛着长枪短炮的摄影人一大早就来到这里。据说清晨光线柔和，最适合拍摄花朵。人们拍荷花，也拍荷叶及荷叶上的露珠，用镜头记录着这清雅绝伦的荷花仙子。一次，我看到一位八十多岁的阿姨，头发全白了，举着长焦镜头对着一朵荷花构思。可见，赏荷、爱荷，是一辈子的事儿！正如画家张大千所说："赏荷，画荷，一辈子都不会厌倦！"

2014 年 7 月

摇篮

傍晚七点，圆明园南门。

一株盆栽的并蒂莲吸引了人们的目光：一根细长的花茎上，竟同时生出两朵荷花，左右而立。并蒂莲又称"连理枝"，是爱情的象征。《长恨歌》云："在天愿为比翼鸟，在地愿为连理枝。"

沿着湖边的小路前行，有风袭来，荷塘中涌起层层碧波，水中映出荷的倒影，耳旁传来古筝的乐音，西天的晚霞染红了一湖碧水，不知是天上的莲花在水里，还是水中的莲花在天上。

一位年轻的母亲带着女儿走近荷塘。小姑娘梳着马尾辫，急切地对身旁的母亲喊："妈妈，妈妈，快看，这有好多好多摇篮啊！"顺着她手指的方向望去，只见荷叶下好几朵硕大的大王莲赫然呈现眼前，它们像一个个绿色的圆盘，彼此独立又紧紧相依，让人想到天上的满月。只有天真的儿童，才会把它们想象成一个个摇篮吧！

2018 年 7 月

咏荷

六月下旬，圆明园的数百顷荷花次第开放。

远远望去，大片开阔的水域中，满塘的红粉翠玉，碧绿的荷叶、粉红的荷花，蔚然壮观。画舫悠然在荷花丛中穿行，给盛夏的圆明园增添了一缕诗情画意。

荷花出淤泥而不染，濯清涟而不妖。荷塘中，只见一株株身姿颀长的荷花笔直地立在荷叶丛上，端端正正地立于天地之间，没有歪斜，没有苟且，像一位堂堂正正的君子。花瓣在不同阶段呈现不同的颜色。小荷尖尖初长成时，颜色偏深红，花苞紧紧闭合，任风来，任雨来，都缄默不语，仿佛在积蓄力量。常见有蜻蜓长久地停留在花瓣上，是在闻荷香，还是在听荷语？

慢慢地，颜色变浅了，花苞也变得鼓胀起来。若走近它，会发现花瓣上的脉络变得无比清晰，醉人的粉红让人心旌摇曳。我最喜欢这个阶段的荷花，在我眼中，荷也像是一位美丽的女子，风姿绰约，冰清玉洁。它亭亭玉立，像一位舞者。微风吹来，它舞动着碧绿裙裾，泛起百顷碧波，释放出甜蜜的清香。数百顷荷塘，数舞者在风中起舞，摇曳生姿，奏响了夏的华丽乐章。那一片片粉红、一丛丛碧绿，惊艳了无数欣喜的目光。

许是一夜之间，它绽开了花瓣，颜色变成浅浅的粉红。美丽的花瓣张开，托着绿色的莲藕和金黄色的莲须。这是荷的盛年，那一抹粉红，惊天地，泣鬼神，花瓣层层叠叠，错落有致，掩映在绿叶丛中。雨飘来，一点一滴落在花瓣上，落在荷叶上。这样的场景最得摄影人的青睐。晶莹的雨珠让荷更增添一缕动人的神韵，犹如梨花一枝春带雨。这样的场景可遇不可求。

很多年前，我曾在圆明园的荷塘边，见过一位女摄影人，气定神闲地立在三脚架旁。眼看天要下雨，游客们都匆匆归家了，为什么她却不收工？她笑笑——在等雨来。可见，摄影是等待的艺术，要在最美的时刻，将最美的景物收入镜头。有时在雨中等，有时在雾中等，有时在黎明等，有时在黄昏等。立在三脚架旁的她，执着追寻心中美景的她，不就像一位美丽的荷花仙子吗？

一阵风袭过，花瓣开始凋零，簇拥莲藕的花瓣有的飞落到荷塘中，有的落在碧绿的荷叶上。后者最是触目惊心，一蓬翠绿、几点粉红，个中藏着多少意蕴？慢慢地，花茎上只剩下三两片花瓣，露出成熟的莲藕和茂密的莲须来，即使到了晚年，荷仍是盛装美丽的女子。我曾对着清晨的朝阳，拍摄红藕香残的美景，可一转身工夫，再回头，却发现仅余的三片花瓣已被风吹落，落在下方的荷叶上。

待到深秋时节，荷花凋谢，荷叶枯萎，曾经碧绿的荷叶变成深褐色，曾经平展的叶片卷曲起来，慢慢沉入水中，回到它出生的地方，唯留花茎立在水上，形成一个个三角形、菱形、四边形、多边形，构成一道独特的风景，引人追思，让人流连。

苏州木渎古镇是乾隆帝六下江南弃舟登岸之地。江南园林布局精巧雅致、幽深婉约、疏密曲折、高下得宜。我印象最深的是满池残荷，虽褪尽颜色，失却繁华，却并不悲苦，相反，我眼中的荷，依然是冰清玉洁、盛衰超然的模样。

我赞美荷，赞美它的正直和高洁。荷的一生，都是美的象征。

2018 年 7 月

千里姻缘一线牵

女友霞是个大龄女青年，二十七八岁了还待嫁闺中，她却一点不悲观，照样忙碌地上班，工作之余坚持参加英语专业自学考试，据说还有一门就要结业了。她高高的个头，脸颊总有两团红晕在燃烧。单位准备在人民大会堂举办招待会，她主动报名，为来自异国的客商斟茶倒水。会上，一位来自中东的客商一眼就记住了这个总是面带微笑的姑娘，打听到她的单位和电话。她对他也是一见倾心，短暂交往后，他们幸福地结合了。霞跟丈夫前往比利时定居。

幸福来得突然，却总是垂青有准备的人。如果霞没有自修英语，不能与外国人沟通，还能拥有这段异国情缘吗？

立维是个平凡的姑娘，长相一般，大大咧咧的，性格像个男孩，戴着一副深度近视眼镜，像两个玻璃瓶底罩在脸上。她不爱打扮，即使在夏天也是圆领衫、休闲裤，脚上一双旅游鞋，实在与这个花枝招展的季节不搭调。一年后，这个湖南妹子突然嫁给了一位印度富商的儿子。未婚夫高大、帅气、彬彬有礼。我的几位朋友随行去参加了他们的婚礼，男方家族在当地非常有声望，婚礼规模盛大，礼节繁多。通过照片，我看到新娘按照印度风俗，将镶满宝石的头饰、颈饰品、耳饰、额饰披挂起来，瞬间变成一位贵妇人。当她身着盛装用涂满印度墨的手挽着新郎出现在众人面前时，大家不禁发出一声惊呼。眼前这个女子明眸皓齿、温婉可人，小鸟依人般地站在丈夫身旁——这哪里是从前的立维啊！说起立维跟 Nick 的相识，颇具戏剧性。他们是通过朋友的朋友介绍偶然相识的，网络聊天大约半年，就决定结婚了。新郎的外公身体欠佳，将不久于人世，老人很想看到外孙的婚礼。果然，他们结婚四个月后，老人辞世。

立维婚后随丈夫去了南非，他们将在那里工作和生活。二十八岁的立维必定一直在追求自己心中的梦想。虽然直到婚前，她都不知男方家境如何，但她与 Nick 的网恋一定是一份心灵的默契和精神上的和谐。

再说随立维一起前往印度目睹并拍摄、记录整个婚礼过程的朋友。他是摄影界的资深人士，当年创业时历经了常人难以想象的困难和挫折；而今的他，拥有自己的俱乐部，经常为一些大型的企事业单位授课。一位美丽的女孩爱慕他的才华，成了他的妻子。他非常醉心于自己的事业，也很爱自己的妻子。每次讲课，都会听到他多次提及爱妻，声音变得很温柔。相貌平平的他，精神世界异常丰富。他用双手抓住了心中梦寐以求的幸福。

2009 年 6 月

十九岁

女人如花，一生中最美的年龄就是十九岁。

十九岁的女子，如碧树初长成。有精致丰满如满月般的脸庞，有一双又黑又亮的眸子，有一头乌黑亮丽如瀑布般的长发，眼睛总是带着盈盈笑意，行走世间，总让人想起一头在山谷间跳跃的美丽小鹿。

十九岁的女子，如蓓蕾初绽。从母亲臂弯里的婴儿长成窈窕少女，褪去童稚，褪去青春期的桀骜不驯。这个年龄的女子，也许还在读书，也许已经工作，初具应对生活的能力，但尚未被人生的风雨所侵袭，更未曾沾染世间的污浊。她像五月里一朵美丽的月季花，静静地在暖阳下微笑；也像七月间一朵粉红色的荷花，羞答答地躲在碧叶丛中，散发着芬芳。

之所以想写十九岁，是因为一张记忆中的照片。小时候，我在姥姥家长大，特别喜欢看照片。姥姥家有满墙的照片，其中，我最喜欢的是三姨和她姐妹的一张合影。照片里的三姨刚满十九岁，面如满月，明眸皓齿，眼睛里全是笑意，一条长长的辫子垂在胸前。那张照片我总看不够。我喜欢我的三姨，想是她从小带我的缘故。

我的十九岁被定格在一张照片中。那时的我，梳着秀芝头。和当时的少男少女一样，我喜欢读琼瑶作品，常看得涕泪滂沱。有天看书时，好友琳琳端着相机来，说要给我拍照。我手中正捧着一本书，是红遍港台及大陆的琼瑶名作《窗外》后来，那张照片被放大，每次看着照片中穿着粉红衣裙的少女，我总疑惑：这是我吗？为什么那么年轻，那么苗条，皮肤那么光洁，发丝那么顺滑，脸庞那么玲珑有致，眼睛那么又黑又亮？我们分明是同一个人，不过是跨入了不同时代的潮流。

十九岁的我，已经毕业参加工作，进入当时经贸委下属的国营外贸公司，是20世纪80年代初炙手可热的行业。入职不久，我被派到秦皇岛出差，正是板栗收获的季节。日本客户对国内板栗的需求量很大，好几个客户都想争第一条船的货物。我负责办理出口商检手续，跟外轮代理公司联系，做出口发票、装箱单、重量单，有时赶上深夜装船，我和同事需要在夜里一两点起床，赶到码头，因为有些单据需要船长或大副签字。还记得有一次"航运公司证明"内容有变，我们没有携带英文打字机，我就拿出随身带的白纸，手写单据，没有桌子可凭，只好伏在车帮上写。最让我耿耿于怀的就是航运公司规定不允许女性上船，只好让同事把单据送上去，我在船下等。我总觉得这是性别歧视，后来才明白，这也是为了避免一些不必要的麻烦，虽然有因噎废食之嫌。还有一件让我耿耿于怀之事，就是海关、商检、外代的工作人员每每跟同事提起我来，总会问："你们那个小孩怎么没来？"真令人汗颜，我可已经十九岁了啊！

毕业三十年后，我有一次去参加同学聚会。看到同学们的瞬间，我有些恍惚，三十年，真的就这样过去了？回首之际，怎么就像转眼之间？我们就这样跨过了岁月的长河，三十年后再见，执手相看泪眼，才发现当年的青春少年如今个个都已鬓发斑白、身材发福、眉梢眼角刻下了岁月的痕迹。再也回不去的十九岁，再也无法触摸的十九岁！永远的十九岁！

时光荏苒，转眼儿子也满十九岁了。今年暑假，儿子放假回来，好几个月没见。我忍不住细细打量他，发现小子变帅了，利落的短发、挺拔的身材、光洁细腻的皮肤、黑亮黑亮的眼睛，脸上不时漾起笑容——真是青春无敌啊！这就是十九岁！

眼瞅着入秋了。这天，我去市场买水果，看到喜欢的小国光苹果，粗糙的表皮，一半紫红，一半青绿，想象着那酸甜可口的味道，就想多买点。谁知摊主看我喜欢，怂恿我把整箱（足有五十多斤）搬回家。见我犹豫，摊主爽快地说，"没事，帮你送到家，送到楼上！"付过钱，回家等苹果。不久，手机响了，是个女孩的声音，说是到我家楼下了。我下楼，看到那女孩站在不远处，身边放了一大箱苹果。看到我，她笑了一下，问我有没有电梯；听说没有，她二话没说，搬起箱子就进了楼门。她举着那一大箱苹果，一口气从一楼爬到四楼。我随口问她多大；小姑娘笑了一下道，十九！哦，原来是十九岁！该是90后了，如此能吃苦，真是难得！她该是放假期间帮母亲打理水果生意吧！不简单的十九岁！

上周去口腔医院看牙，要很早去排队。跟前后排队的"牙友"混熟后，我得知后面的中年人是为女儿挂号，孩子也是十九岁，今年上大一，下楼时分了神，一脚踏空，从楼上摔下去，下唇摔裂，上下牙都受了伤。那位父亲感叹道："要是我自己，就随便找个医院治了，这不是孩子嘛，一定要让她得到最好的治疗。"我有些无语，为什么对自己就可以马马虎虎？孩子已经十九岁了，完全可以自己来挂号啊！待我治疗出来，看到那位父亲还坐在候诊椅上。我问他，孩子到了吗？他摇摇头说，还没起呢，刚打电话把她催起来，估计到这儿得十一点多了。

哦，我忽然想起那个搬苹果的女孩儿，她们都是十九岁呀！

让人怀念的十九岁，人生中最美好的十九岁，不一样的十九岁。

2011 年 11 月

何必当初

转眼他已经四十五岁了，离婚八年，却依然和原配生活在同一屋檐下。他们谁也没有实现梦想，既未住上豪宅，也没开上宝马，而这正是导致他们分手的原因。

他是接父亲班走上工作岗位的。年轻时，他是一名火车司机，她开公交车，两人都到了适婚年龄，经人介绍，彼此感觉不错，就走到一起，步入了婚姻的殿堂。

刚结婚时没房，单位帮他们找了一间半平房。他们早出晚归，每月那点可怜的收入都是掰着指头花。婚后第二年，儿子出生，新生命的降生给家庭带来无限欢乐，只是，家里的开支更为捉襟见肘。孩子要买奶粉，要上幼儿园，要买玩具，常因得不到跟小朋友一样的东西伤心地大哭。

贫贱夫妻百事哀。

每次同学聚会，都让他无地自容。是啊，原来一起长大的发小，都是开车去的，只有他，辗转好几趟公交，顶着一身风雪才到达聚会现场。在跟同学的交谈中，他才知道，敢情从小光屁股长大的同学都住上了楼房，还有的甚至住上了别墅。世事无常。

每次过年，也让他们备受煎熬。她嫌他丢人，每次回岳父母家拜年回来，他们都要大吵一架。妻弟几年前就开上了桑塔纳，去年春节，又换了一辆本田，瓦蓝色的车身在阳光下炫目得很。妻子忍不住抱怨道："你这个窝囊废！你看看人家，房也有了，车也有了，就你，吐口唾沫淹死自己算了！你说，你还算是个男人吗？"

被骂急了，两人竟然动起手来。

慢慢地，他们从三天一吵变成两天一打，急眼了，他也动手。男人手重，她对他彻底绝望了。

两人不约而同要求离婚，谁也无法再容忍对方。妻子嫌他无能，不愿意跟他受罪；他呢，无法容忍女人的势利和这种吵吵闹闹的日子。于是，他们到法院申请离婚，法院居然立刻就判离了。不过，因为他们只有这一套房产，谁也没能力搬走，法院判他们每人各住一间。

从此，他们成了陌路夫妻，各人做各人的饭，各人洗各人的衣服，见面也没话，儿子跟着妈妈过。"其实，儿子挺喜欢跟我说话的，他妈不在的时候，他能跟我聊好长时间呢！"他说。

是啊，父子情深，血浓于水。

转眼，八年过去，他们的生活境遇依然如旧，一家三口依然挤在那一间半平房里。他原本高大的身材竟然开始驼背，头顶乌黑茂密的头发过早地退休，需要地方支持中央了。这让他倍显老态，四十多岁的人看起来竟像个小老头。已经入秋，他依然穿一件看不出颜色的圆领衫，领口已磨起毛边，前襟上隐约可见大大小小的洞洞。

福无双至，祸不单行。由于常年借酒浇愁，四十三岁那年，他居然中风了，出院后生活难以自理，只好办理病退手续，每月靠单位给的七百多元工资度日。生病时，他依然自己照顾自己，做饭，打扫，洗衣服。而她的身体也是每况愈下，竟然患上抑郁症。

"我真不知道该怎么办！儿子正上大学呢，可我们的身体却早早地垮了。"他叹息。

早知现在，何必当初？

当年，他们也曾花前月下，拥有过美好而浪漫的恋爱时光。可爱的儿子一定为他们的家庭增添了无穷乐趣。就算没有豪宅别墅，没有宝马香车，一样可以过安稳的日子吧！那样的话，虽然贫穷，但风雨来时，至少还可以互相搀扶，互相依赖，共渡难关。

人心不足蛇吞象，是欲望毁了他们的婚姻，而他们却无知无觉。

如今，他们身体垮了，精神支柱也坍塌了，只能独自扛起一肩风雨，踽踽独行。更可怜的是他们的儿子，那个原本活泼聪明的小男孩，眼神中却多了畏缩与消沉，说话的声音也变得卑微起来。

本来好好的一个家，就这么散了。

2008 年 6 月

母爱的哀叹

一声叹息

一个冬日的清晨，当我冒着严寒赶到这家知名的口腔医院时，挂号大厅的窗口前早已排起长龙。我随意找到一支队尾，刚站定，排在我前面的那位阿姨忽然转过身，认真地问我："看牙痛是排这个窗口吗？"一时把我问蒙，保险起见，我建议她去咨询台问问。

阿姨很快回来，笑着说："对了，就排这个队。"她看起来七十多岁，头发几乎全白，细弱的发丝有的伸向空中，似乎要抓住什么。她说话时，头不由自主地剧烈抖动着，满头白发也跟着抖动，让人有些目眩。阿姨爱笑，咧开嘴时，就露出缺失了好几颗牙的牙床来。

"阿姨，您自己看牙吗？"我随口问道。

谁知，她的回答令我有些出乎意料："我是来给儿子挂号的。"

啊！我一惊，忙问："您儿子今年多大了？"

"四十多了。"紧接着，老人又絮絮叨叨地说道："我儿子个儿高着呐，有一米九多呢！他牙疼啊，自己又不来看，天天夜里喊疼，折腾我们都休息不好。这不，我就给他挂号来了，还不知道他来不来看呢！"

排队无聊，我跟阿姨就聊起了她的儿子。她说，儿子早已成家，孙女都九岁了。从媳妇怀孕那天起，老两口就开始忙乎，先是伺候儿媳，等孩子生了，老人就接过来，一直带到上幼儿园。如今孙女都上小学四年级了，老人依然负责每天风雨无阻地接送，还要负责接送孩子上周末兴趣班。

"孩子的父母工作一定很忙吧？"我问。

"忙啥啊！儿子原来下了班就玩电脑游戏，多大了还玩啊！现在不玩了，又开始玩手机。上周末多冷啊，快零下二十度了，还刮风，我求他开车送孩子去上兴趣班，根本求不动啊！后来只好让孩子爷爷带着坐公交车去的。"说到这儿，老人的眼圈有些发红。我默默地想：这儿子既然能上班，会开车，说明是个身体健康、心智正常的人。

"唉，你不知道啊，他的衣服都是我给买的。他买的羽绒服太短，根本不保暖。今年冬天多冷啊！我又重新给他买了一件长款的。他们俩根本不管孩子，唉，等我们动不了了，他们也就没辙了，不管也得管了。"老人的话让我心里酸酸的，同时思忖，那个为人子者到底是怎样一个人呢？

说话间，我们已排到窗口前。阿姨顺利挂上号，我也如愿挂到牙体牙髓科的号。看时间还早，我转出去吃了个早点，就来到位于六楼的候诊室。在长椅上坐定的一刹那，我无意间抬起头，竟看到一个熟悉的身影，是刚刚那位阿姨！只不过，她身边多了一个瘦削的男人，个子足有一米九多，长长的头发垂落下来，半遮着尖而瘦的脸。他的眼睛是灰暗忧郁的，让人想到北京的雾霾天。这肯定是老人的儿子无疑了。只见他目光茫然地跟着母亲朝前走。忽然，阿姨忙不迭拦住一个穿白大褂的医生，连声问："请问大夫，麻烦您，拍片在哪儿啊？"人家用手一指："走到头，左转。"老人如获至宝转身跟儿子说："走，在那边！"男子明显有些不情愿地向旁边闪一下身子，继而跟着母亲往前走去。

儿子来看牙了，这让阿姨的眉梢眼角都透着笑意，脚步都透着几分自豪。看着他们远去的背影，我不禁发出一声叹息：这是四十岁的儿子，还是四岁的儿子？为什么四十岁的儿子看病还需要七十多岁年迈病弱的母亲带着？

看着这对母子远去的背影，我有片刻的冲动，好想追上那位母亲，

母爱的哀叹 ❧ 193

跟她大声说:"阿姨,留步!请让您的儿子自己走!请相信他可以走好每一步!就算跌倒,他一个男子汉,爬得起来!"

可是,我的声音却淹没在自己的喉咙里,只发出一声叹息。

2015 年 11 月

木地板

建材城,某品牌地板店内。

母亲、儿子和儿媳正在挑选木地板。母亲看中一款,想推荐给儿子,谁知儿子不认可,母子二人意见不合,竟起了争执。只听母亲的声音传来:"这款已经挺好的了,是实木的,而且你们将来还得换房,是吧?就买这款吧,价钱也合适,四百多元一平米。"

紧接着传来儿子粗声粗气的声音:"好什么好啊!我就要买那款!"

"那款得小两千元一平米,没必要吧?"母亲坚持着。

"我自己花钱,行吗?不用你管!"儿子气壮如牛,瞪着眼,口无遮拦,声音大得几乎要把天花板掀翻。

母亲大约五十出头,烫着卷发;儿子很壮硕,肤色黝黑;媳妇则默默地站在一旁。

儿子说完,气哼哼地从店里走出去,母亲则有些尴尬地跟着出来。

2014 年 7 月

爱需要理性

他是我的初中同学，非常聪明，成绩数一数二，数学考试常考满分。他的父亲是个理发师，家境也算殷实，哥哥是个聋哑人。他从小聪明伶俐，五官长得又标致，浓眉，大眼，自然集万千宠爱于一身。

初中毕业时，我们都考上了本地最好的一所市属重点高中。

九月开学季，我和同学们一起满怀喜悦地踏进了新学校的校门。这所位于远郊的市属重点高中，师资力量非常强，很多老师都是专业领域的权威，被下放到这里。当时刚恢复高考不久，学校的高考升学率稳居地区之冠。

20世纪80年代初，校舍条件异常艰苦，一间几十平米的宿舍挤着三四十个学生，还是上下铺。到了冬天，十五六岁的孩子轮流值日，生煤炉取暖，赶上有同学不会侍弄煤炉，炉火灭了，大家就只好挨冻。父亲曾有一次去学校看我。那天，煤炉熄火了，煤炉上的一盆洗脸水被冻成一个大冰坨。父亲看后很心疼，每次提及都唏嘘不已。当时每个月伙食费是九块九，早晚都是馒头、稀粥加咸菜。

他在入学后嫌弃学校条件不好、宿舍人多嘈杂，在开学后的第一个周六，悄悄打好背包，没跟任何人打招呼，独自走了十几里路回家了。

父亲见到他，很诧异。按学校规定，一个月才允许回家一次。

听了他的抱怨，他父亲没提出任何反对意见，也没规劝儿子赶紧返校，反而安慰他说："那就在家学吧！爸回头给你专门整理出一间书房。"就这样，他回到村里的中学继续读高中。

转眼两年过去，高考季结束时，他却名落孙山。听说，他高二时谈恋爱了，后来吹了；又听说，他父亲突发脑溢血，竟告不治。家中仅剩年迈的母亲和一个聋哑哥哥。

没有了父亲这根顶梁柱的家，突然塌了，家里的重担一下子就落在他的肩上。可是，他没有学历，没有工作经验，承蒙村里照顾，帮他在街上摆了个修鞋摊。

那是一个寒冷的冬日，虽然暖阳当头，冷风还是从四面八方涌来。在街头，我见到正在修鞋的他。他面前摆着一台破旧的机器，脸上满是沧桑，穿一件看不出颜色的单薄棉衣，正低头专心致志地缝着手中的旧鞋。

我本想上前跟他打个招呼，又停住脚步。我那天穿了一件先生从北欧带回来的酒红色真皮皮衣。我忽然不想打搅他了，不想让落魄的他感到难堪。

我有时会想，如果当年他父亲见他独自回家，像孟母一样断喝一声，责问他为什么逃学回家，虽然不能"断机杼"，至少可以举起一根木棒，说："赶紧回学校！"那么，今天的他，会有不同的人生轨迹吧？

2012 年 9 月

女性的宿命

在火车上，我遇到同去桂林旅游的马伯父和孙阿姨。他们七十出头，头发早已花白，但精神矍铄，乐观而且健谈。

马伯父是一位文学爱好者，谈话间不时低头看一眼手中的《诗词韵律》；孙阿姨烫着优雅的卷发，眼神知性，笑的时候露出一口整齐的牙齿。我很自然地喜欢上她。通过交谈得知，她是东北某重点大学的毕业生，毕业后一直在航天部门工作，直至退休。她是业内专家，退休后还被返聘了十年，直到小孙子出生，她才辞去工作，正式开始退休生涯。

退休后的孙阿姨并不轻松，每周日从东城区的家中坐车去位于四季青的儿子家，只为周一早上送小孙子上幼儿园。到了儿子家，孙阿姨开始繁忙的一周，像年轻时那样冲锋陷阵：每天早上五点多起床，做一家人的早点；吃过饭，收拾完碗筷，赶紧送孙子去幼儿园；从幼儿园回来，她要拖着小拉车，马不停蹄地赶到四站地以外的菜市场买菜，赶回家中就到了做午饭的时辰，因为儿子中午会回家吃饭；吃过午饭，收拾停当，孙阿姨稍事休息，开始搞卫生，扫地、墩地、洗衣服，这一忙乎就到了下午四点；她赶紧做好米饭，洗好菜，把需要煮炖的肉食放进电炖锅里；差一刻钟五点，她要准时出门，去接小孙子放学；小家伙在幼儿园被拘束了一天，放学后总央求奶奶在楼下玩会儿，她一般都依着孩子，有时要玩到七点钟才肯上楼。这时，儿子已经下班，媳妇也快到了，孙阿姨要手脚利落地赶紧将下午洗好的菜切好，下锅炒。晚饭摆上桌，媳妇也差不多进门了，于是，一家人开始吃晚饭。晚饭后，孙阿姨还要负责收拾碗筷，往往要忙到八九点钟。

第二天，是前一天的循环。

第二周，是前一周的循环。

可怜马老先生只好一个人在家度过孤独的一周，一个人买菜，一个人做饭，一个人吃饭，一个人遛弯，好在，他热爱古诗词，这让他消磨了不少时光。

孙阿姨很瘦，体重只有九十多斤。当她叙述这些的时候，并没有丝毫的委屈，相反，提到小孙子，她的脸上会泛起慈祥的笑容。"小家伙挺好玩的！"她说。可我心里却有些不是滋味。老人辛苦了一辈子，身体状况也不是很好，好不容易退休了，却要开始新一轮的操劳。带孩子、做家务，虽不算什么，但毕竟年事已高，精力也不像年轻的时候，她就这样抛开自己的家，毅然担起照顾儿子一家的重担。

这样一位孱弱的女性，以瘦弱的身躯养大了一双儿女，如今，还要为了孩子的孩子奔波劳碌。唯有祈祷，希望孙阿姨的身体能永葆健康，盼望她的小孙子快快长大。

2012 年 6 月

一根筋

"一根筋"是个贬义词，常用来形容为人不懂变通，一条道走到黑，不撞南墙不回头。这样的人从好的方面说，是持之以恒；从坏的方面说，是执迷不悟。

这里提到的一根筋，是个中性词，是纯生理学意义上的一根筋。

如菊从四十五六岁开始，就感觉腋窝不舒服，至今有七八年了。俗话说，有病乱投医。这些年，她没少跑医院，既查不出问题，也找不到问题的症结所在。有人建议她去找气功大师，说让人给她发发功兴许管用，可她真不知道到哪里去找气功大师。

那天路过一家中医按摩店。里面的医师据说是某大医院退休的高级临床大夫，听她说了症状，开始给她讲解关于人体经络、穴位的理论，讲得头头是道，让如菊感觉她这点小毛病在他手里简直就是手到擒来，于是美颠颠地办了一张价格不菲的会员卡，庆幸总算找到明医了。

她一周两次去找大夫，对方也极为细心地为她做按摩，只是按摩当天感觉尚好，第二天就故态复萌。恰巧有一次，她没提前预约，赶到店里时大夫外出，店长给她推荐了另外一位按摩师，是位女性，那人留着长指甲，下手有点狠，她当时就感觉疼得受不了，回家一看，腋下好几处皮肤都脱落了，露出鲜红的肉来。原来是遇到蒙古大夫了。第二天，她愤然去店里理论，店长估计也见多了，赔着笑脸说，已经把那人给开除了。理论的结果是把没消费的费用给退了，从那以后，她再也没踏进那家店半步。

一次去做美容，她跟美容师聊起来，提到自己的烦恼，美容师摸了一下她的腋窝，语气中流露出惊慌，说她必须马上办卡，进行疏通调理，否则后果很严重。这让如菊无端紧张起来。第二天，她赶紧跑去医院，挂了外科专家号。

这是一位年近六旬的专家，花白头发，让人平添信任。他说腋窝不舒服的原因存在好几种可能性，需要一一检查排除，建议她先做个胸部平扫。如菊头一次听说这个检查项目，也只得遵医嘱，待来到检查室，吓了一跳，一台巨形仪器像一架小型飞机机舱。她平躺在床上，被慢慢送到"机舱"内部。那一刻，恐惧和黑暗一起袭来。她感到窒息，每一秒都像一个世纪那么漫长。

检查结果出来了，一切正常。

继续排除，这次是淋巴。

拍了 X 光，结果正常。

接着排除，这次是乳腺。

做了透视，依然正常。

还需要再排除心脏问题。

做了心脏彩超，也正常。

终于全部排除掉了，医生说："你没啥问题，回去吧！"

"可是医生，我难受，可否给我开点药？"

"没事吃啥药啊！不用。"医生说得肯定。

"那有什么能缓解的措施吗？"她像溺水的人抓住救命稻草一样。

"都没问题，就是更年期，等更年期过去就好了。"大夫似乎有点不耐烦了。

"好吧，谢谢大夫！"

她被折腾得够呛，悻悻然离开医院。

既然都没问题，难受就难受吧！她想。有一天夜里，她疼醒了，腋窝连着胳膊和手臂一起疼。她想去看中医。于是，她又来到一家有名的中医馆。

医院环境真好，古色古香的，墙上贴着古代和驻院医师的巨幅相片，诊室外有舒适的沙发，还有绿植。在这里就医真有做上帝的感觉。

很快轮到她。医生把了脉，看了她的舌头，问："哪里不舒服？"她有些诧异，这个问题应该由大夫判断啊，中医不是讲究"望闻问切"吗？但既然人家问了，也只好照实说。大夫听后说："哦，腋窝不舒服啊，这个不太好。"这不是废话吗？好的话谁来这里呢！"你这是肝郁气滞，肝经不通，吃点药吧！"

"自己熬，还是代煎？"他抬眼问。

"代煎吧！"

捧着一大袋子煎好的中药包回家。每次喝那些棕褐色又苦又涩的药液前，她都需要先深呼吸，再屏住气，一口灌下去，然后期待奇迹的发生。

然而，七付药喝光了，症状却丝毫没得到改善。真让人一筹莫展。

转眼七八年过去了，她似乎已经适应了腋窝的不适，每天照常工作、生活，只是身边似乎多了一个哭闹的孩子。有人说身体的疾病就像一个哭闹的孩子，她却无从知晓它哭闹的原因。

前一阵小区的体育馆重新开业，一层增添了很多专业的健身器械。如菊走进去，找到教练，说了自己的情况，希望能推荐适合她的锻炼项目。教练身材高大魁梧，身上有很多隆起的腱子肉，穿一身黑色运动衣。他详细问了她的情况，比如以前有没有受过伤等。她回忆了一下确定没有。教练让她坐在椅子上，用手触摸了一下她腋窝的位置说："这里有一根筋，三个地方都蜷缩在一块了，得揉开，一般揉个四五次就好了。"这个说法让她惊喜万分，他分析得这样清晰，又这样准确，难道这次真的遇到高人了？

教练让如菊躺在瑜伽垫上，帮她按摩了一下，又让她坐在椅子上，他站在她身后，拉起她的两个胳膊，疼得如菊龇牙咧嘴，额头直冒汗。终于，黑衣教练说："已经好了两处，您抬起胳膊试试，看是不是比以前轻松一些？"

如菊抬起胳膊，果然轻松了，也没有任何不适。教练嘱咐她两天后再去找他。

这次按摩真的是有效的，如菊的腋窝几乎不疼了，只有微微的酸胀感尚存。

两天后，如菊去健身房找教练，他仍然极认真地帮她按摩。有那么一会儿，如菊疼得实在受不了，扭了一下身体，黑衣教练说："别动啊！您一动，那根筋就找不到了。"果然，怎么也找不到那根筋了，再按，腋窝附近哪里都没有痛感了。这次按摩以失败告终，只好约下次。

第三天，如菊告诫自己，再痛都得咬牙忍着。她攥紧拳头，坐在椅子上。时间过得真慢，汗水像小溪似的从头上淌下来。最后，黑衣教练说："好了，那根筋原来帮您揉开了两处，今天把最后一处也揉好了，只要您今后不再受伤，就不会痛了。"

真的？如菊欣喜若狂，不敢相信自己的耳朵。

"我应该怎么付费呢？"她问。

"不用，小事一桩。"他简短地说。

困扰如菊七八年的病痛就这样痊愈了，真是得来全不费功夫。原来问题出在一根筋上，以前做过那么多次检查和按摩，为什么就没有发现这根筋呢？

我们的身体中有很多这样的一根筋。

在我们的工作和生活中，也有很多这样的一根筋。

2018 年 6 月

猫咪记趣

家里有个小院，不大，也就是四五十个平米。

院子的三分之一种上了月季花。这花儿能开三季，每天清晨推开窗，一见院子里的姹紫嫣红、花影婆娑，心情顿时变得美丽起来。其余的地方撒了一些蔬菜种子，让我充分享受了一把做农民的乐趣。春种秋收，看一粒无声无息的种子破土而出，看细弱的秧苗爬满藤架，再结出比种子大无数倍的果实来，常让我叹服造物主的神奇与伟大。

卧室的窗下挂着一台空调室外机，一旁种了一架黄瓜，每到炎夏，室外机喷出的热浪直接吹向黄瓜秧，一时间，绿叶翻滚。眼瞅着黄瓜秧遭受夏日骄阳的暴晒和空调热浪的吹拂，实在让人有些不忍。于是，就在黄瓜秧和室外机之间码放了一摞砖头，用来隔离空调的热气。砖头和空调室外机的下面自然形成一个小小的封闭空间。

今年清明，我们回江西祭祖，去了十天。

回到家中，已近谷雨。邻家的院子里已经有了一蓬蓬新绿。我来到院子里，筹划着今年该种些什么、种哪些品种、种在什么地方。

这时，我听到"喵"的一声叫，声音很尖，很长，很幼稚，像刚学说话的孩子在练习发音。四周看看，并未发现猫的影子。我想，应该是隔壁邻居家里发出的声音吧！他家开始养猫了吗？

紧接着，又是几声"喵喵喵"的叫声。这次，我感觉声音仿佛就在身边，寻声走过去，发现声音来自空调室外机的位置。我的视线越过那一摞砖头，看到室外机的下面竟然有好几个小小的蠕动的身体，像小老鼠那么大，白色的、黑色的，也有黑白相间的。它们此刻不停地在地上笨拙地滚动着，好像除了练习发音，还在初习运动的技巧。

我数了数，足有六只。看起来，是刚出生不久。

那一刻，我的头皮有些发麻。坦白说，我怕猫，对一切动物都敬而远之。刚搬到这个小区时，发现这里的猫很多，大多是流浪猫。小区里很多爱心人士定时、定点投喂，再加上猫的繁殖能力超强，所以小区里的猫越发多起来了。

午后慵懒的阳光下，常能看见一只猫轻手轻脚地在小区里走动。它高昂着头，迈着不紧不慢的步子，旁若无人地走着，仿佛君临天下。

我曾试图与一只猫对视。我与它各自站定，面对面看着对方的眼睛。我微笑着，试图表达我的友善，可它的眼睛却充满戒备和敌意。我执着地注视它，试图输送眼中的温度，可它的眼里却总有冰雪的严寒。它的双眼深不可测，像一条长长的隧道，通向一个我所不了解的世界。

刚搬来时，经常有猫咪做不速之访。

一次，我看到一只猫悄无声息地溜进院子，大模大样地坐在藤椅上，见我开门走进院子，便跃上圆桌，并不急于逃跑，而是蹲在那里，如临大敌般地盯着我，守城般地与我对峙。我往前走一步，它后退一步，眼睛闪着狡黠的光，仿佛要看穿我的心思，以便决定是否继续盘踞在藤椅上。我并没有驱赶它的意思，只想去看看纽扣大的西红柿昨夜又长大了多少，顺便清理一下不知哪只猫留下的粪便；而它，却纵身一跃，跳上木栅栏，逃跑了。

鲁迅先生似乎是仇猫的，是全家公认的"猫敌"。他说猫性其实是残忍的，比如它们捉到小动物后，先是把玩耍弄一番，直到把猎物折腾得奄奄一息，才吞入腹中。

我对猫不恨也不爱，从前住高层，跟它们没有交集；可现在，我每天都能看见猫的影子，愈发有些烦恼了……

院子里刚出苗的小白菜被猫踩踏得倒伏在地上；黄瓜秧下面，怎么又多了一摊猫粪？虽然上面被潦草地敷了一层薄土；清晨还未起床，就听到院子里有猫抢食的声音，你争我夺的，扰了我的清梦不说，可怜我刚买的那箱甜玉米，被啃得乱七八糟。

为了防猫，我决定加高院里围墙的高度。我在院子四周围了一圈木栅栏，大约有 1.5 米高，这个高度对于猫来说简直形同虚设，它们轻轻一跃，就站上了木栅栏，然后纵身一跳，就到了院子里。

那么，该增加到多高呢？查百度，答案是：猫擅长爬树，地球上障碍恐难阻挡此类生物。

虽然有些气馁，我还是买了一些金属网格，请师傅给固定在木栅栏上。如此一来，院子"围墙"的高度有将近 2.2 米了。

总算清静了许多时日，直到看到眼前刚生下来不久的小猫。

打电话请教母亲："妈，小猫能送人吗？"母亲说："小猫应该还没睁眼！现在只能靠母猫喂它们，如果给挪动地方，大猫就不管它们了，它们就只能饿死了。"

我动了恻隐之心。它们好歹也是小生命，姑且让它们栖息在院子里吧，且容它们长大一些再说。

小猫的声音越来越洪亮了。我看到那只大黄猫每天无数次从"围墙"上翻上翻下，不外出的时候，就守在小猫身边，给它们喂奶，跟它们厮守。往日威风凛凛的大黄猫，现在全身毛发蓬乱不堪，东一绺，西一绺，看起来瘦了很多，眼睛也有些无神。

转眼一个月过去了。一天，我禁不住好奇心，趁大黄猫外出之际，来到空调室外机旁边。那一刻，我的眼睛发出了怎样的光亮啊！几只小猫竟然出落得格外标致动人了。它们有圆圆的小脑袋、乌溜溜闪亮的眼睛，一身毛发格外柔顺，跟丝绸似的。它们也睁大眼睛好奇地打量着我。那一瞬间，我不知道是我在看猫，还是猫在看我。但我的内心真的升起了对生命的欣喜和敬畏，这一个个崭新的、活泼的生命啊，让我家的院子充满了无限的生机，这是几只多么漂亮的猫咪啊！

我以为日子会永远像现在这样一天天过去，反正大黄猫总会尽心地去喂养它的幼崽，这是毋庸置疑的事。可是，这天早上，大黄猫并没有像往日那样外出，它显得有些焦躁，先是趴在距离小猫一米远的地方，见我走近，喉咙里发出"呼噜噜"的类似抗议的声音，似乎嫌我打扰了它。当我回到屋子里，看到它翻上"围墙"，以为它又要出去了，谁知它又退了回来，转回到猫窝旁边。没过一会儿，它又跃上"围墙"，似乎还是想出去，却好像在犹豫着什么，结果身体直溜溜地挂在了金属网上，活像一条大蟒蛇，看着有点瘆人。又过了一会儿，它跳到木栅栏上，沿着一米多高的木栅栏来来回回地走。

我只好再打电话请教母亲："妈，大猫这是怎么了呢？它到底想做什么？"

母亲说："大猫可能是没奶了，通常过一个月母猫就没奶了。"

哦，原来如此！

我的脑海中灵光一闪，那是不是该给它们喂点什么？小猫还小，大猫又断奶了，这可能就是大猫焦躁的原因吧！

于是，我去超市买回新鲜的牛奶和猫粮，又从厨房找出几只平时不太用的小碗和盘子，装了一碗水、一碗牛奶、一些猫粮，小心翼翼地来到猫窝旁，唯恐惊吓到它们。虽然我是善意的，想为它们投喂食物，但内心深处却感觉自己像个入侵者。当我试图把这些盘盘碗碗放在猫咪身旁时，视线中闪过一条黄色的影子。只见大黄猫如离弦之箭"噌"地一下从猫窝里蹿了出去，却并不走远，转身回头盯着我。

我的生活从此多了一项琐事。奇怪的是，这多出来的琐事却让我感到快乐和满足。我总惦记着猫窝里的水还有吗？牛奶还有吗？猫粮该添了吧？每天没遍数地来到猫窝旁，为它们添水加粮，赶上大黄猫在窝里时，它仍然如离弦之箭般瞬间蹿出去，但看我的眼神却不再像以往那样充满戒备和敌意，眼睛里好像有了温度。我有时与它对视，它的眼睛竟然有了一丝温柔、一丝温暖，甚至，还有一丝感动，也未可知。

就在我想把喂猫"事业"进行下去的时候，一天清晨，大约五六点钟的光景，我听到院子里有"叮里咣当"的响动，以为又是大黄猫进出时发出的声音。待起床后，来到猫窝旁，心中"咯噔"一下：猫窝空了！六只小猫无影无踪，它们待过的地面干干净净的，连一片树叶、一丝草梗都没有。

在它们面前，我曾自认为足够智慧，因为我是万物之灵长，所以，可以随时施惠，想当然地认为它们会欣然悦纳。令人费解的是，大黄猫却把它的孩子们悉数带走了。同样令人费解的是，大黄猫是如何衔着将近两个月大的幼崽翻越高达两米的"围墙"的呢？而且不是一只，而是六只！它需要往返六趟才能完成这艰巨的任务。

现在，在小区里散步的时候，我总留意小猫的叫声，可即便见面，我们也不会认出彼此了吧！

刊载于《卢沟月》杂志 2018 年第 8 期

第四辑

那山那冰

山路弯弯

　　这是一所坐落在半山腰的房子，能听见布谷鸟的啼鸣，能闻到青草香。晴朗的日子，亮闪闪的阳光抖落着翅膀，飞落到树梢上、阳台上。虽然周围草木繁多，夏天却没有一只蚊子，平时也见不到一只苍蝇，为了保持这份素朴，房子的装修极尽简单，瓷砖、白墙，连有线电视和无线网都没申请开通。

　　如果把陈设考究的房子比喻成一只孔雀，悠闲、优雅，还时不时地开开屏，展示罕见的美丽，那么，这所房子充其量只能算一只灰突突的麻雀，一跃只数尺，复落到地上，悄然躲在大山的褶皱里。是的，这房子堪称简陋，楼下没有闪亮的霓虹灯，没有挂着红灯笼的饭店，没有人潮汹涌的超市，没有电视，没有网络，所以，入住五年后，我的孩子竟然一次都没有在属于他的房间休憩过。好容易有一次在威逼利诱后去了，到了晚上九点多，他还是固执地回了城，说第二天跟同学还有安排。可见，这所房子是多么不合时宜，年轻人根本不把它放在眼里。

　　但在城市钢筋水泥的丛林里，或有着美丽雕花家具的家中，我却常常生出寂寞，想起那座在半山腰的房子，渴望生出一双翅膀，能在瞬间飞到它的怀里。而每次离开，都让我恋恋不舍，就像离开亲人一样，我都会对着空屋子说："我们走了啊，有空会再来啊！"一如每次我回去看母亲，走时说的告别语。

　　屋子不说话，但我相信她听懂了，因为这么多年来，它一直默默在山中守候，等候我们的到来，盼望钥匙插进锁孔的那一刻。有时，我们一连几个月都不去住，它也不抱怨，只独自在山中守望岁月，默数光阴。

房子的南面是长满山桃树的山坡，春天来时，半坡开满一簇簇山桃花，凭窗眺望，宛若云蒸霞蔚；北面则是一眼望不到边的一大片翠绿，方圆总有几公里，视线尽头是个有着红瓦屋顶的小山村，村子后面，一道蜿蜒起伏的山峦犹如一条巨龙，轻轻簇拥着村子。

这是一座有风景的房子，就连在厨房做饭时，窗外的风景都像一幅画。

每个清晨，大山在公鸡的鸣叫声中醒来。司晨的公鸡让每个崭新的日子具有了某种神圣的仪式感。几千年来，人们都是从鸡鸣声中开始了一天的忙碌：鸡鸣即起，洒扫庭除，这一天也变得格外充实而悠长。

每个傍晚，落日染红满天云彩，气象万千，有时像波澜壮阔的大河，有时像一朵朵轻盈的棉絮，有时像鲤鱼的腹部，让窗外的绿地和山峦看起来像是巨幅的山水画卷。

每次回去小住，我都会去山路上走走，为的是拜望那些山里的亲人们。

初春时节，大山披上了绿色的盛装，草木葳蕤，鸟音婉转，走上这弯弯的山路，远离城市的喧嚣，远离车水马龙，如同走进心中的一片桃花源。

山里的光阴是安静的，安静得恍如创世之初。

出门右转，沿着山脚，有一条绿色观光路，曲折蜿蜒。

首先看到的是野蒿子，绒毛似的碧绿叶片，蓬勃地生长。它的味道有些特别，有点辛辣，有点呛人，所以牛羊都远远避开它，这让它在山间呈现出燎原之势，以至到了秋天，山路的三分之一都被它占领。这种野蒿子在我家乡曾遍地都是，生活困难时期，它也不能用来充饥。那时家里没柴烧，年轻的父亲就用一把镰刀，把它砍回家，淋上一点柴油点燃。它让炊烟升起，让锅里的玉米饼子冒出香气，让贫寒的日子得以延续。所以，每次看到它，我总是倍感亲切。

在山里，我最喜欢的是一种开着紫色小花的灌木，当地人称之为"丁梢花"它的整条枝蔓都缀满了淡紫色的小花，花瓣虽细小，却能释放出浓郁的芳香，轻轻采下一片，放在鼻下轻嗅，荒芜的内心一下子就沉醉了。那种感觉就像饮了一杯美酒，品了一盏香茗。它总让我想起童年的小伙伴，我们一起捉迷藏，玩过家家，常跑出一身汗来，湿透了一身笨重的棉袄棉裤。每到春天，整个山坳里都飘荡着幽香，开窗就能闻到，它为我们的山居时光增添了一抹浪漫的色彩。

拐过一道弯，就看见开着乳白色细小花瓣的酸枣树。到了秋天，一个个红彤彤的小酸枣掩映在碧叶丛中，摘一粒放在口中，又酸又甜。每次看到酸枣，耳边就想起母亲哼唱的《金沙江畔》选段：

"烈日高悬万重山，口干舌燥心似油煎……有几棵酸枣树长在山崖间，红蹬蹬的酸枣似宝珠，酸溜溜的，酸溜溜的，立刻口中就不觉得渴，那个小酸枣，半青半红，又脆又甜，又有点酸……"

当年，藏族格桑土司被谎言蒙骗，误以为女儿被红军所害，于是封山断水，企图把红军渴死，阻止其北上抗日。红军战士忍饥渴，在刀枪丛中，揭露了国民党的罪恶阴谋，最终使格桑认清敌友，下令放水让路。那一粒粒小酸枣，酸甜适口，生出津液，帮助战士们渡过缺水难关。遥想当年在金沙江畔，那山野中毫不起眼的小酸枣，居然立过赫赫功勋。我的眼前浮现出母亲在夏日午后，摇一把蒲扇，哼唱这首曲目时浑然忘我的样子。她唱得一板一眼，抑扬顿挫，每句戏词都唱得真真切切。

核桃树也是山里常见的树种。枝繁叶茂的树上挂满青青的核桃，个个如乒乓球大小。果实是圆的，叶片也是圆的，这让它充满一种和谐之美。那青翠的胞衣里包裹着核桃，什么时候才能成熟？我自小喜吃核桃。在二十世纪七十年代，供销社里常年出售核桃，但被归于药品，要想买，需凭医生开具的诊断处方。我那时小，不懂什么处方，有时举着一角钱到供销社，柜台比我还高，售货员是个和蔼可亲的城里姑娘，皮肤像雪一样白，总是笑着问我："你想买什么呀？""买核桃！"我说得很清楚。"一毛钱怎么给你称？"她又笑，看我急得眼泪快下来了，这才拿起秤盘，捡上两个核桃称好，放到我手里。绿色的核桃树让我想起遥远的童年，那位雪白皮肤的阿姨，后来回城了吧？

绕过一到梁，路旁随处可见杏树。它们在春天开出粉白色的小花，到了麦收时节，杏子长大了，又白又黄，俗称"香白杏"。它是离核的，用手轻轻一掰，就分成两半。核是棕色的，肉是淡黄色的，杏肉里透出晶莹而饱满的水分，仿佛用手一挤，就能挤出一汪杏汁来；放在口里，酸甜爽口，吃了一个还想再吃第二个，根本停不下来。这个品种现在越来越少，市场上售卖的大多是火杏，小而红，但口感酸涩，也有一种外形跟香白杏相仿的大黄杏，也是离核的，但味道少了甜味，只有乏味的酸。想起老家院子里曾有一棵杏树，枝繁叶茂，每到夏天，就挂满一树杏子，黄澄澄的，隐藏在碧叶丛中，树尖上的杏子因为不方便够到，熟透后就会噼里啪啦地掉在地上，虽然摔裂了，但捡起来洗干净，味道同样鲜美。那时，每到麦收前后，母亲的电话就来了："啥时回来呀？杏熟了呢！"

其实，山里最多的还是香椿。整个山坳家家户户都种着香椿树。到了四月中下旬，香椿树就冒出嫩芽，被钩下树尖，捆成小捆，紫红碧绿的一小把，被一一放到纸箱里，送进市场，送进超市。香椿是春天里的美味佳肴，是我小时候的奢侈品。每到春天，香椿树酿出嫩芽，母亲用面粉裹上鸡蛋液，再放入香椿芽，入油锅煎炸，片刻之后，一条条活灵活现的"香椿鱼"就出锅了，金黄，酥脆，轻轻咬上一口，味蕾就沉醉了；或者，把香椿切碎，撒些细盐，用开水焯一下，拌面吃，别提多香了。因为近水楼台，我常在香椿长出嫩芽的时节，去地里找老乡买上一些，用开水烫一下，晾凉后分成小袋，放入冰箱冷冻室，什么时候想吃，就取出来化冻，味道跟刚下树时一样鲜美。

再往前，是一片红薯地，垄上爬满碧绿的红薯秧。红薯现在成了排名第一的保健品，据说功效繁多；红薯秧也成了奢侈品，堂而皇之地被摆上超市货架，价格不菲。看来，红薯真是全身是宝啊！

小时候，只有没菜吃的人家才会吃红薯秧。我常听说村里谁谁家用红薯秧待客了，言外之意，那家日子不好过，跟穷得揭不开锅的意思差不多。其实，红薯秧并不难吃，用它榨蔬菜汁，味道很中性，没有什么明显的刺激味道，还有一股淡淡的甜味。说起来，红薯最让我感到亲切。幼时家贫，顿顿离不开红薯，除了红薯还是红薯。刚从地里刨出来的红薯清脆爽口；放在阳光下晾晒一段时间，再蒸时就变得又甜又软；把红薯蒸熟，放到房顶上晾晒，就成了红薯干，吃起来很劲道，像牛皮糖一样甜；到了冬天的傍晚，把洗干净的红薯切成小块，跟玉米渣一起煮，玉米的清香中掺杂着红薯的甜味，味道好极了；或切成片放在锅里烘烤，烤成脆脆的薄片，是我童年的美食；又或者，等做完晚饭后，把红薯放进灶里的灰烬中，慢慢地就有香气飘浮在空气中。

上学时，每到红薯收获的季节，父亲就带着我们去地里收红薯。收红薯可是一门学问，它们总喜欢往地下钻，不懂行的人用铁锹斜着往下挖，"咔吧"一下就把红薯切成两截。父亲就不会，他瞄准红薯秧的位置，一铁锹笔直地铲下去，就能挖出一整串红薯来。刚出土的红薯带着泥土和长长的根须，靠近红薯秧位置的小一些，下面的则大一些，嘟噜当啷的一大串，活像一窝小老鼠。每当这时，父亲就提着那串红薯，以一种欢愉和赞叹的神情注视着它，神情难掩一丝得意。那一刻，秋阳正暖。

路旁不时出现一个个棋盘似的小菜园，里面整整齐齐种着一畦畦韭菜、小葱、生菜、黄瓜、西红柿、豇豆、茄子、香菜，扁豆和丝瓜秧则沿着栅栏攀爬，开出紫色或黄色的花来。它们将乘着春风，乘着雨露，每天长出新姿势。比如黄瓜，头天晚上看着还是手指大，第二天竟有巴掌大了。常看到一对老两口骑辆电动车，驮着一个大水罐，来给蔬菜浇水。老大姐特别爱笑，每次见到我们都主动打招呼，说天天都得往返四趟，来这里送水浇菜，"吃菜就言语一声啊！"她的脸上始终挂着淳朴的笑容。春生、夏长、秋收，在山里得到最完美的体现。我常趴在栅栏上悄悄往里瞅，内心跟那些欢实的小苗一样充满喜悦，充满勃勃生机，充满成长的快乐。

其实，山里的宝藏多着呢，远不止这些。结满红宝石般果实的樱桃树、孕妇般的玉米、滚落半坡上的金黄色南瓜、悬挂篱笆上的紫红色豇豆角、圆溜溜的紫茄子、追着太阳转的向日葵，还有那扑闪着翅膀的蝴蝶、于花间嗡嗡飞舞的蜜蜂、成群结队在空中飞翔的麻雀、不时落在树梢的花喜鹊，还有还有，那蓝天上悠悠流动的白云、香甜的带着醉意的泥土的气息，以及像我父辈一样背负青天在地里弯腰劳作的农人。

其实，山里最重要的宝藏还是那一大片未曾被蚕食的天空。傍晚时分，顶着满天云朵，在山路上走走，最是享受。西天的云彩被夕阳镀上一道道金边，在蓝色的天幕中显得栩栩如生。慢慢前行，夕阳隐入一大片墨云中，转瞬之间，云被撕开一道口子，火红的圆圆的落日慢慢从云层中坠落下来。它先是露出一些红色的轮廓，随着时间推移，轮廓渐渐变大，露出小半张脸，继而在被撕开的墨云缝隙中，终于现出完整的样貌。它此刻圆溜溜的，红彤彤的，挂在西天，远远望去，犹如墨云含珠。

山里最重要的宝藏还有散发着芳香的泥土。那被踩在脚下的泥土默默无闻，却能让种子孕育出禾苗，让人类实现千百年来繁衍生息的梦想。它吞下腐败的树叶、牛马羊的粪便，包容干旱，包容寒冷，在收获的季节，为人们捧出沉甸甸的果实。传说天地创始之初，宇宙间混沌一片，上帝说："要有光！"于是有了昼夜之分。第三天，上帝说："地要长出不同种类的青草、结籽的蔬菜和结食核果实的果树！"于是，大地郁郁葱葱，出现各种花草树木。上帝又以自己的形象用地上的泥土造了一个人，就是亚当。难怪人们见到泥土会倍感亲切，因为人本来就来自泥土。

山路弯弯，通向记忆深处，通向遥远的童年，通向美好的明天。

2015 年 5 月

开满鲜花的山坡

从酒店的窗户望出去，只见对面的山坡郁郁葱葱，像披着一层翠绿的毯子，其中的一面山坡长满了密密的针叶松，呈现浓郁的深绿色，近邻的一面山坡则覆盖着嫩绿的青草，呈现清幽的浅绿色，这深深浅浅的绿，让人感到一种诗意的美。

这是山西五台山脚下的车尼沟村。七月中旬，草木葱茏，处处生机勃勃，气候凉爽宜人，丝毫没有燥热感，是炎夏中的清平世界。

沿着村间小路信步前行，只见路旁种满密密麻麻的土豆秧，开出细碎的花朵。这是我第一次见到土豆秧，看起来有些像茄子秧，更细弱一些，秧苗之间几乎没有缝隙，紧紧簇拥在一起。村外有零星的人家，主妇在屋前晾晒衣物，路旁的开阔草丛里开满了小野花，黄的、红的、白的、紫的、蓝的，星星般闪耀着，微风吹过，草丛涌起了五颜六色的波浪，山顶上隐约看见几头牛在悠闲地啃草。

攀上山坡，漫山遍野流淌着浓浓绿意，小草长得格外苗壮，一丛丛、一片片覆盖了山体，叶片上滚动着晶莹的露珠。花朵也喜欢扎堆，这里是一大片黄色的小菊，那边生长着一片紫红色的石竹花，间或夹杂着长着细碎花瓣的白色小菊，或宛如牵牛花的蓝钟花，还有绒球般的蒲公英、麦穗似的紫色的马鞭草，星星点点散布在山坡。这里空气清新，纤尘不染，植物的叶片和花瓣都格外清爽干净，像被水洗过一样，不时看到有蝴蝶栖息在花朵上。它们棕黄色的翅膀上密布着黑色的斑纹，纹路古老而神秘。蝴蝶并不怕人，见我走近，举着手机对它拍照，丝毫没有要飞走的意思，旁若无人地在花朵上流连。耳边传来鸟儿清脆的啼鸣，这一切让整座山坡美如梦幻，宛如一个童话世界。

行至半山，牛的数量陡然多起来，足有百多头。它们有的排成队列，在山脊上漫步，母牛带着小牛在吃草，有的三五成群站立着，也有成群结队地向另外一个山坡缓缓移动的。时间忽然慢下来，钟摆的指针仿佛放缓了节奏。此刻，我的眼前只有茵茵芳草，只有美丽的小野花，还有这些山上的精灵。

放牛人是个上了年纪的老汉。他此时坐在草地上，不时对着牛群发出一声声吆喝，声音透出绝对的权威和威慑力。我们上前跟他打招呼，他很自然地笑起来，黝黑的脸上浮现出石刻木雕般的皱纹，像大山的褶皱。

我们问："你这牛不少啊！得有上百头了吧？"

"有！"他边笑边答，语气颇为自豪。

"那你要发财了哦！"我们打趣。

"我是帮人看的，给人打工的。"

"你家是在这个村子里吗？"我们指指山下。

"我家离这远着哩，足有五六十公里呢！我一出来就半年，牛走到哪里，我就跟到哪。瞧，那就是我住的帐篷。"

顺着他手指的方向，我看到山脚下的土豆田旁有一顶帐篷，孤单单地立着。

"那你平时怎么吃饭啊？"

"自己下面条。"他的笑容很淳朴。

"晚上休息的时候，这些牛怎么办？"

"它们就在这山上。"

"不会走丢吗？"

"不会，有的牛走丢后还会自己找回来呢！"

"牛能听懂你的话不？"

"能！"他答得格外肯定。

近旁有几只牛一直竖着耳朵，安静地站着，好像在倾听我们的谈话。

2018 年 7 月

放不下的青岛

我们从北京出发，经过六个多小时的颠簸，到达青岛金沙滩时已是掌灯时分。

这是我第一次来青岛。夜幕下的青岛着实让人惊艳：路旁高大的建筑物上镶嵌着美丽的霓虹灯，红、黄、蓝三色组成的霓虹灯连成线，连成片，连成一片璀璨的灯的海洋，照亮了城市的夜空。

途径海底隧道，道内灯光明亮，路面宽敞，行车线清晰可见。车子沿着柏油路稳稳前行，感觉不到丝毫颠簸。想象着头顶上就是大海，鱼儿在欢快地游动，颇有一丝梦幻之感。

时值春节期间，街上的饭店全部打烊，只有希尔顿酒店的餐厅正常营业。餐桌上铺着彩色格子的桌布，墙面悬挂着印象派油画作品，桌边是巨大的拱形窗户。在这里，人们享受美食，获得视觉的享受和心灵的启迪。

习惯了北京冬日灰蒙蒙的天空，当明亮的朝阳升起来，我发现青岛明晃晃的阳光实在有些耀眼。从酒店露台望出去，只见一栋栋西式小洋楼，尖尖的屋顶、拱形的窗户，让人感觉仿佛到了异邦。楼下的亭台楼阁设计得很精致，不远处就是广袤的深蓝色大海。这一切在蓝天的映衬下俨然构成一幅绝美的油画。

不得不说，青岛是洋气的。青岛的洋气，是骨子里的洋气，体现在一个城市内在的气质和素养上，体现在城市建筑风格和设计理念上，显示出一种优美、从容和雅致。金沙滩海滩的建筑和八大关的别墅简直是美轮美奂。

青岛的色调，是一种深邃而辽远的蓝。青岛的天空，万里无云，蓝得像一颗巨大的蓝宝石；青岛的海，汹涌澎湃，深邃的蔚蓝色一直延伸向天边。我们在细细的沙滩上漫步，听浪涛拍岸，看潮起潮落。那广袤的一望无际的海洋，让人想到永恒。世间何人初见海，大海何年初见人？时光，仿佛凝固在这一刻。在大海面前，人类是多么渺小。那一波波从远处涌来的海浪，分明是生命跃动的旋律，那一声声惊涛拍岸的轰鸣，分明述说着一种坚定和顽强。海滩上镶嵌着一粒粒彩色的贝壳，在温暖的晨光下熠熠生辉。

逾百年历史的栈桥是青岛的象征，见证过这里的屈辱岁月。十九世纪末，这里曾被德军占领，也曾在第一次世界大战期间被日军占领，直至 1922 年被北洋政府收回。新中国成立后，经政府多次整修、重建，古老的栈桥再次焕发出勃勃生机。正值春节期间，桥上聚满了游客，成千上万只海鸥聚集在海边，叫声与浪声此起彼伏。游客们有的在扶栏看海，有的在投喂海鸥，一切都是那么祥和。如今的栈桥已成为国家 4A 级景区。

旅途的时光总是匆匆，还没来得及细细观赏青岛，却已到了返程之际。

青岛之行，让人惊喜，让人感慨：放得下世界，忘不了青岛。

2017 年 1 月

井冈山记行

　　"久有凌云志，重上井冈山。千里来寻故地，旧貌变新颜。到处莺歌燕舞，更有潺潺流水，高路入云端。过了黄洋界，险处不须看。风雷动，旌旗奋，是人寰。三十八年过去，弹指一挥间。可上九天揽月，可下五洋捉鳖，谈笑凯歌还。世上无难事，只要肯登攀。"

　　1965年5月，毛主席重上井冈山，写下著名的《水调歌头·重上井冈山》

　　提到井冈山，人们脑海中立刻会浮现出一个"红"字。井冈山是革命圣地，是中国革命的摇篮。当年，毛主席、朱德、彭德怀、陈毅等老一辈无产阶级革命家在这里建立了第一个红色根据地，组建了第一支工农革命武装，确定了农村包围城市，武装夺取政权的革命道路。可以说，没有井冈山，就没有新中国，就没有我们今天的幸福生活，所以，井冈山也被称为"天下第一山"。

　　位于井冈山脚下的茨坪镇是一个非常美丽的小镇，人口不多，非常幽静，江南四月，降雨充沛，空气湿润而清新。这里也是井冈山革命遗址最集中的地方，有中国革命博物馆、毛主席旧居、北山烈士陵园，也有人工修建的美如仙境的挹翠湖公园。从镇上景区入口处乘坐观光车可通往井冈山各个纪念地及主要游览点。

　　这天，我们乘车来到仰慕已久的黄洋界。"山下旌旗在望，山头鼓角相闻，敌军围困万千重，我自岿然不动。早已森严壁垒，更加众志成城。黄洋界上炮声隆，报道敌军宵遁。"主席的著名诗词《西江月·井冈山》总在脑海中盘旋。望着远处的崇山峻岭和白茫茫的云海，眼前锈迹斑斑的迫击炮，耳边仿佛响起隆隆炮声。著名的黄洋界保卫战就发生在这里。当时，红军以不足一个营的兵力打退敌人四个团的进攻，保卫了井冈山。而今，当我登上黄洋界，心中油然升起对老一辈无产阶级革命家和无数革命先烈的崇敬之情。

"象山庵"是井冈山著名景点之一。1928 年，毛主席与贺子珍在象山结婚，开始了一段充满传奇色彩的"井冈山之恋"。贺子珍一直陪伴毛主席度过了其革命事业中最艰难的十年。她是随中央红军长征的三十位女同志之一，能骑着烈马双手持枪，是红色圣地的传奇女英雄。

毛主席居住时间最长的就是茅坪的八角楼，这里至今完整保留着毛主席、朱德、陈毅、彭德怀以及红军战士用过的床铺、桌椅。床是木板床，桌椅是简单的方桌和条凳。当年红军床上铺的是稻草，吃的是红米饭、南瓜汤。贺子珍带领战士们在墙上写的宣传标语历历在目。

大井村位于黄洋界景区内。井冈山革命斗争时期，大井村曾是革命根据地的大本营。1929 年初，湘赣敌军窜入井冈山后，大井村先后被焚烧九次，多达三十一万人倒在敌人的屠刀下。战争是残酷的。敌人在围剿井冈山时，烧毁了位于小井的红军医院，将没来得及转移的一百三十多名红军伤员全部杀害，年龄最小的只有十五岁。

重新触摸那段历史，我的心情是沉痛的。井冈山的每寸土地都染着烈士们的鲜血，记载着英雄们前仆后继、赴汤蹈火的身影。仔细观看那绵延不断的群峰，好像是无数张英雄的脸。是啊，我们今天的幸福生活是无数革命先烈流血流汗用生命换来的，这绝不是一句空话。我们唯有更加努力、自强，让我们的国家更加繁荣昌盛，才对得起老一辈革命家生命的付出和殷切期望。

井冈山的自然景观同样让人叹为观止。这里山高林密，植被茂盛，湖水清澈，溪流淙淙。我们观赏了龙潭瀑布以及位于水口景区内的彩虹瀑布。举目望去，巨大的瀑布从天而降，源源不断的流水从天外飞来，伴随着巨大的轰鸣声，无数的水珠在空中被抛洒着。它们旋转、翻飞，瞬间变成一粒粒珍珠，落在潭中，卷起千堆雪。

在北山烈士陵园，我们向在井冈山战斗中牺牲的二十多万烈士敬献了花圈。大厅中，习近平主席敬献的花圈端正地摆放在正中间，不时有游客前来拍照留念。墙壁上陈列着一幅幅照片和简短的文字说明，一个个耳熟能详的名字、一个个陌生的名字，都被书写在黑色的石碑上。我们默默向烈士们鞠躬，愿他们的英灵永远安息，愿我们的国家永远繁荣昌盛，日新月异。

中国革命博物馆内，史料翔实而丰富，文字、图片、实物，都让人无比真实地触摸到了那段历史，同时深深感到今天的幸福生活来之不易，唯有永远铭记，珍惜，奋发，图强。

在茨坪镇的毛主席旧居内，很多在校学生排队参观。入口处，毛主席的雕塑栩栩如生；园区内的杜鹃花已经开了，鲜艳的花朵衬托着古旧而沧桑的屋宅，格外引人深思。

我们顺道来到挹翠湖。江南春来早，只见园区内杜鹃花、映山红正在怒放，远远望过去，粉红一片；湖边紫藤光秃秃的枝干上冒出紫红色的花瓣，枝条仿佛不堪重负般，倒向湖中；还有一种大团的叫不上名字的花，由白色细小的花瓣组成，团成一个个圆圆的花球，每个花瓣上尚沾着晶莹的露珠，无比清新；江南的玉兰花看起来更加娇小，紫红色也更加浓艳，它们稳稳立在枝头，不似北方的春花总被风吹得东摇西摆的。我看到四朵并排而立的花，花瓣很完整，立刻拍了下来，我称它们是"玉兰四君子"园林工人格外忙碌，冒雨紧张地装饰着公园，将运来的一车车高低错落的杜鹃花移植在空地上，以迎接四月中旬即将在杜鹃山举办的杜鹃花节。到了井冈山才知道，杜鹃竟有五六个品种之多，并非我们在北方常见的低矮灌木。挹翠湖的杜鹃大多有一米多高，我们在山上见到的杜鹃树有的竟高达十几米。

井冈山之行是一次心灵之旅，让我感觉自己的精神得到了升华。

这里是"星星之火可以燎原"的发源地，是中国革命的摇篮，让我们永远铭记这段历史，永远牢记井冈山精神：坚定信念，艰苦奋斗，实事求是，敢创新路，依靠群众，勇于胜利。这是我们具有原创意义的民族精神，是中华民族挺直的脊梁，是实现中华民族伟大复兴强有力的精神支撑。

此行的遗憾是，杜鹃山的十里杜鹃尚未至花期，要到四月中旬才能开放，期待下次的旅行。

2016 年 4 月

难忘草原

草原的春夏秋冬

第一次去草原，是端午时节。

平原上热闹的花事都已归于沉寂，取而代之的是枝头的青杏和嫩绿的叶片，还有麦田里沉甸甸的麦穗。草原上的禾苗才刚刚出土，树木也才长出簇新的叶子，但是，春天的草原并不荒凉，有五颜六色的狼毒花、蓬勃茂盛的茵茵芳草、满天悠悠游动的云朵、自由清新的风，以及炫目毒辣的日头。

夏天是草原最美的季节。及膝的芳草一直延伸向天边，天空蓝得仿佛能滴出水来；牛群马群像珍珠散落在大地上，它们慢悠悠地啃着草，享受着正午温暖的阳光。在辽阔的大草原上行走，最是惬意。草原上没有红绿灯，没有人行道，更没有嘈杂的车水马龙，只有一条通天的大路。在这里，天似穹庐，在天地间行走的人都变得格外渺小，渺小成了一个小小的黑点。

草原的秋天是璀璨的，明亮的，温暖的。胡杨树的金黄色仿佛能渗透到人心里，一排排、一片片的胡杨树矗立在草原上，为草原搭起一片晴空；达里诺尔湖的湖水映衬着湛蓝的天空，愈发显得晶莹透明。水面平静如镜，波澜不惊，远看真像一块蓝色的丝绸，静静覆盖在草原上。落叶聚集在小路上，仿佛为其铺上一层金色的地毯；落叶落至湖中，为湖面增添了一层璀璨的金光。秋天的晚霞格外壮观，当夕阳将天边厚厚的乌云撕开一条口子，鲜艳的血红在乌云的衬托下，显得格外触目惊心。

没见过冬天的草原，就不能真正懂得草原的美。这时，草原会收起满天的云朵，收起五颜六色的狼毒花，收起翠绿的夏，收起五彩斑斓的秋……所有物品悉数收入囊中，碧草、屋舍、道路、勒勒车，而它的衣襟是一片广袤而辽远的白，一尘不染的白，白得让人眼睛有些发花，让人有些疑惑：世间还有这样的天与地？河与树？冰与雪？冬天的草原，如此空旷，又如此唯美，唯有雪花，像一个个天使，提着美丽的裙裾，在空中轻盈地旋转，舞动。

其实，云朵落到了沙棘树上。不信你看，沙棘树枝丫上的白雪一簇簇、一片片，映衬着鲜红色的沙棘果，像不像一朵美丽的云？摘一只果子放入口中，立刻感到刺骨的冰冷，仿佛来自冰河世纪的问候。少顷，口中就充满微酸、微甜的味道。冬天的胡杨树落尽了金黄色的叶子，树干上满是璀璨的冰晶，远远望去，那美丽的树挂连成片，难道不是白云覆盖在树冠上吗？云朵也落在牧民的屋顶上，厚厚的积雪覆盖着屋顶，村子就有了童话般的美。落在屋顶上的积雪像一朵朵美丽的祥云，守护着劳累一年的牧民们的梦。

举目望去，一望无际的雪原上，一株株落尽叶子的树在雪地上静默着，仿佛已站立了几千年。它们有的是一片片簇拥着，有的几株相伴，也有的遗世独立般孤独地立着。它们，是在做着关于春天的梦吧？

2015 年 12 月

奔跑的云影

每次去看草原，它的辽阔总带给我强烈的震撼。

在那里，天空是完整的，不曾被任何建筑物遮挡和切割；在那里，天空纤尘不染，纯净得像一滴眼泪；在那里，云朵在空中悠然游动，有的像巨大的棉花糖，有的像壮丽的大河，有的像奔跑的骏马，有的像洁白的羊群，也有的像美丽的格桑花。秋日的草原，牧草已经收割完毕，大地犹如被铺上一块金色的毯子。太阳在云间穿行，云影投射到辽阔的原野上，风吹云动，巨大的云影在大地上奔跑，分不清是太阳在动，云在动，还是心在动。

草原上，天高，地阔，云低，每个人都变得格外渺小，俨然成了天地间的侏儒。最喜欢在草原上行走，享受风从四面八方吹来的感觉，享受灿烂的阳光和清新的空气；看夏季里碧绿的胡杨树叶子在秋日变得金光闪闪，那摇动的叶片分明是岁月的风铃；看点点牛羊低头啃草，时光的脚步慢了下来。择一处草丛，席地而坐，听风从耳际拂过的呜咽声；看一片叶子在逆光下旋转着起舞，最终悄无声息地扑到大地母亲的怀抱中，看一只黑白相间的花喜鹊栖息在枝头，眨动着亮晶晶的小眼睛，看牧民在烈日下辛勤地劳作，将收割下来的牧草捆成一个个结结实实的包，那是牛羊越冬的食粮，而他们黝黑的皮肤就像草原上的沟壑一样，布满了褶皱。

难忘草原上的湖泊。湖水宁静的蓝仿佛一下子就融进人的心里，让人沉醉。秋日的"公主湖"让人流连忘返。传说，康熙皇帝最宠爱的蓝齐格格被迫嫁给蒙古首领噶尔丹，草原人的热情奔放最终赢得了公主的芳心。后来，噶尔丹为光复祖业战死沙场，蓝齐格格悲痛欲绝，康熙皇帝几次下旨接她回宫，都被拒绝。蓝齐格格因思念亡君，日夜哭泣，泪水汇成一弯湖泊，就是今日的"公主湖"。金秋九月，岸边高大的白桦树的叶子都变黄了，金灿灿的叶片在碧空下格外夺目，落叶密密铺满湖边的小径，也有的一片片漂浮在瓦蓝色的湖面上，变成一幅优美的油画。清澈的湖水映出岸边高大的树影，让水上水下变成一派金碧辉煌，描绘出北国金灿灿的秋天。秋日的公主湖像一个巨大的蓝宝石，在长天下熠熠生辉。

草原上，每一棵树都将自己站成了一道风景。它们有的手拉手、肩并肩站成了一排，像英武的战士守卫着美丽的大草原；有的星星点点散布在山坡上，夏天披一袭深绿的轻纱，秋天着一身金黄的铠甲，演绎着四季轮回的主旋律；有的在山脊上围成一群，亲密相拥，像一个合唱团在演唱草原赞歌；也有的独自为伍，一个人静默着，思索着。

徜徉在辽阔的草原上，目光随着巨大的云影一起奔跑……

2017 年 9 月

敖包河漂流记

敖包河全长 2.5 公里，位于克什克腾旗西北部。这里水流清澈，花木繁茂，两岸随处可见千年杉树王，是漂流的好地方。

没想到看起来轻巧的橡皮筏，却很难控制方向。当我试图用竹竿控制筏子方向时，发现它根本不听指挥，一会儿在原地转圈，一会儿又急速冲向岸边。忽然，耳边传来惊呼声。扭头一看，只见后面一只筏子正飞速向我们驶来。此时，四个人，八只眼睛，同时瞪大了，却束手无策，眼睁睁看着两只筏子越靠越近，最后"哐当"一声，撞到一起。一片尖叫声中，溅起的水花打湿了人们的衣服。

慢慢地，我发现了筏子的规律：向前滑水，它向左转；向后滑水，它向右转。想让它往前走，需要轻轻用力，因为用力过猛，它就掉头了。找到窍门后，我们的筏子竟然开始激流勇进，超过一个又一个橡皮筏子，顺利进军到第二名的位置。

前面的河道变宽了，水流变急了，筏子却突然失控了，像一匹脱缰的野马随着水流的方向直接向岸边撞过去。我们赶紧伸出竹竿，抵在岸边，才把筏子止住。手忙脚乱间，我又听到一片惊呼声。原来岸边开满了五颜六色的小野花，粉红的、黄的、紫的，像一双双美丽的眼睛，在湛蓝的天空下，在辽阔的贡格尔草原上，在敖包河的岸边。敖包河向我们展示着初秋的美丽。好几只筏子停靠在岸边，人们纷纷拍照留念。我们也趁机歇息一会儿，同时，心中有些懊悔，光顾着控制橡皮筏了，险些忘记欣赏两岸的风景。

我们调整好方向，筏子继续前行。谁知，河中暗流涌动，筏子再次被冲到岸边一棵树下的浅滩里，任我们如何划水，它只在原地打转。眼看一个个筏子从我们眼前漂过去，它却始终胶着在浅滩上。我们满头大汗，终将它从浅滩里腾挪出来，而它却像一匹脱缰野马，顺着湍急的水流，一会儿撞向岸边的树桩，一会儿又冲向对岸。

望着眼前的河流，窄窄的河道、岸边的灌木，我们颇有黔驴技穷之感，只得收起竹竿，漂流的美妙感在此刻消失殆尽。我们一直在跟筏子做斗争，始终没能驾驭它，心中有些懊恼。怅然若失之际，我的视野中忽然飘来了一只筏子。它顺着水流轻轻从远处漂来，宛若一朵浮云。筏子上半躺着一位须发斑白的老者，他闭着眼睛，顺流而下，似乎根本不关心筏子的速度、水流的方向和势头，以及岸边那些狰狞的灌木，甚至，不关心筏子会不会在分流处另觅他途。他只是悠然自得、浑然忘我地半躺在筏子里，享受着一份闲适与自在。

这，才是漂流的乐趣吧？这，才应该是漂流的乐趣吧？

我想起了御风而行的列子。他"御风而行"，"乘天地之正，而御六气之辨，以游无穷者，彼且恶乎待哉！"这是庄子笔下逍遥游的境界，这种超越时空、超越自我的绝对自由生活，多么美妙，多么浪漫，这种无限的精神自由又是多么令人向往和追求。眼前的一幕，让我仿佛看到了真实的列子，虽然不是御风而行，但顺水漂流有着同样的潇洒。

现代人活得太累，每天一睁眼，就开始为钱、为权、为利奔忙，要知道，"忙"字其实就是心亡啊！

人生，就是一条河流，一如眼前的敖包河；身体，是灵魂的寓所，就像我们乘坐的这只橡皮筏子。

2016 年 7 月

岛上一日

河北乐亭是距离北京最近的海域，那里有三个美丽的岛屿：菩提岛、月坨岛、金沙岛，像三颗明珠静静散落在渤海湾上。

乐亭三岛的旅游项目大约五年前得以开发，名气远远赶不上北戴河、昌黎黄金海岸，正因如此，游人尚不多，比较幽静。

时逢端午，我们驱车赶往乐亭。到达后，乘船登上菩提岛。

从日常俗务中解脱出来，真有种身处世外桃源之感。岛上游人不多，植被丰富，沿海修建起了整齐的海滨路，气温比北京低十度左右，早晚需要着长袖长裤。我们沿海滨路慢慢前行，世界此刻忽然变得开阔异常，天似穹庐，笼罩四海，堤坝下还有密密麻麻的小螃蟹，让人惊喜。

来到堤坝下，海水尚未涨潮。每块小石头下，都有一只或多只小螃蟹蛰伏。我们刚搬开石头，它们就慌慌张张地逃跑了，有的竟然一下子钻到沙子里，转眼不见。

身旁还有另外一家三口，听口音也是北京来的，也在捉螃蟹。不时地听到小男孩高声尖叫："哦——小螃蟹！小螃蟹！"孩子可能是平生第一次见到活蹦乱跳的螃蟹，兴奋之情难以言表。

下午四点，我们回到码头，登上开往月坨岛的船。从菩提岛到月坨岛乘船需要将近四十分钟。

菩提岛几乎没有开发，只有几所私人别墅，但月坨岛上却密密麻麻排列着荷兰式的小木屋。建在水上的小木屋颇有异域风情，尖尖的屋顶被粉刷成橘色、黄色，让月坨岛宛如一个童话世界。

翌日凌晨四点半，闹铃大作。我从床上跳起来，推开窗，看到空中的彩云。是个晴天，可以去海边看日出了。可还是晚了，当我们来到海边时，太阳早已升起，在云层中半隐半现，向海面洒下一长串细碎的金光。清晨的海边不冷，海水退到几十米开外，海滩上有被海水冲上来的翠绿海藻和海带。那些密密麻麻的孔洞应该是螃蟹蜗居的地方，不时可以看到小皮皮虾和青蛤。海滩的积水里，有小虾、小鱼飞快地跳来游去，只能看到它们的影子，却看不清它们的体貌——跳得太快了！

清晨的海水完全不似想象中那样冰冷刺骨，很多游客在浅滩中弯腰寻找着什么。

有时想起来挺有意思，在海边，有人捉螃蟹，有人抓小鱼，有人捡贝壳，有人戏水，有人发呆，而我每次都是举着相机拍照，这该算是大千世界，各取所需吧！

虽然岛上吃住都不太方便，景色也称不上绝美，可在岛上的两天，让人感觉仿佛做了一场梦。

遗憾的是，金沙岛尚未开发，遂未能成行。

2011 年 6 月

海洋与大地的吻痕

翡翠岛位于河北省昌黎县黄金海岸南部，距离京城仅四小时车程。

从飞机上俯瞰，岛上绿树成荫，恰似一块翡翠镶嵌在金色的沙滩上，"翡翠岛"由此得名。岛的东、北、西三面由渤海和七里海环绕，南面是连绵起伏的沙丘，自然环境独特，形成了独有的海洋大漠风光。

黄昏时分，坐在海滩上，看海浪从天际涌来，慢慢卷成一束深绿色的波带。它不停地翻涌，裹挟着海水，仿佛聚积着能量，邻近海滩时，瞬间爆发出雪白的浪花，同时发出巨大的轰鸣，泡沫腾空而起，犹如卷起千堆雪。在海边，总让人感叹大海的神奇，海的宽阔、海的雄浑、海的波澜壮阔，仿佛能荡涤内心深处的所有烦恼，让生活中积郁的劳顿瞬间飞到九霄云外，心灵仿佛是被拂去尘埃的玉石，变得格外通透而清澈。

此时的天空宁静而高远，云朵温柔而轻盈，依次排列，像阔大的鲤鱼背。云的背后，是浅蓝色的纯净天幕，宛如初生婴儿的眼睛。布满云朵的天空又像一条巨大的棉被，轻轻覆盖着海洋、大地与山川。

在浪花翻滚的海滩，有冲浪高手驾驶着摩托艇行走在波谷浪尖上，年轻的妈妈带着宝宝在戏水，小朋友手持沙滩铲在海滩上筑建梦中的城堡，恋爱中的情侣肩并肩沿着海岸线缓缓前行。

在岸边的高地上，星星点点散落着一顶顶彩色的帐篷，其中一顶是我今晚的家。这是我第一次露营。今夜，天当房，地当床，我将枕着涛声入睡，数着星星成眠。

夜幕降临，四周变得一片漆黑，唯有波涛声像一声声沉重的叹息，唯有闪亮的星星静静俯瞰着人间大地。音箱里正播放着流行歌曲，谁在吟唱《大海啊故乡》，谁在高歌《我想我是海》？

　　我想起一百多年前的梭罗，还有他的小木屋，想起他的《瓦尔登湖》。我仿佛看见他孤独地漫步在湖边。瓦尔登湖的一草一木和湖光山色是那样深深牵引他的目光，他在湖边"虚度"光阴，过着简单到不能再简单的生活，亲自耕种、打猎，仅为维持生存所需；他写作、阅读、深思，把每一秒光阴都牢牢握在手心里。他是孤独的，却并不寂寞，因为斑鸠、水貂、鱼鹰、芦苇鸟都是他的好伙伴；他是清贫的，却并不穷困，因为无数美妙的时光可以供他无限享用。

　　物质与精神，像人生的两极，当一个人距离物质最近时，距离精神最远；距离精神越近时，距离物质越远。

　　第一次露营，内心着实忐忑，四周没有坚固的墙壁，没有柔软的席梦思，只有一顶单薄低矮的帐篷，估计今晚可能难以成眠了。谁知，我竟很快睡熟了，而且睡得很沉，连梦都没来造访。大海边，星空下，我像一个婴儿，在自然母亲的怀抱里安然入睡。

　　岛的正东是一望无际的大海，西半部则是高高隆起的沙丘，因此，翡翠岛被比喻为"海洋与大地的吻痕"。沙丘旁的沙粒非常细密，赤脚走在上面，立刻感受到一阵沁人心脾的清凉，五脏六腑内的燥热仿佛一下子被吸走了。据说，翡翠岛生态游乐园与昌黎县著名老中医还合作研制了一种沙药疗的理疗方法，其药液由明天麻、净地龙、南红花等多种中草药配制而成，将其喷涂在特定穴位或患处，再以日光晒热的细沙热敷，能活血通络、祛风除湿，适用于腰椎、颈椎骨质增生，坐骨神经痛，各种关节炎引起的腰腿疼痛，尤其对空调或电扇引起的受风、着凉、关节疼痛效果最佳。

　　在大海和沙丘之间，有一片片茂密的槐树林。隔着槐树林，大海与沙丘遥遥相望，站在高高的沙丘上，海边的人变成小小的墨点。天、地、人在此刻，变成一个和谐的整体。

　　岛上淡水资源短缺，露营显得艰苦，但翡翠岛像一块温润的碧玉，在时光的荒漠中泛着莹润的光，每每忆及，总让我心生向往。

2012 年 7 月

彩云之南

因长期伏案工作的缘故，又兼遭遇更年期，我自觉身体已至极限状态，浑身无一处不痛。医生举着 X 光片子，说："你的腰部长了一个假关节，需要手术。现在就是这个假关节在作祟，才导致你的腰痛。"他还热心建议我改天再挂主任的号，说他是这方面的专家。我却不以为是。俗话说，身体发肤受之于父母，怎能贸然割去原本属于身体的一部分呢？它以前可从没痛过啊？医生看我狐疑的样子，也没坚持，只说让我回去考虑，想做手术再来挂号。

我回去翻来覆去想，虽然那张片子放在柜子里，但直觉告诉我，根本无须手术。我不懂医，但我懂自己的身体，那是因为常年劳累身体发出的信号。所谓疾病，实则是身体发出的预警，疾病就像一个哭闹的孩子。

我给自己开了个药方——去旅游！而且是去遥远的云南！

家人听了我的决定，完全惊住了。他们无法想象，一个连一大桶可乐都无法从超市拎回家的人，居然背着沉重的背包，拖着二十六寸的旅行箱，去千里之外去旅行。

出发前一天晚上，我收拾好背包和行李箱，放在客厅里。丈夫看到，说："这么多东西，我看你怎么上飞机！"这不能怪他，这些东西加起来比一大桶可乐不知沉重多少倍。其实，我自己看着也愁，背包里光是单反相机就好几公斤重，我真担心自己会晕倒在去机场的路上，更不知道如何带着这么多行李去云南大地行走。

结果出乎预料，我顺利登机，而且顺利到达昆明。

当时，北京正深陷重度雾霾，当我到达温暖、湿润、空气清新、绿树成荫、百花盛开的昆明时，感觉无异于到了天堂。时值二月底，成群的红嘴鸥在翠湖栖息，海鸟的叫声连成一片。它们在湖面上空飞翔时，白色的羽翼也连成片。翠湖，真的是一颗明珠，难怪会吸引成千上万的海鸟来此栖息越冬。

去大理纯属临时起意。当时，我坐在昆明开往丽江的火车上，无意中望向窗外，看到了一幅别致的美景：一大片开阔无比的瓦蓝色大湖，湖面是更加壮观绚丽的晚霞。墨一样的云朵被夕阳镀上一层金边，夕阳透过云的间隙闪现出变幻莫测的光芒，将云影无遮无拦地投射到湖面上。徐志摩曾描述夕阳西下的康桥美景，他当时真的跪下了——是啊，面对大自然的壮丽奇观，人们的灵魂是甘愿臣服的。

于是，我从大理下了火车，要去看看那片湖——原来，那就是洱海，一个上小学时就知道的地名。上关的风、下关的花、苍山的雪、洱海的月，是为"风花雪月"在客栈住下后，翌日清晨，我来到洱海边，效仿其他游客租了一辆自行车。二月底的云南大地，金黄色的油菜花开得正盛，衬托着青色的大山和山顶的皑皑白雪。视线中无遮无挡，只有一条笔直的路，直通天边，只有头顶的蓝天和巨大的云团与我相伴。我骑着单车，想象着列子御风而行的情景；如今，亦感觉自己也像列子般潇洒，真是美妙极了。

丽江，是我一直向往的地方。之前看过太多关于它的帖子，有人说那里是天堂，有人说那里是地狱，只有踏上丽江的土地，才能真正懂得它，体会它。我眼中的丽江，既不是天堂，也不是地狱，是一片精神的乐土。久居都市的人可以来此感受与日常迥异的生活，在这里发呆、聊天、上网、晒太阳……我眼中的丽江，更像一位邻家妹妹，初见之下，朴实无华，相处中却让人感到由衷的轻松、自在与愉悦。丽江古城属于古老的纳西文化，精美的建筑风格、美丽的自然风光、悠然自得的慢生活，都会慢慢深入人的骨髓，同化每个来自天南地北的游客。

元阳的梯田美轮美奂，尤其多依树梯田的日出非常美丽。清晨，云雾填满了整个山谷，朝阳从山脚下慢慢升起，光芒照亮了眼前的云雾，点亮了山下的梯田，让梯田弯弯曲曲的线条充满诗情画意。怎奈交通不便，往来景点都要搭乘中巴。让我印象最深的是一对中年夫妇，驾驶一辆破旧的中巴车，女司机有个好听的名字叫"萧红"，因为常年操劳，瘦弱的脸上布满皱纹，一把蓬乱的头发随便束在脑后；而她丈夫轻松地坐在车门处负责收费。我不禁诧异，闲谈中得知，四十出头的丈夫三年前患了脑血栓，落下后遗症，一只胳膊抬不起来了……这对夫妻非常乐观，总是满脸含笑地招呼客人。

去普者黑亦属临时起意。"普者黑"是彝族语，意为装满鱼虾的湖泊，因拍摄《爸爸去哪儿》而名声大震。三月初的普者黑，细雨蒙蒙，桃花怒放，雨滴落在粉红色的花瓣上，晶莹剔透，使得桃花愈发多了几分娇艳。这里的山不高，大多是拱形状，山下淡蓝色的江水澄澈而宁静，不时看到一条条游船从眼前顺流而去，真是山在水中映，人在画中游。在一个薄雾的清晨，随意在江边走走，最是惬意。呼吸一口清新甘甜、微微带些凉意的空气，感觉五脏六腑都得到了荡涤和滋润。

在普者黑的客栈里，我看到店主的小女儿正坐在电动车上玩耍，六七岁的样子，脸上有一道道污痕，拖着鼻涕。她倒不认生，任我们拍照，还摆出剪刀手的造型，很是可爱。拍完照，我拿出一把糖果，这是出发前特意准备的。当她看到那些红红绿绿的糖果时，眼睛瞬间放出了光，就好像那是价值连城的宝贝。

二十天的时间，我游览了昆明、丽江、大理、元阳、普者黑，全部自由行。奇怪的是，到云南后，我感觉自己仿佛变了一个人，有时为了赶车，竟然可以拎着沉重的行李箱健步如飞。大理旅游期间，昆明火车站发生了骇人听闻的暴恐案件。当时，我并不知情，家人给我打了几个电话，我也没能接到。中午，我回过去，家人听到我的声音，

第一句话就说："吓坏我们了！"我才知道昆明发生了惨案。实话说，这次惨案给我的旅途蒙上了一丝阴影，但是人民子弟兵为百姓撑起了一方蓝天。在火车站、汽车站，都有武警战士持枪巡逻；在高速进站口，有执勤战士细心地上车查看乘客的身份证；在元阳景区内，也能看到人民子弟兵的身影。谢谢最可爱的人，你们辛苦了。

回到京城，去医院复查，医生看了我的检查结果，惊问："谁说你有问题？"

2014 年 3 月

背背篓的女人

多年前，歌手程琳的一首《采蘑菇的小姑娘》红遍大江南北，歌中唱道："采蘑菇的小姑娘，背着一个大竹筐，清晨光着小脚丫，走遍森林和山冈……"

程琳的音色清脆甜美，循着她的歌声，我仿佛看到漫山遍野都长着青青翠竹的山乡，一个扎着羊角辫的小姑娘，在晨光中背着竹筐，踏着欢快的脚步，越过一簇簇映山红，越过一片片竹林，走上高高的山冈。她的眸子比天上的星辰还亮，能准确发现哪里长着又大又美小伞一样的蘑菇，然后把它们装满背上的竹筐。

初听这首歌时，我总沉浸在对美的想象中，就连粗笨的竹筐也和竹林、小姑娘、蘑菇一样，充满灵动，充满童话和浪漫的色彩。小姑娘背着它，那样和谐。它是用山上的竹子做成的，与青翠的竹林和山冈构成了一个和谐的整体。

但令我不解的是，小姑娘为什么要赤脚上山呢？路上会不会有荆棘或石块把脚割伤呢？

那年早春时节，我来到向往已久的云南红河，观赏了元阳梯田、坝达梯田、老虎嘴梯田，深深为当地人民改造大自然所形成的奇观叹服。云南多山，灌溉是难题，勤劳智慧的百姓们就筑起梯田，把雨水蓄积起来，到了春天，翻田后就能种植水稻。

那晚，我住在多依树景区，第二天早起观赏了美丽的多依树梯田，当白色的晨雾填满了整个山谷，初生的红日冉冉升起，梯田的线条变得汪洋恣肆，变幻莫测，犹如出自上帝之手，勾勒出一幅完美的梯田日出盛景图。随着太阳的不断跃升，人群中发出阵阵欢呼。

欣赏完日出，我准备到山下的村里转转。

进入村口，看到一个很大的泥塘，一个五六岁的小男孩和一个年纪相仿的小女孩正在泥塘中玩耍。他们弓着背，哈着腰，专注地在泥塘中穿行，好像在寻找什么。初春的清晨，天气还有些寒凉，只见小男孩身着一件薄毛衣，套着一件蓝红相间的外套，裤腿高高挽至膝盖以上。他的肤色黝黑，头发有些蓬乱，拖着一行鼻涕，满身、满手、满腿都沾满了泥浆。忽然，他好像摸到了什么，抬起手，仔细端详手中的宝贝，一双明亮的大眼睛里瞬间流露出惊喜的神色。他垂下来的一只手正在往下淌泥浆，泥浆形成一条线，把他和泥塘紧紧连在一起。清晨的阳光映出了他在泥塘中的倒影。

沿着脚下高低不平的青石板路前行，迎面走来一位年轻女子，头上戴着一顶时尚的窄檐布帽，系着一条红围裙，背着一个沉重的背篓，里面全是形形色色的空瓶子，瓶身比背篓外沿高出许多。那背篓应该很沉吧！因为，她的双手越过肩膀，正紧紧拉着背篓的边缘。

"小妹妹，你背这么多瓶子做什么啊？"我笑着跟她打招呼。

"换钱啊！"她诧异地看了我一眼。她说话的声音不大，边说边腼腆地低下头，加快了脚步。

我也有些诧异，这么多空瓶子，这么沉重的背篓，为何不找个车来拉呢？哪怕是手推车也好，哪怕是绑在自行车上也好，为什么非得肩挑背扛？

路旁是一排褐色的木篱笆，里面有菜田，也生长着散乱的灌木。太阳升起来了，木篱笆将浓重的阴影投射在地上，形成一大片整齐有序的线条。我举起相机，想记录这个场景。就在我转头的瞬间，忽然看见不远处一位身材矮小的阿婆，背着满满一篓蔬菜，步履蹒跚地向我走来。她戴着一顶灰蓝色粗布帽，佩戴着银质耳环，年纪总该在七十以上。她的目光有些浑浊，脸上的肌肉仿佛被什么用力向下拉扯着，嘴边和眼角的皱纹形成一道道沟壑。她肩上的背篓里装满了水灵灵的青翠欲滴的蔬菜。那些蔬菜被清洗得干干净净，一尘不染，菜根被削去，菜帮部分格外洁白，菜叶分外翠绿，仿佛不是从泥土里长出来的，而是一个个碧玉做成的工艺品。她背着满满一篓碧玉踯躅前行，肩上的背篓比她的身体宽出很多，也高出很多，这让她走路的时候，不得不弯下腰。她的上半身几乎与地面平行，只见她两手紧紧抓着胸前的白色背带，背带是与背篓相连的。这些青菜是她亲手侍弄长大的吧？她今天想必起了个大早，割菜、清洗、打捆，最终把它们放进背篓，还要亲自背到菜场……不知，到菜场的路远不远？

转眼，她已走到我跟前。看她吃力的样子，我冲她笑了一下，说："阿婆，这么多蔬菜，得有好几十斤吧！"

她咧开没牙的嘴，笑了："有！"神情中并没有丝毫疲惫，反而有一种慰藉。老人大概因为今年的收成不错而倍感欣慰吧！

"孩子们呢？"我问。

"两个儿子都出去打工了，平时不回家"。

哦，原来儿子不在身旁，但我有一丝疑惑，这么重的体力活为什么要年迈的她来做？她的丈夫呢？潜意识里，我总觉得这样的重活儿应该是由男人承担。

聊天的工夫，我帮她扶着背篓，想为她减轻一些负担。

太阳慢慢升高，我们沿着窄窄的青石板路缓缓前行。刚拐过一道弯，我一抬头，目光猝不及防地撞见了一位黑衣女子。那一刻，我内心发出一声惊叹。她背着一个背篓，背篓的上面是一大捆柴火，都是一些长长短短的树枝，远远望去，仿佛背了一个柴垛在行走。柴火比她的头部高出很多，树枝总有两米多长，她让我感受到了一种沉重、一种压抑，仿佛她不是从村里走来，而是从远古走来。那一袭黑衣，仿佛已穿了千百年，身上的木柴压弯了她的腰背，常年的操劳让她的额头堆起了厚厚的皱纹，几缕碎发散乱地垂在额前，在发际线的位置绑着一条宽宽的白色布带，连接着后面的背篓。布带的边缘已经磨起了毛边，颜色也有些陈旧，她是在用头部的力量来支撑背上的背篓吗？令我惊奇的是，当我们走近时，她并没有想象中的忧戚，脸上反而带着笑意，露出有些发黄的牙齿来。

她背上的柴火是她独自在山上砍的吧！

这条上山砍柴的路，她走过多少遍？

她背上的背篓里，也背过自己的娃娃吧？

她也曾坐在这样的背篓里，在父母的后背上长大吧？

待到嫁为人妇，她像背背篓一样，擎起了一个家，把沉重背在背上，把艰辛背在背上，为家带去了温暖，带去了希望。日复一日的操劳中，她的背随着时间的推移一点一点弯了下去，直到弯成一条弧线。那正是生命的弧度，就像太阳自东边升起，从西山落下。

她低着头，并不打招呼，步履蹒跚地向前走。

我问阿婆："这是你们村里的吗？"

阿婆点点头，"她丈夫走得早，儿子盖了新房，是两层小楼呢，想接她过去住，也好有个照应，她不去呀，说喜欢清静。这不，一个人也得做饭、烧柴啊！"

望着她渐渐远去的背影，我的疑惑又升起来：这么沉重的担子为什么要由年迈的妇人来负载呢？后来，无意中读到郑颙（景泰）的《云南图经志书》："土人之妇，遇街子贸易物货，则自任负载，而夫不与，此其归俗也。"这才明白，原来在当地，妇女在街市进行货物交易完全是自行负担装卸与运载，丈夫并不参与，这是当地的风俗。

我又想起程琳歌中唱到的那个小姑娘，她赤脚走路其中一个原因也是习俗使然吧？

从云南回来已有些时日，我的眼前却总闪现着一个个背着背篓，荷重而行的女人……

2018 年 6 月

秋游慕田峪长城

十月底的一个周日，我们太极拳培训班的二十多名师生共赴怀柔慕田峪长城，开展"练太极，赏红叶，品虹鳟"的郊游活动，旨在增进学员间的交流与互动，师生一起共探太极拳的奥秘。

虽然天空下起蒙蒙细雨，但大家兴致盎然，一路上欢声笑语，很快到达慕田峪长城。远远望去，长城脚下层林尽染，山坡上点缀着点点鹅黄与酡红，与巍峨的长城一起构成一幅蔚然壮观的图画。

"无边落木萧萧下，不尽长江滚滚来"是诗人杜甫忧国伤神时的佳句。可见，在人们心目中，秋总是与萧索、沉郁、悲凉相连，而我眼前的秋却如此明丽，如此丰饶，别具一种成熟与收获之美。

随手拾起一片落叶，有三角形的五角枫叶、圆圆的黄栌树叶，叶面上经络分明，一半醉人的红，一半明丽的黄，还有点点褐色的斑点，那是岁月留下的痕迹。遥想早春时节，万物萌生，它们如何酿出嫩绿的新芽；炎热的夏天，它们如何在风中起舞，唱响生命华丽的乐章；当下的秋天，它们更是绽放出生命中最美丽的色彩，历经了四季轮回、春生夏长，它们更拥有了一份饱经世事的淡定与从容。秋之美，美在成熟，美在收获。

拾阶而上，师生们一起登上了长城。漫步在高高的古城墙上，抚摸着一块块斑驳的墙砖，忆当年多少能工巧匠用血与汗铸就了长城的坚固与辉煌！

"太阳照，长城长，长城雄风万古扬。"此刻，我忽然想起闫肃老师作词的《长城长》古老的长城、历史悠久的太极拳，同为中华文化的瑰宝，愿长城雄风，万古传扬；太极大计，千秋永驻。

雨还在下，长城上刮起阵风。同学们一时技痒，有的练起太极剑，有的操起春秋大刀，张老师带学员练起推手，陈老师亲自表演太极拳。师生们精彩的表演引得很多游客驻足观看，不乏外国朋友。我听到一位国际友人称："It's very beautiful，but difficult."他说得不无道理。太极拳很美，学起来却很难。一砖一石铸就了万里长城，相信日复一日的勤学加苦练必定也能成就太极的万里长城。

我不由想起自己的学拳经历。由于常年坐办公室，我的身体出现亚健康状态，说话没底气，走路腿脚发软。初学拳时，抱着将信将疑的态度，因不知自己能否学会这看似高深的运动。感谢我的指导老师，是他们的耐心和循循善诱让我最终坚持下来。拳龄只有半年的我，现在与人交谈底气十足，走起路来也格外轻松。去年的年假，短短一周时间，我只身一人背着沉重的旅行包，去了苏州、乌镇、杭州、舟山、普陀山，欣慰自己的体质在短时间内得到了改善和增强。当然，自己的悟性有限，对太极拳的理解和掌握也有限，要想练好拳，还有很长的路要走……

《荀子》中的《劝学》篇写道："不积跬步，无以至千里；不积小流，无以成江海。骐骥一跃，不能十步；驽马十驾，功在不舍。锲而舍之，朽木不折；锲而不舍，金石可镂。"此言同样适合习练太极拳。

转眼到了饭点。我们来到长城脚下预定好的饭店用餐，这里的虹鳟鱼非常有名。我们品尝了虹鳟鱼的多种吃法：切成鱼片的、垮炖的、烧烤的，鱼肉细密、绵软、嫩滑，非常鲜美，配上农家贴饼子、山野菜，别具风味。

吃过饭，我们信步而行，看到一块巨大的标牌：国家级鲑鳟鱼培育中心。牌子下面几十个养鱼池里，成群的虹鳟鱼悠闲地游动，有金黄色的、黑色的、红色的。细看之下，每条鱼身侧面都有一条红色的色带，像彩虹，因此得名"虹鳟"。这条红色色带也是区分虹鳟鱼与三文鱼的重要标志之一。

山里的柿子树是秋天独特的风景。只见高高的枝头挂满了灯笼似的火柿子，叶片大多掉光了，只剩圆溜溜的硕大的柿子孤独地挂在枝头。不知谁人能施展妙手，将那果实信手揽摘？

通过这次活动，学员之间的了解、交流和友谊加强了，坚定了大家学拳的信念和决心，在此，感谢各位老师和组织者的辛勤付出，感谢大家的积极参与。愿古老的太极与万里长城一样，绵延不息，并不断被弘扬光大！最后，祝愿各位同学合家幸福，身体健康，学拳顺利，练拳有成！

2011 年 10 月

圣马可广场的鸽子

位于意大利威尼斯的圣马可广场初建于九世纪。"马可"是圣经中"马可福音"的作者。相传，两个威尼斯商人将他的遗骨从埃及偷运到威尼斯，并在同一年为其兴建教堂。教堂内有马可的陵墓，并以马可的名字命名。故教堂前的广场得名"圣马可广场"。

据说，十八世纪拿破仑进占威尼斯后，赞叹圣马可广场是"欧洲最美的客厅"和"世界上最美的广场"。历史上，圣马可一直是威尼斯的政治、宗教中心，也是各种节庆典礼的举办地。作为威尼斯的地标，圣马可广场受到世界各地游客的青睐，广场上成千上万只飞舞的鸽子与人们的亲密互动更成为人与自然和谐相处的象征。这些鸽子似乎已在圣马可广场上繁衍生息了一千多年，总量约一万多只。因为鸽子会啄坏广场的建筑和雕塑，随处可见的鸽粪也造成环境污染，因此，当地政府明令禁止在广场喂鸽子。

我们到达威尼斯时，正逢冬季，游人并不多。在乘船游览了威尼斯市容，参观了圣马可大教堂后，我们来到广场，只见这里聚集着很多鸽子，大多是灰色的，也有毛色雪白的。一只白鸽有灰色的羽翼、淡黄色的小巧脚爪，正在广场上闲庭信步。游人们有的在拍照，有的来到鸽群中。我看到一位来自国内的同胞，平伸双臂，头顶上站着一只鸽子，右臂趴着一只鸽子，左肩落了一只鸽子，左臂站了一只鸽子，左手上也有一只鸽子。他此刻像个大力士，一人举起五只鸽子。可能是感受到了鸽子脚蹼的抓挠，又或许是陶醉于此刻的美好瞬间，他闭着双眼，嘴却是咧开的，满脸都是笑容。

我的同学霞也站到鸽群中间。她烫着优雅的卷发，刚走进鸽群，就有两只鸽子站到她的左臂上，其中一只大胆地将头伸向她的头部。我赶紧帮她拍了几张照片。她想换个姿势，刚蹲下，一只鸽子不偏不倚正好站在她的头顶，这让她有些重心不稳；紧接着，又有两只鸽子飞到她后脑，左右各一只，这让她有些惊恐，紧张地闭上眼睛。她想站起来，离开鸽群，谁知，又飞来好几只鸽子，足有五六只在她头部盘旋翻飞，扑棱着翅膀。她赶紧用手挡住眼睛，"落荒而逃"站在一旁的一位吉普赛人看到这一幕，却露出了开心的笑容。

我们往威尼斯运河的方向走，发现另一处同样聚集着一群鸽子。有一对中年夫妇带着小女儿也在广场上赏鸽。那位父亲身材魁伟，身着黑色夹克、蓝色牛仔裤；母亲则上着枚红色套头外套，下着黑色裤子。他们脚上都套着长及膝盖的塑料雨鞋。小女孩七八岁的样子，是个粉嘟嘟的小美女，白皙的皮肤、大大的眼睛，脸上不时露出开心的笑容。她穿一件缀满玫红和蓝色小星星的外套，脚上是一双枚红色的雨鞋，戴着一顶白色的绒线帽。此时，她立于鸽群，双手抱头，弯着腰，因为头顶上黑压压的，聚集了好几只鸽子，仿佛耸起了一座鸽山。她的腰几乎弯到地上，奇怪的是，她父亲只是站在一旁若有所思，并没有上前保护她的意思；母亲则偏过头，看着远方，压根儿就没去关注女儿头顶的鸽子，仿佛那跟她毫无关系。后来，又飞来两只鸽子，小姑娘实在招架不住，只得蹲在地上。她头顶的帽子也掉在地上，而她的父母一直站在一旁，既没喊她赶紧回到他们身边，也没有上前驱赶那些鸽子。他们的表情始终平淡，只在小姑娘去捡自己的帽子时，才露出欣喜的笑容。

那位粉雕玉琢的小女孩，自始至终都是欢喜的，仿佛那些冒冒失失闯到她头顶把她帽子啄掉的鸽子，只是她的好朋友，来跟她嬉戏玩耍一样。

2014 年 12 月

库布其沙漠穿越之旅

库布其沙漠位于鄂尔多斯高原北部，是距离北京最近的沙漠。"库布其"是蒙古语，意思是"弓上的弦"，逶迤东去的黄河河套如弓背，与库布其沙漠组成了巨大的金弓形。

于沙漠中行走，应称为"跋涉"。从松软的沙中抬起脚，踏下去，脚再次陷入松软的沙子。何况，还背着沉重的行囊，顶着炎炎烈日。

沙漠，是荒凉的，植被稀疏，降雨稀少；沙漠，是壮阔的，碧空万里，黄沙接天；沙漠，是纯净的，没有顽石，没有杂尘；沙漠，是美丽的，风吹过的沙，是地上的海浪。

从恩格贝进入沙漠不久，就遇到一支黄河支流。河面宽阔，杂草丛生，河水几乎没膝，人们有些惊慌。走惯城市的平坦马路，习惯了以车代步，如何能想象在这暗流浅滩中行走的艰难？

有人把塑料袋套在鞋上，但很快就破了；有人索性把裤腿高高挽起。由于时近中秋，已有了刺骨的凉意，团里几位年轻的母亲带着七八岁的小朋友，望着宽宽的大河一筹莫展。这时，一个小伙子走过来。他叫Jeff，在中科院工作，平时喜欢运动和户外运动，身材挺拔、魁梧，喜欢登山。只见他蹲下身，让胖男孩冬冬伏在他的背上，然后淌着刺骨的河水过河；把冬冬放在对岸后，他又去搀扶一位老人过河。他的相机虽被水浸湿了，身影在汹涌的河滩中却显得格外高大。等大家都到了对岸的高坡上，他才最后一个赶来，浑身的衣服都湿透了。生活中总有这样的感动，催人泪下。

那天下午，大家走了八公里。因为负重前行，脚下是松软的沙粒，加之骄阳暴晒，人们感觉这段旅程格外漫长，目标变得格外杳渺，仿佛永远也走不到尽头。

第二天，我们的目标是十九公里。

中午时分，赶上沙尘暴。沙尘暴，是沙漠中一场悲壮的传奇。狂风裹挟着沙粒，如一场挑战，遮蔽了天空，挡住了视线。行走中的沙粒如梦如幻，如泣如诉，在天地间无力地逃遁。传说，这里是沙尘暴的源头，果然名不虚传。

终于，沙暴慢慢平静下来。回望的瞬间，忽然有一队驼群出现在视线中，它们排着整齐的队列，正在穿越沙漠。夕阳西下，驼峰的剪影格外清晰，如同一条蜿蜒的海岸线。骆驼是沙漠的精灵，让沙漠有了生气，有了绿洲。临行之前，我曾盼望见到沙漠中的驼群，这个愿望竟然真的实现了！

那一刻，一种深深的感动从心头升起。只要有决心，有毅力，敢于拼搏，排除万难，再杳渺的目标都能实现，再艰难的旅程都会有美丽的风景相伴。路在脚下。

黄昏临近，一轮浑圆的落日挂在天边，让我们无比真切地体验到"黄河落日圆，大漠孤烟直"的壮景。

团队中年龄最大的是李大哥，年过五旬，身患好几种疾病，刚出院不久。他之所以来参加这次沙漠徒步，是为了锻炼身体，挑战自我。只见他背着巨大的登山包，双手拄着登山杖，一步一步迈着沉重的脚步艰难前行。队友们想帮他背行李，被他谢绝了。大家难免担心，他能坚持走到终点吗？

骄阳似火，无遮无拦地炙烤着茫茫大漠，也炙烤着沙漠上的所有生灵。人们尽可能把自己包裹起来，帽子、围巾、太阳镜、口罩，利用所有可利用的物品防晒。烈日当空，衣服一次次被汗水浸湿，又一次次被太阳晒干。

越过一个个沙丘，当队友们看到骤然出现在眼前的陆地，不禁发出阵阵欢呼声。

感谢这场沙漠之行，感谢骄阳，感谢沙暴，滩。回望时刻，这些都变成了美丽的风景。

人生，也像一场在沙漠上的旅行。

2015 年 4 月

张家界与金鞭溪

二十年前的梦想终于在这个黄金周成真了。

张家界以石英岩峰林峡谷构成世界罕见的喀斯特地貌形态，被命名为"张家界地貌"这里是首批世界地质公园，境内有世界自然遗产——武陵源，景观惊心动魄，被称为和中国长城一样的伟大的奇观。

虽然已做好节日出游景点人多的准备，可游人的数量还是超出我的想象。我们来到核心景区武陵源，入口处矗立着高大的武陵源铁塔。这里被称为地标门，游人一律凭卡进入，再乘坐天子山索道才能到达山顶。索道入口人群缓缓蠕动，大约经过两个小时的漫长等待，才抵达缆车入口处。据说，这天共有十万人乘坐缆车。

入口处是一幅张家界的巨幅风景画，上面的一行字格外醒目："为了您的到来，我们已经在此等候了几亿年！"我也想对张家界说："为了与你的相见，我已经默默等候了二十年！"

缆车的高度不断提升，四面尽是险峻的高山，恐高的我不敢朝下看，因为地面距离我们越来越遥远。终于抵达山顶，有道是："无限风光在险峰！"张家界的山真是奇，山峰不像我们平时看到的连成一座，而是一个个孤立地立在那里，彼此遥遥相望，远远望去又连成一片奇特的风景。

最让人称奇的是袁家界。这里是张家界的精华景点：不到袁家界，枉到张家界。赶往袁家界的途中，晕车的我在司机师傅左突右闪的飞车过程中，饱受胃内翻江倒海之苦，所幸，袁家界的风景慰藉了我。我看到了御笔峰、仙女献花、乾坤一柱。这里也是电影《阿凡达》的拍摄地，凭栏远眺，真让人心生震撼。

第二天，我们去了金鞭溪大峡谷。林间一条小路旁，一条清亮的溪流欢唱着，沿山路跳跃而下。它们一会儿汇成涓涓细流，一会儿在岩石上翻起白色的浪花。路旁，是一棵棵高大笔直的杉树，很多长在岩石上，根须裸露在外，越过石块，深深扎在仅有的泥土中，让人不禁升起一种对生命的崇敬。它们的生命力是多么顽强啊！

忽然，前面的游人一声惊叹，循声望过去，原来树上有一只小猴子！这是我第一次见到野生的猕猴。它们的形体小巧，却具有与人类相似的五官肢体。它们的眼睛，多么清澈，它们的身体，多么灵活，轻松地从一棵树辗转腾挪到另一棵树上。我有些惊奇，那细细的树枝是如何承载猴子的体重的？

再往前，树上的猴子越来越多。成群结队的猴子有的立在树上，有的就站在路边望着行人。有人拿出薯片投过去，猴子立刻灵巧而准确地用手掌捡起，放入口中。又是一声惊叹，原来前面一个游人手里提着的塑料袋被猴子抓破了，里面的一串葡萄被它抓在手中，并飞快地将葡萄粒悉数放入口中。它的嘴巴先是鼓鼓的，再慢慢一个个咽下去——多聪明的猴子啊！很快，前面响起猴子们的尖叫声。原来，猴群因争夺食物发生了争斗。它们尖叫着，撕扯着，翻滚着下了山坡，独有一只小猴，手里举着一只玉米棒子，吓得瑟瑟发抖，躲在一块石碑后面。它一边惊恐地张望着猴群的争斗，一边抓紧时间啃咬玉米棒，让人忍俊不禁。

这天虽然是大晴天，但身处密林间，却感觉分外清爽。清新的空气让人的周身充满了新鲜的氧气；淙淙流动的小溪，有一种诗情画意之美；树林、猕猴，让这里真的变成世外桃源。在这样的环境中，怎能不身心放松？想来，若在这里练习太极拳，必定能很好地体会太极松与沉的精髓。

2011 年 10 月

凤凰是我心中的一个梦

凤凰，一直是我心中的一个梦。

那细脚伶仃的吊脚楼，那沱江中顺流而下的木船，在岁月的间隙让人魂牵梦萦。凤凰，是那样神秘而幽远。

火车一路前行，行至湖南境内，车窗外的一切都笼罩在淡淡的雾霭中。青翠的山峦、古旧的屋舍、劳作的农人、鹅黄色的菜田……这一切无不让我心中升起思古的幽情，仿佛游子回到故里。每次入江南，这种感觉都会涌上心头。

祝勇在《凤凰——草鞋下的故乡》一书中写道："每个人都有自己灵魂的故乡。地理意义上的故乡可能千差万别，而精神意义上的故乡却都一样。"是的，每个人都有自己灵魂的故乡。

火车到达吉首是中午时分。走出车站，就看到四面巨大的山影。我们继续坐车前往凤凰。神秘的湘西大地扑面而来，路旁有低矮的橘子树，枝头挂着泛青的橘子，高大的柚子树，纵横交错的枝条上挂着一个个青色的柚子。老乡说，再过一个月柚子才能成熟，黝黑的脸上挂着淳朴的笑容。

车子走走停停，到达凤凰已是晚上八点。顾不得饥肠辘辘，将行李扔进酒店，我们抓起相机就奔向沱江。

夜色给万物增添了几分神秘的色彩。在虹桥的牌楼旁，我看到朦胧夜色中的吊脚楼，看到沱江两岸的点点橘色灯光，还是从心底发出了一声惊叹。此刻的凤凰像一位盛装的妇人，虽然色彩有些浓艳，但它的美还是超出了我的想象。高高的吊脚楼凭江而起，屋檐上点缀着亮丽的灯光，相比乌镇的静谧，凤凰更显得富贵雍容。

正值十一黄金周，沱江边人头攒动，挤满了做生意的商贩，还有林立的酒吧，震耳欲聋的迪斯科音乐、声嘶力竭的卡拉OK声不绝于耳。这让人多少有一些遗憾，就像一位美丽温柔的东方女子，在纤纤细指间夹了一根雪茄。

我们决定翌日再来。

果然，清晨的沱江让我们看到它初始的风韵。此刻，游人不多，一切都笼罩在薄雾中，吊脚楼静静立在江中，仿佛述说着久远的过去；蓝绿相间的江水悠悠流动，应是见证过多少人世的变迁；油漆斑驳的木船从远方静静游弋过来——它来自哪里，又将去向何方？

凤凰这座偏僻的小城因一个人而出名，那就是沈从文。凤凰是他生长的地方，他以优美质朴的文字描述了湘西这座边远小镇的种种风情。他说："一个好事的人，若从百年前某种较旧一点的地图上寻找，一定可以在黔北、川东、湘西一处极偏僻的角隅上，发现了一个名叫镇筸的小点。"凤凰古称"镇筸"，是个可以安顿行李，最可靠、最舒服的地方，那里"兵卒纯善如平民，与人无侮无扰。农民勇敢而安分，且莫不敬神守法"。民国后，易名"凤凰县"，居民不过五六千人，驻扎的士兵却有七千。围绕这座县城的山脉上，约有七千多座碉堡，用以防止"边苗"的叛变。

在沱江泛舟是我的梦想。为我们撑船的一位健壮的土家族阿哥，船桨在水中轻轻一点，船身就离岸了。我们跟他聊起家常。阿哥说，他家住桃花岛，有一片很大的房子。一时兴起，阿哥为我们唱起土家族民歌，歌声浑圆瞭亮，中气十足。虽然衣着简朴，常年的船上生活令他的皮肤晒得黝黑，但看得出，他的内心是相当富足的。

在对岸下船后，我们进入凤凰古镇。路边是各种店铺，售卖当地的手工艺品，或特色食品，有美丽的披肩、手绣的坐垫，还有苗族的银饰、镇竿张氏的姜糖，以及当地的葛根粉、血粑鸭。

在路边的一间小店内，我们品尝了当地的特产葛根粉。先将粉末倒入碗中，加一点凉开水调匀，再加入滚烫的开水，一小碗转瞬间就涨成满满一大碗，还要加入捣碎的熟花生粉、白芝麻，搅动一下，香气四溢。舀一勺放入口中，滑软鲜香，忍不住一口接一口。

还有一种暖手袋，表面是美丽的红色丝绸，滚着黑边，里面是暖暖的丝绵。想象着冬天将两手放进去，该是多么温暖熨帖。我们选了两个，准备分别送给婆婆和我的母亲。

此刻，在远离京城的他乡，在层峦叠嶂的大山怀抱里，在一个充满市井气息的小镇里，我踏着青石板小路，呼吸着江南特有的略带湿润的空气，看着街边一间间老旧的木屋，想象着在屋内发生的悲欢离合、血与泪、情与爱……我忽然完全失去了时间的概念。我知道，凤凰，以它独有的气质彻底征服了我。

真想就这样沿着脚下的青石板路，一直走下去。

2011 年 10 月

汽车，是脚步的延伸

清晨五点，我们从家中出发，上京石高速。路况不错，只是天公不作美，刮起沙尘暴。从车窗望出去，漫天黄沙，不远处的山峰笼罩在一片尘埃里；侧耳细听，车窗玻璃上有细沙掠过的沙沙声。

车过娘子关，进入山西境内。我看到路旁的黄土高坡，坡上零星生长着一些灌木，还有散落的一些村落，房屋低矮，窗子是拱形的，房子的朝向并不相同。它们拥挤着堆积在山坳里，想必是老百姓世代生存的老屋吧！山西的山真多，过了一座山，又见一座峰，山峰相连，起伏不断，但路修得非常好。我们在群山中穿行，不用走盘山公路，一个个长约千米的隧道穿山而过，道内灯火通明，基本不用开车灯。

上午十一时左右到达太原。太原最有名的景点是晋祠。晋祠，初名"唐叔虞祠"，是为纪念晋国开国诸侯唐叔虞而建。叔虞励精图治，利用晋水，兴修农田水利，大力发展农业，使唐国百姓安居乐业，生活富足，呈现一派兴旺景象。叔虞死后，后人为纪念他，在其封地内择定这片依山傍水、风景秀丽的地方修建了祠堂供奉他，取名"唐叔虞祠"叔虞的儿子燮父继位后，因境内有晋水流淌，故将国号由"唐"改为"晋"，这也是山西简称"晋"的由来，祠堂也改名为"晋王祠"，简称"晋祠"难老泉，俗称"南海眼"，出自断岩层，终年涌水，生生不息。

晋祠的大门外是一片美丽的园林景观，随处可见参天的古树，树下的二月兰开得正旺。它们一簇簇连接成片，从脚下一直蔓延到远方，如云，如雾，微风吹过，高大的白杨树叶刷刷作响，清新感扑面而来，沁入心脾。五一时节，紫藤花开，深褐色的藤蔓下，垂下繁密的紫色花瓣。在藤下的凉亭小坐，能闻到紫藤花散发出的芬芳。此时的晋祠充满无限的诗情画意。再往里走，是牡丹园。此时的牡丹也已盛开，花朵硕大，有粉红色、白色、紫红色，一派国色天香。

这是我们第一次来太原，很想好好看看这个城市的清晨。

我们住的地方距离"学府苑"不远。早饭后，信步来到"学府公园"。公园内，植物茂盛，草木葱茏，亭台楼阁，错落有致。早上七点多钟，这里已经聚满晨练者，有的打太极，有的舞剑，有的跳舞……一片太平盛世的景象。我注意到这里的太极拳以杨氏和吴式居多，可能这两种更适合老年人吧！我们随意在公园里踱步，看到有人正用硕大的毛笔在地上写字。笔有将近一米高，用水做墨汁，字迹写到地上很快就干了。

随后，我们来到乔家大院。这里因拍摄电影《大红灯笼高高挂》名声大振。整个院落由 6 个大院、19 个小院构成，占地 8700 平方米，房屋 313 间。抗战期间，乔家大院几乎未遭破坏，而其他晋商的深宅大院几乎全被摧毁殆尽。

最后一站是平遥古城。平遥古城荣膺中国世界纪录协会中国现存最完整的古代县城之美誉。这里跟乌镇不同，乌镇的住户已迁出镇子，镇外另建起了楼房供人居住，镇内完全变成旅游区；而平遥古城内的常住人口有四万多。城门口有很多人力三轮车，都在卖力地揽客；一位老人坐在门口的石墩上，脸上的皱纹刻着岁月的沧桑；一扇古旧的木门里，一个年轻媳妇手里端着一盆水往外泼，头发湿漉漉的，显然是刚洗完。我们雇了一辆三轮车，蹬车的师傅是本地人，脸上是总带着笑意，非常尽职地带我们去参观各个景点。我们进入景点，他就守在车边等候。我们看了当地明清时代最有特色的建筑，包括古城墙、县衙、日升昌票号、镖局等。想象着昔日的繁华，感受世事的变迁，让人遐思不已。

这是我们第一次自驾车出游。西北之行让我们感受到中华文明的源远流长，也让我们体会到祖国的日益繁荣和昌盛、道路交通的发达，以及开车出行的便利。

2013 年 5 月

鼓浪屿的落日

　　进入日光岩景区已是下午四点钟。此时，游人不多，石阶两旁高大树木浓荫蔽日，将阳光遮挡得严严实实。

　　日光岩别名"晃岩"相传，1641 年郑成功来到晃岩，看到此处景色胜过日本的日光山，便把"晃"字拆开，称之为"日光岩"日光岩耸立于鼓浪屿中部偏南，由两块巨石一竖一横相倚而立，成为龙头山的顶峰，海拔 92.7 米，为鼓浪屿最高峰。

　　拾阶而上，来到平台处，只见高大的石壁上镌刻着"鼓浪洞天""天风海涛"几个大字。从这里向上攀登，见到一个石砌的寨门，那是郑成功当年建造的屯兵营寨。寨门右边有一块平坦的巨石，刻着"闽海雄风"四个大字，是郑成功操练水师的水操台遗址。当年，郑成功就站在水操台上指挥练兵，发号施令。

　　走出营寨，我看到一个小男孩攀上一块巨石，摆出剪刀手，正对着镜头开心地笑着。继续前行，看到一位摄影人正对着落日构图。抬眼望去，西天飘着朵朵浮云，色彩淡淡的，呈现出浅灰的色调。我有几分失落，看来，看落日的愿望怕是要落空了。

　　慢慢向上走，石阶越来越陡，日光岩圆形的尖顶已经进入视线。看我背着巨大的旅行包，对面一位中年妇人冲我喊道："你是一个人来旅游吗？"我回答："是呀！"她马上接口说："你真棒！"我相信她说的是真心话。很多人无法理解独自外出旅游。当初在北京至昆明的列车上，碰到一位大姐，也是赴云南旅游。她说当初同学两口子约他们去云南，她想四个人实在有点少，直到又找到两个人才勉强成行。当她听说我是一个人旅游时，差点惊掉下巴。

但我偏偏喜欢一个人背着摄影包去旅行。一个人在路上，可以把注意力百分百放在劈面遇到的那山、那水、那树、那花上，能真正享受到那种自由自在、身心合一、超然物外的感觉。是的，对我来说，最美的旅行就是一个人，在路上。何况，还有包里的相机随时待命，用镜头帮我记录一个个场景。相机只是工具，能拍出什么样的片子，并不取决于镜头，而是镜头后面的那颗心。

一个人在路上，悠然看风景，脑海中还要时不时构思照片的构图，何孤独寂寞之有？至于恐惧，就更不足虑了。我出门，从不预订酒店，甚至不预设线路，走过很多地方都是临时起意，这样的旅行才有意义，这也是我喜欢独自旅游的原因。说到恐惧，我自认是个胆小之人，但从未在陌生的旅途中产生过畏惧。朗朗乾坤，何惧之有？即使遭遇昆明的暴恐阴影，照旧在云南大地上行走数日，到处都有人民子弟兵的身影，何惧之有？

至于孤独，更不在话下。旅行的乐趣之一就是在途中遇见陌生人。那年在元阳，一个破烂的候车室，我结识了瑞姐。后来，我们结伴去游普者黑，至今仍是好友。从元阳回昆明的路上，我的邻座是个年轻小伙子，女儿只有三岁。我跟他谈了许多育儿方面的经验，下车后，他主动帮我拦了一辆出租车，转身离去。上车后，我跟司机说了酒店的名称，行驶至目的地，正准备付款，谁知司机师傅说："款已经付过了，刚刚那个年轻人付的。"唯有感动，何孤独之有？

所以，至今依然喜欢一个人的旅行，喜欢一个人在路上，遇见最美的风景。

说回日光岩。

快到山顶处有一个平台，可以俯瞰整个鼓浪屿。只见绿树掩映中一片片红色的屋顶，屋顶向远处延伸，消失在海天相接处。

沿着窄窄的台阶，我攀上日光岩的顶部。世界忽然变得开阔起来，远处海天一线，近处碧树红瓦。我情不自禁地望着西天，云彩居然变成深红色，只是落日还隐在云中。我换上长焦镜头——今天，它终于可以派上用场了。晚霞越发娇艳起来，下部是深灰色，高一些的地方是一条橘红色，宛如一条壮丽的大河。我听到周围的相机快门声噼里啪啦地响起来。

忽然，太阳从云层中显露出半张脸。鼓浪屿的空气质量绝佳，透明度好，可以清晰地看到那半圆的火球穿云而出，如在画中。它的颜色是深红的，那样纯净，那样清晰，不掺一丝杂质。只见火球慢慢从云层中探出头，慢慢往下落，渐渐变成一个完美的圆。它红得鲜艳，红得夺目，红得惊心动魄。几缕墨云穿过，将它拦腰分成两截，然而，这更增添了浓墨重彩的美。此时，它骄傲地挂在西天，俯瞰着人间大地。

我一时有些恍惚，有些感动。美的面前，人总是怯弱的。当大自然慷慨地将一幅落日美景呈现在眼前时，真希望能留住时光的脚步。太阳宛如一位千变女郎，展示着自己曼妙的身姿。周围相机的快门声再次此起彼伏起来，此时的每一分、每一秒都弥足珍贵！

太阳慢慢沉入海面。这时，我看到一幅更加美丽的场景：夕阳染红了海面，留下一条红色的光带，海面波光粼粼，归航的渔船划入红色的光带中，变成一幅剪影。

描写落日的诗词中，我最喜欢的是"大漠孤烟直，黄河落日圆"；也曾在海边、草原、湖畔看过日出美景，独有鼓浪屿的落日，能让我体会浑圆的落日挂在天边的景象。

我的鼓浪屿之行因为有了这次落日而变得完美。

2013 年 9 月

广州记行

　　一直想去广州看儿子，但因工作繁忙，一直没能成行。

　　刚好在广州的侄女端午节结婚，哥嫂盛情邀请我们参加婚礼。于是，我们欣然前往，刚好一解思念儿子之苦。

　　侄女今年二十七，在某大公司任人力资源主管，眼光挑剔，终于觅得如意郎君，步入婚姻殿堂，大家都由衷为她高兴。这也是我们终于决定南下赴广州去参加婚礼的原因。

　　丈夫先行飞广州，我则滞留到婚礼前两天才上火车。

　　列车到达河南境内，但见车窗外翻滚着大片金黄色的麦浪。看来，今年南方的大旱并未影响庄稼的收成。转眼黄昏时分，火辣辣的太阳藏起耀眼的光芒。黄昏是安静的，美丽的。夕阳西下，满天的云霞如梦如幻，如诗如画。

　　列车于次日七点半抵达广州。

　　出站后，先打的去位于天河区的哥嫂家。车上，我跟司机聊天，对方非常随和，听说我顺便来看儿子，随口问："孩子在广州上学？"我随口答："是啊！""哪所大学？""华南理工。"我从反光镜里看到他的眼睛瞬间亮了一下，这让我的虚荣心小小满足了一下。华工在广东的确是数一数二的学校，就好像在北京别人跟我提到清华一样。

　　司机很健谈，主动跟我说每个月不用给孩子那么多生活费，在广州上学，每月六百足够。看到我惊奇的表情，他继续说，他一个亲戚的孩子，家里孩子多，老大是个男孩，考上中山大学时，下面还有好几个弟妹在上学，于是，父亲给他交了一个学期的学费后，其他的就全都不管了。"那他怎么生活啊？"我问。"靠他自己赚呗！"他若无其事地说，并不觉得有什么不妥。他说，那个孩子靠当家教赚取学费和生活费，顺利完成大学学业，还考取了研究生；还专程把父母接到广州，带他们观光一番，安排他们入住的竟然是高档的白天鹅酒店。

太棒了！我在内心为这个孩子喝彩的同时，也反问自己，会舍得主动让孩子吃苦吗？

按照当地习俗，六月四日晚上由女方家举办婚宴，宴请亲朋好友。作为父母，当然要穿得体面些，为女儿撑门面嘛！哥嫂家在广州是普通的工薪家庭，特别是嫂子，近年没出去工作，衣柜里基本没有像样的新装。好在女儿孝顺，给了妈妈一笔钱，让她自选服装。于是，我们带嫂子去附近的商场，帮她挑选了一套香云纱的套装，暗红的色调，领口镶了花边和碎钻，上身后，整个人一下子雍容华贵起来。

第二天是正日子。我们早早起来，帮助收拾打点。化妆师、摄像师也早早就位。收拾妥当的新娘子美丽动人，身着婚纱的她分别跟家人合影留念。随后，门外响起惊天动地的敲门声，是迎娶的人来了。按习俗，门是不能开的，儿子今天被赋予重要角色，就是要守住那扇门，坚决不开，直到对方给红包，才能打开。僵持了大约二十分钟，儿子得到红包，男方的家人鱼贯而入，把个小小的两居室塞得水泄不通。紧接着，是攻第二道门，就是新娘的房门。此刻，新娘躲在自己的房间，任男方的人怎么拍门叫喊都无动于衷，一定要让新郎说声好听的，打动了芳心才开。这个程序持续了大约一小时，房门终于被姗姗打开。几个小伙子一拥而入，这还不算完，还有一个找鞋子的程序。新娘的鞋子被提前藏到一个不易被发现的地方，男方的人要找出来，她才能出闺门。东西自然不好找，男方还要再给红包，拿到鞋子。找鞋子的任务自然落到儿子的头上，他倒成了那天的香饽饽。

鞋子找到后，新娘穿好，由儿子牵着慢慢走出闺房。此刻，新郎正等候在客厅。只见儿子牵着新娘的手，缓缓走到新郎面前，面色郑重地对他说："姐夫，我代表家人把姐姐交给你了，你要好好待她……"

简简单单的几个字，让我的眼泪一下子夺眶而出。这是托付，也是提醒，对于新郎，更是一生的责任⋯⋯

接着，是新娘敬茶，先向父母敬茶，感谢父母的养育之恩。我看到哥嫂取出两个小小的首饰盒，里面是送给新人的戒指，然后妈妈负责为女儿戴上戒指，父亲为新郎戴上戒指。

晚上是男方家宴请。像所有婚礼一样，先是双方父亲发言，然后请新人入场，喝交杯酒。我注意到，那位新婆婆此刻坐在座位上，神情有一丝落寞、一丝疲惫。他们一家都是铁路局系统的，当年从湖南调到广州，就在这里落户了。

婚礼是圆满的，成功的，在深深为这对新人祝福的同时，我也深深感到为人父母的不易。这对新人工作时间不长，所有费用几乎都要靠父母多年的积蓄。

祝愿这对新人新婚快乐，百年好合，敬老爱老，早生贵子。

最让人快慰的是，这三天我们是跟儿子一起度过的。白天帮助操持婚礼，晚上儿子就跟我们住在酒店里。几个月没见，儿子变得白白净净的，不似想象中那样又黑又瘦。儿子长大了，学会把自己收拾得干净利落呢！他脸上的线条变得分明了，不再是圆圆的娃娃脸，眉宇间似乎多了一丝成熟的味道。

在广州总共待了四天。参加完婚礼，我们忙里偷闲地逛了逛。之前曾多次来穗，每次来，这个城市都让人感觉很包容，很亲切，很熟稔。喜欢广州的美食，还有城市里随处可见的参天大树。哥嫂带我们夜游珠江，看了高高耸立在江边的广州塔。珠江，依然那样美丽。我们还去了云台花园。南国的天空下，天幕低垂，湛蓝的天空，白云悠悠，地面上红的花、黄的花、绿的树、蓝色的喷泉，构成了一幅幅绝美的画面。也去了白云山，参观了百鸟园。入口处的笼子里有几只鹦鹉，我们上前跟它说"你好"，它居然很快回应道："你好！"发音清晰、标准而准确。儿子用英语说"Hello"，连说多次，它却一直不作声，大概还不识洋文吧！我们看到长尾巴的孔雀在园子里悠闲地踱步，还有一对对鸳鸯，有的在戏水，有的于草丛里相伴而行。最有趣的是鸟类表演。驯鸟师请出一只鸟儿，但见它来到滑道一端，小小的脚蹼翻转过来，准确地将一只球送入滑道，居然把对面的全部保龄球都打倒了。小鸟又表演了骑自行车。最后一个节目是啄钞票，驯鸟师举起一张五元钞票，小鸟飞过来很快叼走，放入对面的房内；驯鸟师又左手举着一张五元钞票，右手举着一张十元钞票，小鸟熟练地叼走十元的。这时，观众席中也有人拿出钞票，都被小鸟儿准确无误地叼走了。有个淘气的男孩拿出一张门票举在手里，企图蒙混过关，谁知那只精明的鸟儿压根不搭理他。观众们发出开心的笑声。

快乐的时光总是短暂，转眼四天过去。美丽的假期是寻常生活的一朵花絮，让人难忘。

2012 年 6 月

新疆，并不遥远

　　地理上，位于祖国西北边陲的新疆让我感到陌生而遥远，但心灵层面又觉得它熟悉而亲近。人们耳熟能详的老歌《达坂城的姑娘》《吐鲁番的葡萄熟了》《阿拉木汗》描写的正是新疆的风土人情；《西游记》亦取材于玄奘西行取经的真实经历，书中提到的"火焰山"是真实的地名，位于吐鲁番市以东四十五公里处，山下的"千佛洞"描绘了玄奘师徒的形象，也是目前发现年代最早的玄奘取经图；更有美味多汁的水果，吐鲁番的葡萄、哈密的瓜、库尔勒的香梨、叶城的石榴，早已闻名遐迩。新疆，作为歌舞之乡、水果之乡，以其独特的魅力和美丽的自然风光吸引着来自四面八方的旅人前来观光游览。

　　新中国成立之初的新疆，满目疮痍，百废待兴，不仅农业落后，也没有工业。在王震司令员的直接领导下，经过全军指战员和新疆各族人民的努力奋斗，全疆部队克服重重困难，"巨手翻天地，大胆易沧桑"，于是，天山南北有了星罗棋布的农田、林立的工厂矿山。

　　1952 年 2 月，毛主席发布部队整编命令，要求指战员保存战斗的武器，拿起生产建设的武器；1954 年 10 月，经党中央和军委批准，新疆军垦生产建设兵团成立，为新疆的现代化工业和农牧业的发展做出了巨大贡献。

　　新疆地域辽阔，从一个景点到另外一个，有时需要奔波一天，但这里的风光之壮美是别处无可比拟的。

　　天山天池古称"瑶池"，是天山东段最高峰博格达峰（海拔 5445 米）的雪水积成的堰塞湖。湛蓝的湖水深不见底，不时看到游艇在水面驰骋。深秋时节，岸边的树叶变黄，衬托着蓝色的湖水，恍如梦幻。

在火焰山景区，耸立着一尊美猴王雕塑。猴王手搭凉棚，右肩扛一把巨型芭蕉扇。这里到处都是漫漫黄沙和隆起的沙丘，没有树，也无清泉，只有似火的骄阳炙烤着天地万物。火焰山，果然名不虚传。山脚下，"柏孜克里克千佛洞"记载了历史的沧桑，洞窟内刻有精美壁画，现存洞窟五十七个，可惜很多都已面目全非，是疆内较大的佛教石窟寺遗址之一。

美丽的那拉提草原属于高山草原。九月下旬，牧草已全部收割完毕，鹅黄色的草地别有一番韵味。这里被称为"东方的瑞士"，漫山遍野覆盖着青青碧草，生长着高大的针叶松，几乎看不到一寸裸露的泥土，常见成群的牛羊悠闲地在草地上踱步。

我看到一位肤色黝黑维族老人，戴着一顶黑底白花的巴旦姆花帽，皱纹层层叠叠堆积在额头和两颊，繁多且密集。一条断断续续的纵向纹路把他的额头自然分成两侧，每一侧都镌刻着密密麻麻的纹路，有横向弯弯曲曲的曲线，有纵向像蚯蚓般的纹路，好像有人用刻刀特意打磨出来似的。那些纵横交错的纹路如蛛网般盘踞在他的额头，又如田野中一道道的沟壑和山梁浓缩在脸上。那些沟壑和山梁此起彼伏，像风吹过沙漠形成的痕迹，又像海中浪涛翻涌形成的波痕。那是他生命的年轮刻在了脸上，记录着岁月的沧桑。因为牙齿都掉光了，他的嘴深深凹陷进口腔内，脸上参差的胡须也已斑白。他的身边有一只洁白的小羊羔，眼神清澈，不时发出"峰峰"的叫声。小羊的稚嫩和老人的衰老形成了鲜明的对比。有人举起相机，对着他准备拍照，他伸出五个手指道："五块钱！"我顺手掏出十元钱递给他，他低头看着手中的钞票，笑了。

布鲁克草原与那拉提草原相邻，位于天山南麓，是我国仅次于鄂尔多斯草原的第二大草原，亦是全国第一个天鹅自然保护区，栖息着我国最大的天鹅保护种群，更是鸟类繁殖和度夏的栖息地。清晨，波光潋滟的湖水中，美丽的白天鹅在游弋。湖水宁静湛蓝，以天鹅为中心，水面荡起一圈圈美丽的涟漪。蓝丝绸般的湖水与天鹅洁白的羽毛，构成一幅格外和谐而完美的画面。

著名的九曲十八弯也位于布鲁克草原。据说，落日时分能拍到九个太阳。我没见到九个太阳，却看到一条弯弯的河流，在蓝天下形成一条优美的"S"形曲线，静静从远方淌来，如玉带一般，映衬出天的蓝、云的白。九曲十八弯就像中华民族五千年的历史，源远流长，瑰丽璀璨。

去往赛里木湖的途中，我们路过位于新疆伊犁霍城县的惠远古城。这里是新疆通往中亚的重要通道，乾隆皇帝曾在此设伊犁将军，建惠远古城，周边还建起了八座卫星城。出乎我的意料，在遥远的边塞，每家每户都建起了美丽的三层小楼，尖尖的屋顶，挂着洁白的窗纱，颇有异域风情。院落很整洁，门口栽种着各式红红绿绿的花草。

赛里木湖，古称"净海"，是新疆海拔最高、面积最大的高山冷水湖。到达湖边时，大片的白云正在空中飘浮，湖水清澈极了，能清晰地看到湖底的鹅卵石。沿着湖边走，随意找一处坐下，顿觉万籁俱静，一波波涌向岸边的湖水吟唱着永恒的旋律，澄澈的天空和悠悠的白云像千百年前一样，俯瞰人间，今夕何夕兮？

五彩滩景区号称"新疆最美的雅丹地貌"，每当落日时分，阳光的照耀下，岩石会呈现五彩斑斓的色泽。据说刮风时，沟壑中还会发出高低不同的怪叫声，让人感觉神秘莫测。落日时分，巨大的风车变成一幅幅剪影，天空升起彩色的云霞，像一条波澜壮阔的大河，轻轻覆盖着山川大地。

胡杨树是沙漠中最坚强的植物，根可以扎到地下十米以下汲取水分，还能在有水时拼命贮存，以备旱时之需。此外，它还能耐高温及低温，适应大漠的温差，因而有"生而千年不死，死而千年不倒，倒而千年不朽"的美誉。

禾木可能是全国九月份最热门的旅游景点了。据说，当地图瓦人在旅游旺季将房子全部出租给哈萨克人做生意，自己躲到深山中悠闲度日。这天清晨八点多，我们到达禾木景区。此时，观景台上已站满人，大部分是扛着长枪短炮的摄影爱好者。登上高高的观景点，景色尽收眼底。近处是一排排胡杨树，一条蓝色的河流从林中穿梭而过，远方是翁翁郁郁青翠的山峦，在胡杨树和大山之间，矗立着一排排棕色的小木屋。朝阳照在屋顶上，发出夺目的光芒。此时，缕缕乳白色的烟雾从林中袅袅升起，让九月的禾木变成人间仙境。

观景台的左侧是一座白雪皑皑的山峰，山脚下是一条涓涓流淌的河流。九月底的牧草都变黄了，山坡上的胡杨树一排排、一簇簇相拥而立，树叶有的已经变黄，有的现出橙红色，还有的依然保持翠绿，宛如一个调色板，五彩缤纷。

此时，坡顶上升起了巨大的云团，盘旋在近处的山坡上，徘徊在眼前的草地上。我收起相机，坐在地上，想起王维的那首《终南别业》："行至水穷处，坐看云起时。"诗人晚年定居南山边陲，常独自游览山水之美，有时不知不觉走到流水尽头，索性坐下来，看悠悠游动的白云飘浮变幻。此二句深为后代诗家赞赏。近人俞陛云说："行至水穷，若已到尽头，而又看云起，见妙境之无穷。"我个人也曾非常喜欢这两句，在高楼林立的城市丛林中向往这样的意境。如今，我虽未行至水穷处，但双脚已抵达云升起的地方。

历经十天时间，我领略了天池的精致、吐鲁番的苍凉、伊犁草原的秀美、赛里木湖的澄澈高远，欣赏了喀纳斯的湖光山色，以及如梦如幻的禾木景区，真正享受了一场视觉盛宴，所有的想象都变成一幅幅真实而优美的画面……

新疆，并不遥远。

2016 年 9 月

荒岛寻梦

　　正值京城酷暑时节，想去看海，想去吹海风，想去看海边的日升日落，也想去岛上徒步，实现徒步环岛一周的梦想。

　　在辽宁葫芦岛有一座岛屿，又名"无人岛"，原为部队训练的靶场，曾有两名战士值守，后来撤离了，现在成了一座名副其实的荒岛。

　　凌晨时分，我们来到无人岛对岸的码头，准备乘渔船过海。

　　船是老式的木船，船帮仅高出甲板十公分。起锚后，看似平静的海面，海浪不停涌来，把小船高高推起，再重重抛下。船身开始出现倾斜，慢慢涌进冰凉的海水。有人惊呼："进水了！"同时传来的是船老大的喊声："快坐下！"人们赶紧坐到船板上，鞋子被海水浸湿了，衣服也湿了，海风吹来，一阵凉意袭来。

　　小木船孤独地在苍茫的大海上行驶。海面黑沉沉的，相距十几海里的小岛却看不到任何轮廓。此刻，天苍苍，海茫茫，夜沉沉，我唯有祈祷能顺利靠岸，海上的风浪小些，再小些。

　　终于，小木船靠岸了。此时，天边已经现出了鱼肚白。

　　踏上小岛，一股咸腥味迎面扑来。沙滩上堆积着无数白色的贝壳，岛上绿荫如盖，杂草丛生，看不到任何建筑，也没有人烟，只有海浪"哗啦啦"地冲击着礁石，唱着永不疲倦的歌。

　　我们选择一片相对干爽平整的土地，扎好帐篷，把随身行李丢进帐篷里，就开始寻梦之旅——徒步环岛一周。

　　听着海浪的澎湃声，欣赏着海天一色的美景，我们沿着海滩前行，很快看见一块高大的礁石，是岛上的制高点，也是看日出的好地方。我们攀上岩石，举目向东方望去，此时，天边出现一抹橘红色的朝霞，海天相接处，依稀可见一只只帆影。空中的红色越来越浓，橘红色的霞光投射到海面上，映红了海水。只是云层很厚，暗沉沉地堆积在天际，不知能不能如愿看到日出。

忽然，有人喊道："太阳出来了！"我抬起头，只见大海尽头，黑沉沉的云层下面，竟露出了太阳的轮廓。它还只是小小的拱形线条，慢慢地，终于露出了头，从五分之一大到三分之一，到二分之一，直到从容地完成最后一跃，前后不过几分钟的时间。跃出海面的太阳在海水中洒下金灿灿的光芒，形成一条长长的红丝带，将太阳和小岛紧紧连在一起。

如愿欣赏了日出，我们继续前行。岛上陈列着横七竖八的大礁石，有的看起来像块五花肉，红白相间；有的则像一幅山水画，那是大自然鬼斧神工之作。近水里密密麻麻生长着无数小螺丝，青绿色的身体把海水也染成青绿色，一尾尾小鱼在水中灵活地游动，随意掀开一块石头，就有好多小螃蟹慌慌张张地爬出来，我们生怕扰了它们的清梦。海滩的近水中，不时能看到一个个巨大的海蜇蛰伏着，血红的爪牙不时张开又闭拢。下午涨潮后，它们又将回到深海的家中。

沿着海滩行走是惬意的，空气清新，海风清凉，卷走了酷热，一波波海浪从远方奔来，扑到礁石上，溅起无数飞花，发出哗啦啦的巨响。极目远眺，让人倍感心旷神怡。

忽然，眼前出现一片巨大的礁石群。沙滩到了尽头，路，断了。

怎么办？是继续前行，还是回营地？

我看到有同伴开始折返了。

想起鲁迅先生说过的话："世上本没有路，走的人多了，也便成了路。"这句话给了我们极大的勇气。于是，我们攀上高高的礁石，小心越过纵横陈列的大石块。海边的礁石很奇特，有的像乌龟探头向海里张望；有的像一幅壁画，图案整整齐齐的；最奇特的是一个朱红色的礁石群，中间是一条乌黑色的石带，宽度整齐划一，与朱红色有着明显的分界线，长度大约有几十米，从山上一直延伸到海里。视野中忽然出现一只鸽子的身影，我们的到来并没有让它惊慌，它稳稳地立在海边的礁石上，黑豆大的眼睛不住地左右顾盼，仿佛在寻找着什么。

在礁石群中前行是艰难的，但心中有一种愉悦慢慢升腾起来。

我们手脚并用，翻过一块块礁石。终于，又一片海滩呈现在眼前，真是"山重水复疑无路，柳暗花明又一村"

再次踏上松软的沙滩，我们感到一种类似重生的喜悦，心想，这么小一个岛，沿着脚下洁白的沙滩，应该可以一直走回营地吧？

谁知，没走多远，沙滩再次到了尽头。前方左边是断崖，海边是齐刷刷的断崖，延伸向远方。我们有些一筹莫展。怎么办？这次连礁石都没有，想要前行，只能爬上荒山，从山上迂回过去。

说实话，从小在平原长大的我，看到荒山，有些恐惧。山上成片的灌木丛仿佛隐藏着无数不可知的凶险，那些灌木丛的下面，有没有猎人设下的陷阱？会不会有毒蛇？对未知的恐惧紧紧摄住了我的心。

想起心中的环岛梦，我们不甘心就此放弃，还是决定试试。

我们攀上高高的山崖。上面原是一个大平台，生长着密不透风的藤蔓类植物，野生的蒿草足有半人高。没有路，前面的同伴就将野草踩倒，临时开通一条路。山上安静得如创世之初，只有野草被踩倒时发出的声响。不时可以看到被我们惊飞的蝴蝶、蜻蜓。我们捡起一截枯树枝，权当拐杖，不时拍打路旁的草丛。

我们迟疑着迈出脚步，每一步都需要踩实，因为有暗沟。如此一来，前进的速度明显慢了下来。

不知走了多远，视线中终于出现海滩的轮廓。看来，我们已经绕过了那片悬崖。我们开始慢慢走下山。这片海滩非常宽阔，上面堆积着一米多高、几十米长的白色贝壳墙。岸边有一栋平房，门窗完整，都没上锁。这应是当年战士们站岗的地方，也是岛上唯一的建筑。至此，我们已经连续走了四个多小时，汗水不停从两颊淌下来，双腿也变得沉重起来。

寻梦之路，注定是艰辛的。

经过短暂休息，我们继续前行。穿过沙滩，攀过礁石，谁知，前方再次出现了悬崖！这意味着我们要再次攀上莽莽荒山。此时，双腿的疼痛钻心袭来，对荒山的恐惧又涌上心头。一个尖锐的问题摆在眼前：我们还能回到营地吗？

是继续前行，还是掉头回去？掉头回去，至少是安全的；而前路，凶险莫测。

最终，理智占据了上风。我们再次攀上莽莽荒山。空荡荡的山上只有荒草萋萋。我的内心在呼喊：伙伴们，你们在哪里啊？山无言，树无语，回答我们的只有脚下野草被踩倒的声音。

寻梦之路，注定是孤独的，充满挑战的。

就在我们披荆斩棘，感觉脚下的路永远走不到尽头时，忽然听见鼎沸的人声。原来，营地近在眼前了。抬头望去，我看到了伙伴们的身影。他们有的悠然坐在海边看海，有的忙着烧烤各种美味，有的举着相机在拍照，孩子们拎着小水桶在捕鱼捞虾。我忽然想去拥抱每一个人，内心充满了新生的喜悦。我们安全地回到了营地，实现了心中的环岛梦。此时，时间已经过去七个小时了。

回首望，在荒无人烟的孤岛上，我们硬是披荆斩棘，踩踏出了一条路，也许是这座岛上唯一的一条路。这条路，洒下了我们的汗水，见证了我们内心的煎熬，记录了我们跟跟跄跄的脚步。荒山上的每一株野草为证，蓝天下的无人岛为证。

人生，犹如一场追梦之旅。

路，在脚下，只要有了目标，哪怕再遥远，只要持之以恒，矢志不渝，就一定能抵达终点。至于半路对未知的恐惧，很多都是臆想的，纯属自己吓自己。

2017 年 6 月

梦里水乡

2013 年早春，我第一次去婺源。

婺源的青山绿水、清新空气，都给我留下了深刻的印象。

清晨，在汪口的江边，浓雾从水面升腾起来，笼罩了岸边的青山，笼罩了江中的点点竹排。古旧的民居倒影静静沉落在水中，没有风，它们就这样静静立着，仿佛屹立了几百年。车在路上飞驰，远远望去，厚厚的浓雾盘旋在山顶，让人感觉恍入仙境。山脚下，金灿灿的油菜花正值花期，为大地涂上一抹亮丽的金黄。

当时正值南方的雨季，空气湿润、饱满而清新，用力深呼吸，空气中竟有一丝甜丝丝的味道，那是一种纯净、纯粹的味道，不夹杂丝毫的杂质，它是清洌的，也是甘甜的，这清新的空气，和早春的蒙蒙细雨是婺源留给我的第一印象。

让我记住婺源的还有一道寻常菜肴，却不是荷包红鲤鱼，而是老板随意从自家菜园里采摘的一把青菜，似乎叫作"菜薹"，叶片像普通的油菜，开着细碎的淡黄色小花。洗净之后清炒，入口即化，味道也是甜丝丝的。自小在北方长大，南方的青山绿水、茂盛的植物、湿润的空气、流淌的河流，总带给我一份深深的感动。

那时初学摄影，热情高涨，走到哪都要拍拍拍，至今还保留着当时拍的几张小片。

清晨，浓雾锁住江面，一叶小舟在雾中若隐若现。白色的晨雾、苍翠的青山，一时让我产生了思古的幽情。江边立着一把竹木椅子，棕褐色，显得有些沧桑。此时，它是空的——是谁坐在这把椅子上遥望江水？我总觉得，应该是一位年迈的老人。冬日的午后，或者夏天的傍晚，她来到江边，看淡绿色的江水缓缓西流，追忆自己的青春年华，盼望着外出打工的儿孙早日归来。

这把椅子被我收进镜头，我给这张照片命名为——等待。

从那时起，我就因摄影而爱上旅行，反之也成立，因旅行而爱上摄影。感谢摄影帮我记录旅途的所有细节，那山、那水、那云雾、那一张张沧桑的面孔、那一个个佝偻的身影。如果没有摄影，若干年后，当我回想曾经去过的点滴，头脑中或许早已模糊一片；而摄影却清晰记录下每个细节，每次翻看这些影像，都让人有再次产生身临其境的愿望。

当你老了，走不动了，还可以坐在摇椅上，慢慢欣赏那些曾经劈面遇到的美丽与神奇。摄影提升了人们对美的认知，而旅行打开了人们通往内心世界的大门。当天地之大美与你的认知发生某种契合，你会被深深感动。天人合一之际，所有烦恼都飞到九霄云外，哪里还有什么小我！唯有感动。感恩造化孕育了万物，感恩祖国的山川如此辽阔壮美，秀丽多姿。

时光荏苒，没想到与婺源一别竟是五年。

当我再次来到"中国最美乡村"——婺源，江岭的梯田油菜花已经谢了，但那漫山遍野的青翠，还是让人深深陶醉。站在山脚下，只见山坡上是整齐的油菜花田，让人遐思花开时的盛景。来江岭看油菜花，3月20日是个可靠的时间节点，不早也不晚。

人在江湾，清晨推窗，只见巨大的山影倒映在淡蓝色的江水中。江水宁静而澄澈，天地万物都沉浸在一种深深的宁静、深深的满足中。车水马龙远去了，世间的喧嚣远去了，雾霾远去了，呈现在眼前的只有这青山碧水，还有鸟儿清脆的啁啾。此时此刻，万籁俱静，仿佛能听到江水的心声，听到岸边郁郁葱葱的青山的心声。

在江边随意走走，只见水面浮起一层淡淡的白雾，袅袅婷婷地从远方飘过来。江水中的小鸭子排着队，向太阳升起的地方游去。勤劳的主妇们已在河边浆洗衣物了，就像她们的祖辈，在这条江中涤去尘劳，捣衣杵上上下下地挥动，时间一点一滴地流逝。我曾问过江边洗衣的妇人："现在洗衣机都普及了，为啥还要这么辛苦地用手洗衣？"她憨笑道："洗衣机洗不干净的。"她们宁愿相信自己的双手。每件衣服的领口、袖口均被细细搓洗过，都被细细地在江水中漂洗过。时光慢慢地流淌，正如眼前的江水缓缓流动。江水永不枯竭，还有什么比这更加让人内心感动的呢？也有人提着刚采摘的尚带泥沙的青菜，来到江边清洗。清洗后的蔬菜看起来青翠欲滴，仿如碧玉。翠绿的江水默默吞下那些肥皂泡泡，吞下那些裹挟在蔬菜上的泥沙，也吞下世世代代的悲欢离合、爱恨情仇，却始终宁静，清澈而温润。

梦里水乡，让人难忘。

2018 年 4 月

西湖晴雪

到达杭州时，正是傍晚时分。

出了车站，眼前的景象让我惊呆了：鹅毛大雪纷纷扬扬从天而降，整个城市银装素裹，树上落满厚厚的积雪。我一时有些恍惚，莫不是下错了车站？

这里的确是杭州。翌日清晨，我径直奔向西湖，那熟悉的西湖，心心念念向往的西湖。当地居民都兴高采烈地来看雪景，他们说，这么早就下雪难得得很，往年都要等到一月份才能见到雪哩，好开心！

放眼望去，雪后的西湖烟波浩渺，虽是一片白雪皑皑的世界，但太阳却毫不吝啬地露出笑脸。细碎的阳光洒在湖面，洒下万点金光；湖水轻轻拍打岸边，几只游船随水波摇动着，船身覆盖着白色的积雪，这给西湖平添了几分诗情画意。"窗含西岭千秋雪，门泊东吴万里船"，说的就是眼前的景致吧？

沿湖而行，矮矮的灌木落满积雪，看起来像一个个巨大的馒头。高大的枫树上红色的叶片映衬着白雪，分外妖娆。行至苏堤，小路上铺满了金黄色的落叶，湖边雪地上好几个年轻人忙碌着，堆着雪人；肩背长枪短炮的摄影人不时按动相机快门。回首望去，笼罩在晴天丽日下的西湖，充满了无可言说的美。

西湖，总是让人陶醉，无论酷暑时节，还是冬日雪后，站在岸边，依偎着西湖，所有烦恼顿时飞向九霄云外，心里只剩祥和、安宁和沉醉。难怪诗云："欲把西湖比西子，浓妆淡抹总相宜。"

往前走，雷峰塔显现眼前。难免想起传说中的白娘子就压在塔下，心中忽然有些愤愤不平。那个法海为何要拆散人间爱侣，就因为白蛇是妖？转念一想，他这么做貌似也有道理。试问，如果许仙每天醒来，看到的是一条骇人的大白蛇，未免有些残忍了。

很多年前已来过杭州，游览过西湖。印象最深的是坐着画舫泛舟之际，忽听一声巨响，原来是游船的前挡风玻璃破了，紧接着，一条一米多长的大鲤鱼跃进船舱。我后来还跟这位不速之客合了影。

我背着沉重的背包，沿着湖边行走，竟毫无倦意，及至出口，才发现四个小时瞬息而逝。原来，我已经绕湖一圈了。

2011 年 12 月

印象普陀

从舟山半升洞码头坐上快艇,只需二十分钟就能到达普陀山。

快艇在海上行驶,船边翻腾起白色的浪花,宛如一朵朵莲花。上得山来,"普陀圣境"四个大字映入眼帘,突然怦然心动,升起恍若隔世之感。

正值南方的冬季,上山拜观音的香客络绎不绝。岛上植被茂盛,巨大的樟树散发出淡淡芳香,各种植物郁郁葱葱,叶片闪着绿油油的光芒;这里空气湿润,阳光充足,天空蓝得像一块巨大的蓝宝石,难怪观音不肯东渡,留在了普陀山。

普陀山是观音菩萨的道场,是中国佛教四大名山之一,素有"海天佛国""南海胜境"之称。

夜幕降临,在山上随意走走,不时有僧人步履匆匆地从身边经过。岛上的千年古樟散发出阵阵幽香,佛乐余音袅袅,心灵忽然变得很宁静,所有烦恼此刻都消失了。

夜里,我做了一个梦:一个美丽的白衣女子,笑意盈盈,我忍不住称赞她美……她面对我却不停向后退……难道,是观音菩萨对我有所示意?

次日,我游览了佛顶山。乘缆车到达山顶后,只见巨大而辉煌的庙宇在蓝天下庄严矗立着。大雄宝殿前,我久久流连,舍不得离去。来到这里,我像寻到了心灵家园,又像找到了精神依托。我有些百感交集,不觉追忆自己几十年的人生,想到父母对自己的养育之恩。小时候,父亲教我分数的概念;母亲如何悉心照顾我,给我文化知识的启蒙;高中时,父亲每月骑车送我去学校;也想到我生命中最那个最重要的人——跟丈夫相识、相知、相恋的过程；想到那个和我联系最紧密的人——我的儿子，想到他的出生和一路成长的历程；想起老父亲听说孙儿考上全国重点大学时那份开心的笑容……此时，我人生的一个个片段像过电影一样，历历在目。

一种感恩之情从心底升起，两行滚烫的热泪顺着腮边流淌下来。

但我不知道，一位同窗此时也在佛顶山拜佛。彼时，他正在上香，隔着人群看到我，无奈手中执香，想着拜完再跟我打招呼，谁知，一炷香过去，我早已下山。等我回到沈家门码头，收到他的短信：海燕，你在普陀山吗？

这是命中注定的缘分吗？我们在大致相同的时间从京城出发，来到千里之外的普陀山，又在熙熙攘攘的人流中，一起到达佛顶山。虽然，我们最终擦肩而过，但依然让我感到有些不可思议。

来到百步沙，只见白浪滔天，青山静立，头顶是宝蓝色的苍穹，脚下是洁白的沙滩。在沙滩上随意走走，想起有一首叫《看海》的歌。大海，不仅仅是用来看的，也是用来听的，听海浪自远方翻滚而来的波涛声，多么雄浑而坚定；大海，也是用鼻子来嗅的，海风中略带咸腥的味道，是它特有的气息；大海，是用来品尝的，海水中的苦与涩正是盐的味道，是生活不可或缺的调味品；大海，也是用来感受的，沙滩是大海的故乡，海浪从很远的地方奔来，只为栖息在陆地母亲的怀抱中。

海边一块巨大的礁石上，一位黑衣男子正托着下巴，望着远方，若有所思。他在思索什么？

色不异空，空不异色，色即是空，空即是色，受想行识，亦复如是。

2011 年 12 月

长岛记行[①]

　　长岛又称"庙岛群岛"，位于胶东和辽东半岛之间，黄海、渤海交汇处，是中国唯一的海岛国家地质公园，也是中国十大最美海岛之一，素有"海上仙山""候鸟驿站"之美誉。

　　憧憬已久的长岛之行终在这个端午节梦想成真。

　　清晨的蓬莱港码头上静悄悄的，等候过海的各式货车早已在此排队。一轮旭日高高升起，时而躲在云层中露出半张脸，时而破云而出，那醉人的橙红色让人沉醉。

　　从码头乘渡船大约三十分钟到达长岛。踏上长岛的土地，一股海滨特有的咸腥味扑面而来。这里的渔民百分之九十以养殖扇贝为主，只见海面上一个个黑色球状物体，状如繁星，下面就是一笼笼养殖的扇贝。

　　我们先游览了望夫礁。这里的海滩很干净，蔚蓝色的大海延伸到天边，海浪一波波涌来，不停冲向岸边，溅起层层雪白的浪花。岸边有一礁石，形状极像一位头戴围巾的妇女怀抱婴儿，迎风而立，好像在等丈夫归来，故称"望夫礁，

　　之后，又参观了黄、渤海分界线。登高眺望，海水果如传说中那样，位于东部的渤海海域是深蓝色的，而位于西部的黄海海域有些像黄河之水，浑浊而有些泛黄。据说，这是由于海底地沟所形成的自然现象。

　　海上欣日落，一直是我的一个梦想。下午四时，我们登上快艇，

---

① 本文经品红苑圈推荐，荣登新浪草根名博首页。前往无人小岛，观看日落。

前往无人小岛，观看日落。

这是我第一次坐快艇，不乏紧张。小小的艇身只能容纳八九个人。我们穿好救生衣，小艇就披荆斩棘般地冲了出去，时而被海浪抛起，又重重跌在海浪上，发出巨响，失重感让旁边几个年轻人感到非常畅快，却让我这个中老年人感到有些不适。起初，我紧闭双眼，咬紧牙关，攥紧双拳。片刻后，我突然豁然开朗，与其去抵抗这种恐怖，还不如顺其自然。于是，我勇敢睁开眼睛，寻找与海浪共舞的感觉，身体随着小艇时而被抛上去，时而又跌落下来，恐怖感竟然消失了。这是随遇而安的结果。

这时，我们的右手边出现一块礁石，一只海豹正在探头探脑。据说，它们晚上会爬到礁石上睡觉。我赶紧摸出相机。可惜，海豹非常怕羞，我们的出现惊动了它，它很快沉没到海里去了。

再往前，是一块巨大的礁石，高约二十一米，直径约五米。礁石形似宝塔，得名"宝塔礁"，无论从哪个角度观赏，总会领略出不同的天然妙韵；最妙的是，落日时分，夕阳停留在礁石上的一刻，被称为"宝塔含珠"。

登上无人小岛，果然空无一人，只有一间破旧的木屋和萋萋芳草。岛上的巨大石块有着美丽的花纹，纵横交错，有的呈现酡红色，有的是金黄色。坐在临海的巨大石块上，面朝大海，仰望天空，任海风吹拂，所有烦恼在此刻消遁一空。可惜，天公不作美。厚厚的云层中，太阳像个小小的鸭蛋黄，我没见到心中那绚烂的晚霞，不过，万事可遇不可求的，也许，长岛是以它独特的方式邀请我再来。

第一天的行程就这样结束了。吃过晚饭，出去散步。这里的路修得很好，路面宽阔，几乎见不到车辆。沿着宽宽的马路悠闲踱步，真是一种享受。过马路往左拐，海滨路上几乎见不到人；右边就是长岛有名的明珠广场，明显热闹起来，这里有大排档，有篝火晚会，有人在沙滩上跳舞，有人在海边放烟花。夜市摊位大多售卖工艺品和珍珠项链。小城市有小城市的优势，人少，清净，生活节奏慢，无堵车之扰，没有满目的高楼大厦，可以尽情享受悠闲自在的生活。

早就听说万鸟岛的海鸥非常多，我们特意带了馒头、面包、方便面，准备和海鸟进行一番亲密接触。碰巧的是，第二天我们乘坐的这艘"映海王子号"是处女航，当地一些政府首脑级人物也参加了这次航行，开航时间定在早上的8：18。开航前十分钟，烟花爆竹齐放，场面煞是喜庆热闹，肩扛摄像机的记者忙里忙外记录着每一个珍贵的镜头。

我们选了个船尾位置，准备好相机。据说，海鸥会随着船飞。果然，船开到一半，海鸥就多了起来，人们纷纷向空中抛撒食物。海鸥是极聪明的动物，能准确从海水中衔起成块的方便面。随着船只接近万鸟岛，海鸥的数量急剧增多，一时万鸟齐飞，场面甚为壮观，能清晰地看到它们白色的羽毛、红色的指爪、黑亮有神的眼睛。乘客们不时发出阵阵欢呼声。

月牙湾又称"半月湾"，坐落于长岛县北长山岛最北端，自然形成长约两千米的月牙长滩，因湾形似半月而得名。这里的海水清澈，沙滩洁白细腻，虽然六月的海水尚有些凉，但很多游客已经投入海的怀抱，与浪共舞了，也有人惬意地在岸边晒太阳。小孩子们最是忙碌，带着沙滩铲，在海滩上挖出一个硕大的洞，或者垒起一个耸起的城堡，再去海边用小桶舀起海水，倒入刚挖好的洞中。海浪涌过来，发出"哗哗"的巨响，伴随孩子们的尖叫声，形成一幅绝妙的"海滨休憩图"。半月湾的球形鹅卵石最是有趣，个个晶莹剔透，有的是标准的圆形，仿如围棋子，有的接近椭圆，握在手中，圆润熨帖，仿佛被精心打磨过一般。

九丈崖是此行最后一个景点，位于北长山岛的西北角。这里山崖险峻，礁石密布，一块块巨大的礁石伸向海边，石头上长满青翠的海藻。我们在这里度过了一个难忘的傍晚。

下午五时，天放晴了，空中出现丝丝薄云，太阳也露出笑脸。我们在坐在海边的岩石上，静静等候落日到来，等候心中最美的景色莅临。等到渔船都开始归航了，落日也在海面洒下点点细碎的金光，渔船的剪影融入这点点金光中。此刻，万籁俱寂，只有海浪不停拍击礁石的声音，浪花打在礁石上，犹如卷起千堆雪。由于云层太厚，没有看到晚霞，但目睹了海边落日的美景，甚感欣慰。

　　短短三天，长岛在我心中留下了非常美好的印象，不愧"中国最美海岛"的称号。

2010 年 6 月

这一天

这一天，只是一个寻常的日子，是日历中一组平常的数字。

这一刻，时光仍如既往，悄无声息地滑过，如一波波潮起潮落。

这一天，我游走在一个陌生的城市。大巴车在广袤的大地上飞驰，天边飘浮着巨大的云朵，路旁是成片的芭蕉树林，巨大的叶片勾勒出南方的热带风情，正在成长的芭蕉被蓝色的塑料布包裹得严严实实。

这一天，我见到了梦想中的永定土楼——程启楼，它被称为"土楼之王"据说，2006年美国从遥感卫星图片上发现我国的福建山区有好多黑洞，以为是核武器试验点，于是白宫上层一片惊慌。为了弄清真相，他们便派遣一男一女扮演成一对夫妇来中国旅游，他们踏遍了福建的山山水水，发现了数以万计的客家土楼，令他们赞叹不已。2008年，福建客家土楼申遗成功。从此，土楼便闻名于世。

"高四层，楼四圈，上上下下四百间；圆中圆，圈套圈，历经沧桑三百年"，是为土楼的写照。它的外围是由泥土建筑而成，异常坚固，里面的住所规格整齐划一，一层大抵是客厅，摆放沙发、茶具，老人坐在门口的藤椅上打着瞌睡，女人们挑选茶叶，细细的烟丝被手工装入一个个纸制的卷筒中。厚重的木楼梯让人顿生思古幽情，人们脸上淳朴的笑容让人想到往日历史的沉重与沧桑。

掌灯时分，我走进一家寻常小馆，桌上铺着绿色的格子桌布，前台女孩看起来干净利落，脸上挂着淳朴的笑容。跟她说话，她会很认真地听，先笑一下，再报出菜名。等菜上桌的间隙，音响中传出动人的歌声。时光仿佛凝结在了这一刻。

如果，生命是一棵大树，这一天就是大树上一片闪亮的叶子。

如果，生命是一列飞驰的火车，这一天就是一个美丽的驿站。

这一天，我阅读了一个对我来说全新的城市，品味了不同的风土人情，聆听了陌生的闽南软语，用相机留存珍惜，记录感动。

享受在这一天的每一时、每一刻。

2013 年 9 月

2012 末日有感

2012 年 12 月 21 日，是玛雅人预言的世界末日。

当天，我破天荒于凌晨四点半就醒来，可能是潜意识里因末日传说而引发的一丝紧张所致。

晨起上班，一如既往的堵车。我茫然看着前方，目光忽然触到一片温暖的金黄色。原来是太阳投射到大楼玻璃上的反光，看来，今天是个阳光明媚的好天气，虽然气温已降至零下。

一整天，世界笼罩在一片宁静与祥和中，并没出现传说中天空被撕裂，降下无数火球的恐怖景象。如果今天真的是末日，那我将跟同事一起度过，百年修得同船渡，我们能天南海北走到一起也是缘分。

下班时，天空飘起纷纷扬扬的大雪，硕大的雪花在空中飞舞，天地间变成一片银白。大雪严严实实覆盖了路面、屋顶，还有车身，这景象还真让人产生了一种末日将至感。

好像每隔几年就有一个末日传说被制造出来，引发一些恐慌出来。然而，"末日说"也有其积极的意义，就是让人产生一种紧迫感，哪些重要的事情还没来得及做、哪些愿望还没有实现，就赶紧付诸行动吧！

如果这一天真是世界末日，我只想跟亲人们在一起度过。

今天刚好是冬至，是吃饺子的日子。

冬至了，开始数九了。

冬天来了，春天应该不远了。

冬至是一年中白天最短的一天，但从这天开始，白天一天比一天长，阳气开始回升。果然，傍晚六点，夜幕把天地笼罩得结结实实，家家户户的窗户亮起橘黄色的灯光，是阖家团圆的时刻了。

祈祷明天的太阳照常升起。

第二天是个周六。12 月 22 日，在所谓末日后的第一天，我们冒着严寒，来到白河河谷，开始我们的踏冰行。

河床被厚厚的积雪覆盖，双脚踩在雪地上，立刻发出脆响。人们身着五颜六色的登山服，缤纷的色彩点亮了这个空寂的山谷；山坡上星星点点的积雪尚未融化，明亮的阳光投射在高耸的山体上，岩石的色调变得很温暖；阳光反射到河中，河水被镀上一层金黄，冰层反射出奇妙的光芒，有淡黄色、淡蓝色，恍如梦幻。

瀑布凝固在时间的某一点上，悬挂在深褐色的山壁上，这就是有名的冰瀑了。

河床上随处可见散落的冰块，在阳光照射下熠熠生辉，宛如一颗颗璀璨的钻石，也有的冰块随河水被冲走。

树木褪去繁华的衣裳，静静立在河边，黑色的树干看起来有些狰狞，亦有些柔美。

鸭子们是不怕冷的，成群结队地在河水中游弋。鸭群中有一只绿头鸭和两只大白鹅。鹅是喜爱干净的动物，它们一直立在河水中梳理着自己的羽毛。

总以为冬天是拍不出好片来的，其实冬天有简洁的美，少了深绿色硕大叶子的遮挡，万物方显露出初始的美丽。

看来，玛雅预言并未成真，它曾让多少人忧心忡忡，辗转反侧啊！

根据玛雅历法的推算，地球将在 2012 年 12 月 21 日遭到毁灭。届时，地球的两极将会倒转，埋在地下的火热岩浆会喷涌而出，地震、海啸、火山爆发接踵而至，分离的大陆会将人类填入大海。还有的预言称，太阳将在 2012 年产生致命的太阳耀斑，释放出强大的太阳风暴，足以烤焦整个地球。

电影《2012》中最后一个镜头，就是海水水位突然上涨，十几层楼房高的海水突然倾覆过来，将海边的游人悉数吞进腹中。紧接着，滔天的洪水向城市奔涌而去，席卷了整个大陆……

但是，2012年12月22日清晨的第一缕阳光彻底推翻了玛雅人的预言。天空是那么澄澈而高远，阳光是那么明媚而温暖，虽然眼前是冰天雪地的极寒天气，却丝毫感受不到一丝寒意。

这是个美丽的冬日，也是末日重生后的第一天。静静的冰河仿佛在这里等候了千百年，宣说着一份属于冬天的美丽。

2012年12月

暮鼓晨钟声中的禅意古村

　　"黑山寺"位于密云区西翁庄镇，是一个具有禅意风格的小山村，被评为"北京最美的乡村"。村子西边就是千年古刹大云峰禅寺。

　　来到村口，一块黑色的巨石上刻着三个红色的大字——黑山寺。信步前行，另外一块石雕让人瞠目，上面刻着两个大字——圆融。顿觉一种深沉的文化底蕴和非凡气度扑面而来。接下来，更是让人瞪大了眼睛，眼前是一座桥，桥下是一条铁轨，桥头立着一块巨幅木质牌匾，上面画着一幅简笔画：一位身着长衫的老者倒背着双手，正往桥上走，一幅道骨仙风的模样。想来，如果一阵风吹来，老者雪白的长髯随风飘动，该是怎样富有禅意的画面啊！这幅画的右下角，写着——禅行八喻之过桥喻。

　　"禅行八喻"指登山喻、种树喻、流水喻、推车喻、寻物喻、萤火喻、月光喻、划船喻。遍查百度，却找不到任何关于"过桥喻"的解释。以我个人偏颇的理解，过桥喻是指登彼岸，指是人生从糊涂到智慧的一段历程。

　　佛教讲人生有八苦：生苦、老苦、病苦、死苦、恩爱别离苦、所求不得苦、怨憎相会苦、忧悲恼苦。佛教以缘起的智慧如实地观察宇宙人生，特别是如实观察内心，而后"自净其心"，从而解脱世间诸苦，获得现世、后世乃至究竟永恒的安乐。

　　六组慧能是中国佛教史上具有传奇色彩的人物，因听闻《金刚经》开悟，由一位砍柴少年最终成为一代禅宗宗师。《六祖坛经》也成为绝无仅有的由中国僧人撰述的宝典。《六组坛经》最大的特点就是把佛心性化，人性化，强调本自清净的自心圆满具足，指出："凡夫即佛，烦恼即菩提""前念迷即凡夫，后念悟即佛""前念著境即烦恼，后念离境即菩提"的宗趣，即一切佛法都在人的自心之中。

过桥之后，就进了村。视野之中，一派绿意盎然，一棵棵巨大的果树枝繁叶茂，硕果累累。椭圆形的大枣，有的被太阳晒红了半边脸，一串串垂落下来，碧叶红枣相映成趣。青绿色的核桃挂满枝头，它们裹着胞衣，掩映在绿叶丛中。在所有果实中，栗子的形状最为奇特，毛茸茸的外表下是一颗颗有着坚硬外壳的板栗。树上的花椒都红了，一粒粒细小的花椒掩映在碧树屋舍中，仿佛昭示着秋的来临。高大的山楂树缀满果实，有的已变得红彤彤的，有的尚是青绿色。还有淡黄色的海棠、翠绿的梨、金黄色的银杏挂在枝头，让人目不暇接。

村民家的门口大都挂有木质对联，如"事到知足心常乐，人到无求品自高""花语静飘空色外，心珠长印摩尼中"……颇有超然世外的味道。

村子西边就是大云峰禅寺，始建于唐，是一座汉传佛教寺院。进入山门，高大的汉白玉滴水观音像耸立在十三级佛台之上。大雄宝殿前，有一棵千年银杏树，挂满了祈福的红布条，树上悬挂着一口古钟，让人想起常建的《题破山寺后禅院》：

　　　　清晨如古寺，初日照高林，
　　　　曲径通幽处，禅房花木深。
　　　　山光悦鸟性，潭影空人心，
　　　　万籁此俱寂，但余钟磬音。

想象着日出和暮色四合时，坐在家中的院子里，听着不远处传来的寺院钟声，是多么启迪和净化心灵？此时此刻，世间的烦忧远去了，心灵变得格外澄澈起来。

村里屋舍多是石砌的，石头路、石头桌、石头凳、石头墙、石头屋，随处可见。不甘寂寞的爬墙虎攀上石墙，给古旧的屋舍增添了一丝活力。村里的中心位置有个小公园，铺着鹅卵石的小路，一架秋千立在秋阳下，旁边松树上的木牌引人深思——境随心转，笑对人生。

忽然，有些羡慕住在这里的村民了。

2017 年 9 月

我登上了黛螺顶

人说，二十年历史看深圳，百年历史看上海，千年历史看北京，两千年历史看西安。那么，五千年历史呢？就要看山西了。作为华夏文明的发祥地之一，山西有着深厚的历史积淀和数不尽的人文景观。

黛螺顶位于山西省五台山台怀镇东清水河旁，是五台山景区内的著名寺庙，与殊像寺和五爷庙相邻。黛螺顶是一座小山峰的名称，因形如大螺，盛夏时节草木呈现一片黛青色，故名"大螺顶"，又称"黛螺顶"

黛螺顶创建于明成化年间，寺内中殿立有石碑，石碑背面刻有乾隆御笔题诗："峦回谷卷自重重，螺顶左邻据别峰。云栈屈盘历霄汉，花宫独涌现芙蓉。窗前东海初升日，阶下千年不老松。供养五台曼殊像，者黎疑未识真宗。"黛螺顶就是人们所说的"小朝台"之处，因台顶各有一尊文殊菩萨法像，人们登上黛螺顶，就能一次朝拜五尊文殊菩萨，也能了却"朝台"的夙愿。

沿南面的山路拾级而上，只见一层层青石铺就的台阶直上直下，犹如一座天梯，虽然垂直高度仅有400米，但黛螺顶古刹的高度却相当于一幢130多层的摩天大楼，可见，登顶绝非易事。要登上高高的黛螺顶，必登"大智路""大智路"共有1080级台阶。108在佛教中代表"108种烦恼"，或者"108种无量三昧"

正逢农历初一，上山朝拜的人很多。眼看黛螺顶近在眼前，就在这时，我看到一位师父身着黄色袈裟，面带微笑，信步走下台阶。让人惊奇的是，他是赤脚的！只见他沿着陡峭的石阶轻松下行，犹如在自家庭院散步一样。他，难道不怕石阶上有利物刺伤双脚吗？也许，在他的心中,肉身早已超然物外了吧？薄雾中,他潇洒的身影渐渐远去,慢慢变成天与地之间的一个墨点……

　　"无穷松韵清双耳，不尽云山豁两眸。"我终于登上了高高的黛螺顶，极目远眺，只见山脚下的寺庙群巍然壮观，矗立的白塔格外醒目，山峰的轮廓在雾霭中一层层向远处延伸。七月的五台，殿宇鳞次，楼阁峥嵘，佛塔对峙，石阶层叠，掩藏在一片苍翠之中。

2017 年 7 月

烟花三月下江南

　　每到阳春三月，总无端向往烟雨蒙蒙的江南，是因为李白的那首诗吗——故人西辞黄鹤楼，烟花三月下扬州，孤帆远影碧空尽，唯见长江天际流。这本是一首离别诗，却并不悲伤。当时的扬州，风光秀美，有灿烂的历史和文化，有大量的名胜古迹，有秀丽婉约的亭台楼阁，有烟柳，有琼花，一句"故人西辞黄鹤楼，烟花三月下扬州"道出诗人对友人的惜别与寄托之情，也平添了扬州作为历史文化古城的无限风韵。

　　而我对江南的向往，除了扬州城的繁花和弱柳，还有金灿灿的油菜花。记忆中有一张照片总在脑海中萦回：江南水乡，宽阔的河道，古旧的木船，金黄色的油菜花，那是江苏兴化千垛水上油菜花田的盛景。

　　诗中的"三月"，是指农历三月，即阳历四月。所以，当我们舟车劳顿于三月下旬赶到兴化观赏水上油菜花田时，才发现只开了大约三分之一。据说，节气尚早，苏北地区气候寒凉，估计盛花期要到清明前后了。

　　古时扬州城并非指现在的扬州。从东晋到南北朝的三百年的时间，"古扬州"指的是南京。而江苏的扬州是历史上的广陵，这从开篇那首诗的诗名可窥一斑——《送孟浩然之广陵》所以，广陵是古城扬州的先名，又称"维扬"。

　　扬州在历史上曾经非常繁华，农业、商业、手工业相当发达，出现了大量工厂和手工作坊，造船、造镜、制帽等领域领先全国。今天的扬州城依然能看到手工制作的传承和深厚的历史背景。在扬州城随意走走，就能看到众多服装定制店，店堂里悬挂着各式成衣，摆放着各种面料，供客人甄选。客人看中哪种款式，店家即可提供量身定做服务。在一家服装店里，一位师傅正在一间小屋里忙碌，他的四周和头顶悬挂着各种各样的纸样。这样的场景在很多城市早已销声匿迹。三四十年前，京城曾有不少店铺都提供制衣服务，需要先制作纸样，可见，纸样在服装制作过程中的地位举足轻重。现如今，随着服装款式、型号的多样化，人们更乐于选择成衣，现场试穿，合适则拎包走人，不用花时间等待，或承担因制作尺码不合适或制作工艺粗糙而引起的麻烦。

在扬州街头还能见到一种流动摊车，上面贴着醒目的招牌语：提供换拉锁、扦裤边、改衣服等零活服务。车里摊放着针头线脑、拉链、缝纫机等，极大方便了居民，也凸显了扬州手工制作的历史沉淀。而最让人感动的是，在没有设立红绿灯的人行道旁，只要有行人出现，司机远远就会把车停下来，礼让行人。为扬州的司机师傅点个赞。

瘦西湖地处扬州城西北，因水道弯曲狭长而得名，最早见于清初词人吴绮："城北一水通平山堂，名瘦西湖，本名保障湖。"早春时节，景区内桃花初绽，玉兰飘香，柳丝轻拂，碧波凝翠，亭台楼阁，清秀婉约。

镇江是一座历史文化名城。东晋时，中原鸿儒纷纷移居至此，或完成大业，或著书立说。如发明火药的道士葛洪、撰有《世说新语》的刘义庆、著有《文心雕龙》的刘勰、著有《梦溪笔谈》的科学家沈括，等等。而今，镇江已成为一个现代化的摩登城市，高楼大厦鳞次栉比，街头绿树繁花随处可见。据当地人讲，若干年前，老城区的水道蜿蜒曲折，颇有东方威尼斯的味道，但这些水道后来都被填平，建起了现代化的高楼。

焦山风景区是镇江著名旅游景点，需要乘轮渡才能到达。上岸后，

"焦山胜境"四个大字跃入眼帘。焦山，因东汉焦光隐居山中而得名，是长江里唯一四面环水的岛屿。定慧寺原名"普济寺"，康熙南巡时改名为"定慧寺"，一直沿用至今。寺内古刹梵音，古碑荟萃，树木葱茏，让这座古刹充满了无穷雅趣。

金山寺依山而建，山与寺庙融为一体，史上有许多典故和动人传说都与金山寺有关，比如《白蛇传》中的水漫金山、妙高台苏东坡赏月起舞都广为流传。金山之巅矗立着乾隆御笔"江天一览亭"、慈寿塔，以及大小观音阁。立足于藏经楼前，看到一块极为普通的牌匾，上面是郑板桥题写的"藏经楼"三字。奇怪的是，其中的"藏"字被省掉两个笔画，代表的是缺失的经书。

下山后，已是薄暮时分。山脚下的花园里满目苍翠，黄色的迎春、粉色的桃花、紫色的玉兰正值盛花期，空气中流动着淡淡花香，鸟儿清脆而婉转的啁啾不绝于耳，那样无拘无束，那样自由自在。

美丽的江南行，给我留下了一份无比美好的回忆。

2018 年 4 月

北国的秋天

立秋后，雨水渐多起来。听雨点滴滴答答落在地上，看奶白色的槐花花瓣密密落满树下的小径，让人猛然意识到：秋天来了！紧接着，秋风扯起一片片凉意，裹在身上的夏装忽然显得单薄起来，让人更加深切地领悟到，夏天已转身，深秋渐近。

印象中的秋天总是与沉郁、萧索相连。"万里悲秋常作客，百年多病独登台"，是杜甫眼中的秋天。"悲秋"两字可谓写得沉痛，携多病之身独自登台，联想至自己沦落他乡、郁郁不得志的境遇，不禁生出无限悲愁。当年诗圣眼中的秋天是无限肃杀而悲凉的。

但郁达夫眼中的秋天就娴静、清丽多了。为了欣赏故都的秋天，他不顾舟车劳顿，从杭州北上青岛，再从青岛辗转到北平，只为近距离感受故乡的秋情、秋景与秋色："陶然亭的芦花，钓鱼台的柳影，西山的虫唱，玉泉的夜月，潭柘寺的钟声。"他在皇城一间衰败的院落里品茶，望越来越高远的天色，观鸽群在空中回旋，细数从槐树下洒落下来的一丝一丝日光，故都的一草一木都充满了他对家乡的思恋与深情。

可见，秋的含义远远超越了季节本身，不仅仅是季节更迭的代名词，更是人们借景抒怀的喻体。走过草木萌发的春，走过生机勃勃的夏，秋的成熟、秋的丰饶、秋的颓败、秋的肃穆，都显得格外庄重，格外富有韵味；又因再过些时日就是凛冽的寒冬，所以，秋天格外让人留恋。从古至今，秋最得诗家青睐，文人墨客借秋抒怀的诗句数不胜数。当然，这与他们所处的特殊时代有关。即使是普通百姓，看着树上的黄叶飘然而落，心中也会不由生出时光易老的感慨。

秋天，像一声轻轻叹息，牵动着人们丝丝缕缕的慨叹与情怀。

在北国的乌兰布统草原上，秋来得更早一些。九月中旬，胡杨树的叶片已经转成金灿灿的黄色，在蓝天下蔚为壮观。公主湖畔，金黄色的落叶堆满林间小路，轻轻踏上去，发出"咯吱咯吱"的脆响，颇有一种童趣。也有一些落叶飘落在湖水中，瓦蓝色的湖水和金黄的落叶互相映衬，美得像一幅油画。这里的秋是成熟的，丰饶的，让人流连忘返。草原赏秋，最是心旷神怡，让人顿生恢宏之感。

在北京郊区赏秋，也是一件饶有趣味之事。夏日里平淡无奇的苹果园忽然变得光彩夺目，低矮的树上挂满红红的苹果，红彤彤的果实骄傲地向世人宣说着关于成熟的秘密。柿子树最有趣，叶子都被秋风吹落了，火红的柿果依然挂在枝头，远远望去，光秃秃的枝头徒留一串串圆溜溜的大柿子，让人有些忍俊不禁。夏日里又小又青的小酸枣也迎来自己的秋天。它们变得圆鼓鼓的，小小的果实映衬着青色的叶子，看起来别有一番情趣。摘一颗放进口中，酸中竟然泛起一丝甘甜。枝头的山楂在秋天羞红了脸，它们在夏日里是多么默默无闻啊，一粒粒躲在绿叶丛中，让人几乎忽略了它们的果实，然而，进入深秋，它们一夜之间在枝头变成璀璨的玛瑙。田野里的庄稼也成熟了，玉米像一位孕妇，怀抱着自己的孩子；红高粱不胜重负，垂下沉甸甸的头；挂满白霜的巨大冬瓜，一个个躺在木质的藤架上；村民于春天随意在半坡上栽下的几棵南瓜秧，藤蔓沿着起伏的山势蜿蜒向上，当季节迈入秋的门槛，一个个红彤彤的南瓜散落在山坡上。秋天来了，秋扁豆还在顽强地开花、结果，豆角秧密密地爬满篱笆，上面开满紫色的花瓣，悬挂着一串串紫色的像牛耳的豆角。

北国的秋天，是历经春寒酷暑之后的成熟，是辛勤灌溉之后的收获，是季节进入凛冽寒冬前的璀璨，所以，格外惹人瞩目，惹人怜惜，令人留恋，令人不舍。那一片片飘飞的黄叶唱响了生命中最华美的乐章，那一粒粒饱满的果实写满了关于时间的秘密。

其实人生也有秋天，走过懵懵懂懂的少年时期，走过寒窗苦读的青春，走过辛勤耕耘的中年，有一天，我们步入了人生的秋季。那时，我们的容颜不再光鲜，鬓发不再乌黑，后背不再挺直，步履不再轻盈，却有生命的果实呈现在眼前。

2017 年 11 月

桃花与太极缘①

京城四月芳菲尽，平谷桃花始盛开。

阳春四月，正是观赏桃花和习练太极拳的好时节。我和拳友一道前往平谷桃花源赏桃花，练太极。

每年观赏桃花，我通常会带家人去京西的植物园。每到早春，那里碧桃盛开，姹紫嫣红，千树万树压枝低。来平谷赏桃花，还是第一次。我被眼前的美景深深震撼了。只见蔚蓝的天空下，深褐色的桃树林一行行、一排排延伸向天边，枝条上开满深深浅浅的粉红色花朵，每一朵都充满灵气。远远望去，碧空万里，大朵白云在蓝天上游动，蓝天下，深深浅浅的粉红连成片，连成海，如霞似锦，让春日的平谷俨然成了花的海洋。此刻，阳光明媚，蓝天剔透，空气清新，桃花海更是让人沉醉，我仿佛来到陶渊明笔下的桃花源。

平谷桃树的种植要追溯到1500多年前的南北朝时期。在《魏书·地形志》中就有"要阳县"关于"桃花山"的记载。最初的桃花山位于现在的河北省丰宁县，东魏初年迁至平谷西北部。今天的"大华山"就是由"桃花山"演变而来，从那时起，平谷就以桃树和桃花闻名于世了。

相比植物园的桃花，平谷的桃花不似碧桃般色泽浓艳，也不似碧桃花瓣那般繁复。这里的桃花花瓣略小，颜色略浅，但花蕊格外苗壮。细长的花丝从花瓣中伸展出来，顶着硕大的花蕊，紫红色的花蕊等待

---

① 本文参加"洵水文澜"——2017年度"休闲平谷·人文风貌"文学作品征集活动，并获优秀奖，作品被汇编入册。

春风，等待蜜蜂，等待宿命中成为种子的那一刻。它们昂首蓝天，似乎在盼望，在祈祷，也在向世人宣说着关于果实的秘密。

不同于植物园的观赏类桃花，平谷的桃花是负有使命的。它的开放绝不仅仅是为了悦人眼目，在每个春天走个过场；它是严肃的，认真的，它明白自己的使命，那就是在七月向世间捧出生命的果实。

平谷的桃花是有灵魂的，每朵花都承载着种子的重托，承载着生命生生不息的奥秘。在天寒地冻的严冬，桃花的灵魂隐藏在桃树瑟瑟发抖的体内，于默默中盼望春风化雪的时刻；早春时节，它们冒着严寒，争先恐后地绽露出点点嫩芽，宣告春回大地；一场春雨降临，它们迸发出全部的生命能量，抽丝吐蕊；初夏，花瓣凋零，零落红尘碾作泥，却有青涩的果子挂在枝头；到了七月，一串串色泽艳丽、香甜多汁的大桃缀满枝头。人们在欣赏这美丽的果实时，可曾想到它们的昨天曾是一朵朵柔弱的花，可曾想过作为一朵花，它曾如何不畏风雨、严寒、雷电，甚至冰雹的侵袭，方成就了今天生命的饱满。这种锲而不舍的精神，正是桃花的灵魂。

自古以来，文人墨客对桃花有着特殊的喜爱。《诗经》中的"桃之夭夭，灼灼其华"以桃花形容女子的美丽；"竹外桃花三两枝"代表春天的来临；"桃花潭水深千尺，不及汪伦送我情"表达了对故人的思念；"酒醒只在桃前坐，酒醉还来花下眠"更是道出诗人对桃花的痴迷与热爱；唐代诗人崔护的那首"去年今日此门中，人面桃花相映红。人面不知何处去，桃花依旧笑春风"，以桃花喻美人，表达了睹物思人的惆怅；陶渊明的《桃花源记》为人们创造了一个虚幻的理想世界，形成了历代文人雅士的"桃花源情结"。

总之，桃花象征美丽，象征春天，象征友情，象征爱情，象征幸福和吉祥，象征一切美好的事物。一朵桃花，在中华民族源远流长的历史文化长河中，开放得如云霞般灿烂；那一抹桃红，分外美丽，分外凝重；那份对桃花、对生命、对家国的热爱，早已深深融进中华民族奔腾不息的血液中。

桃花魂，民族魂……

桃花源附近有个广场，广场上立着一块巨大的石头，上书"中国桃乡"四个大字。拳友们在这里开始习拳。学拳人都知道，学拳架易，真正进入太极境界却难。对于初学者，要求心静身正，以意运形。《陈长兴语录》云："学者上场打拳，端然恭立，合目息气，两手下垂，身桩端正，两足并齐，心中一物无所著，一念无所思，穆穆皇皇，浑然如大混沌无极景象，故其形无可名，名之曰无极，象形也。"春日的桃花源，天高、地阔、云低，空气中饱含着桃花馥郁的芬芳，让人很容易进入太极"松与沉"的境界，大家发挥得格外出色，从太极起势，到金刚捣碓、懒扎衣，到白鹤亮翅、掩手肱拳，再到猿猴献果、转身双摆莲，直至收势，一招一式，辗转腾挪，一丝不苟。时而轻如杨花，时而坚如金石，时而如行云流水，时而如高山伫立。桃花源千树万树的桃花，见证了拳友们功夫的精进。

拳友刘哥极爱太极拳，却因工作繁忙无暇顾及。退休后，他系统学习了太极拳、太极剑、太极刀、太极推手。他常说："打太极就像写毛笔字，一笔一画马虎不得。"他就这样苦练了三年，常见他有条不紊地行拳，就像在恭恭敬敬地书写一个巨大的毛笔字，而他的后背的衣服早被汗水浸湿了。休息的间隙，他会兴奋地跟大家说练拳的种种好处，连缠绵多年的老毛病都不治而愈了。他说这些的时候，旁边的一树桃花开得正艳。太极拳，就像他人生旅途中遇到的一朵美丽的桃花。

练拳结束，大家走进桃园，纷纷在树下拍照留念。有的摆出太极拳的招式，有的拎起太极剑，有的操起春秋大刀，那架势都是带着专业范儿的。一时间，桃花丛中刀光剑影。太极拳"循序渐进功夫长，日久自能闻真香"的理念与桃花芳菲烂漫、矢志不渝的精神不谋而合。娇弱的桃花融进了太极的柔韧与刚强；而古老的太极，也汲取了桃花的生机与活力。

难忘美丽的桃花源……

2017 年 4 月